KB001165

베로니카의
눈물

* 이 도서의 국립중앙도서관 출판예정도서목록(CIP)은 서지정보유통지원시스템 홈페이지(http:seoji.nl.go.kr)와 국가자료공동목록시스템(http:www.nl.go.krkorisnet)에서 이용하실 수 있습니다. (CIP제어번호: CIP2019045193)

베로니카의 눈물

권지예 소설

은행나무

차례

베로니카의
눈물

내가 베로니카를 처음 본 건 아바나 임대 아파트에 입주한 첫날이었다. 중간에 집을 소개해준 윤 선생과 함께였다. 엘리베이터도 없는 계단을 커다란 캐리어 두 개를 끌고 배낭을 메고 올라갔을 때, 그녀는 1인용 소파에 파묻혀 TV를 보고 있었다. 당당한 여주인의 포스가 느껴졌다.

첫인상은 뭐랄까. 그녀는 나이가 꽤 많은 백인 여성이었고 뚱뚱했다. 키는 아담했으나 오렌지빛 민소매 셔츠 밖으로 드러난, 셀룰라이트가 울퉁불퉁 뭉친 팔뚝이 유난히 우람했다. 그 팔의 말초인 손가락 끝에는 아주 길고 날렵한 진분홍색 인조손톱이 붙어 있었다. 그녀는 좀 피곤해 보였는데, 문신한 아이라인이 오래되었는지 푸르스름하게 번져 있어서 늙고 지친 판다곰처럼 보였다. 그러나 번진 아이라인 안쪽 유난히 빛나는 갈색 눈동자는 좀 노회한 인상을 주기도 했다. 그녀가 내 이름을 물었다. 발음하기 어려운 본명 대신 세례명을 말해주었다. 모니카, 모니카. 그녀는 모니카의 '모'에 강세를 주어 두 번 연달아 불러보더니 이름이 맘에 드는지 날 보고 미소를 지었다.

그녀는 윤 선생과 한참 빠르게 말을 주고받았다. 입을 여니 좀 수다스러운 편이었다.

윤 선생이 내게 선월세로 지불할 현금을 꺼내라고 했다. 그런데 갑자기 나를 보며 난감한 표정을 지었다.

"선생님, 이분이 자기가 여기서 함께 살면 어떠냐고 하네요."

"아니, 전 분명히 아파트를 독채로 얻어달라고 했는데…… 윤 선생님도 그렇게 한다고 하셨고."

"네. 주인과도 그렇게 얘기가 됐어요. 그래서 특별히 월 임대료도 비싸게 지불하는 거고요."

"이분이 주인 아니에요?"

"아니에요. 주인은 마이애미에 있어요. 이분은 그저 관리인인데, 주인과 다른 소리를 하네요."

"난 또 주인인 줄. 워낙 당당한 모습인지라……."

그때 베로니카가 끼어들었다.

"식사와 빨래, 청소는 어찌할 건가요? 이 집에 내 방도 있으니 그런 걸 내가 도와주려면 함께 지내는 게 좋죠. 주인이 마이애미에 살아서 내가 이 집을 정말 잘 관리해야 하거든요. 책임이 아주 중하답니다."

내가 스페인어로 천천히 말했다.

"저는 작가입니다. 여기서 열심히 작업해야 해서 혼자 있는 게 좋아요. 식사도 청소도 제가 해결합니다. 방해받는 걸 원하지 않아요."

베로니카가 살짝 놀라며, 스페인어 좀 하네요,라고 나를 보며 말했다.

"움 뽀끼또!(아주 조금요!)"

나는 엄지와 검지 끝을 맞붙이는 제스처를 쓰며 수줍게 웃었다.

윤 선생이 나를 보며 말했다.

"그래도 월세에 청소비와 관리비가 다 포함돼 있으니, 일주일에 두 번은 오라고 하세요."

"그렇담 일주일에 한 번만 오라고 하세요."

"아니, 어떻게 청소를 일주일에 한 번만 해요?"

베로니카가 눈을 동그랗게 뜨고 물었다.

윤 선생이 중재하자 결국 베로니카는 마뜩잖은 표정으로 고개를 끄덕였다.

"나도 이 기회에 좀 쉬며 휴식을 취하죠 뭐."

그녀는 자기 방의 물건을 저녁에 정리해서 아들 집으로 들어가겠다고 했다. 윤 선생이 중개 임무를 완수하고 돌아가자 베로니카는 내게 집 안과 살림을 소개했다. 그녀는 오로지 스페인어만 할 줄 알고, 영어는 '오케이'라는 단어만 안다고 했다. 그녀는 내 스페인어 실력을 감안해서 제스처를 써가며 천천히 말했다.

이 집은 거실과 부엌을 지나 어둡고 긴 복도에 방 두 개가 있는데, 왼쪽 첫 번째 방이 그녀가 거처하는 방이고, 북쪽으로 욕실 딸린 막다른 큰방이 내 방이었다. 거실 끝 남향으로는 꽤 큰 발코니가 길을 향해 나 있었다. 거기엔 등나무 의자와 테이블 세트, 그리고 빨랫줄 밑에 오래 가꾼 화초 화분들이 꽃을 피우고 있었다. 혼자 쓰기엔 작은 집이 아니었다.

그러나 언뜻 보면 그럴듯해 보이지만, 싸구려 비닐 소파세트와 낡은 가구들, 부엌살림에 이르니 한숨이 나왔다. 낡은 냉장고와 가스레인지는 표면에 녹이 슬어 있고, 밥을 지어 먹는 솥단지 같은 냄비는 바닥이 검댕으로 두툼하게 더께가 져 있다. 작은 프라이팬은 바닥을 철수세미로 얼마나 문댔는지 코팅이 벗겨져 양은이 다 드러났다. 표면도 울퉁불퉁해서 계란프라이도 못 부쳐 먹게 생겼다. 한국 같으면 몽땅 쓰레기장에 버리고도 남을 물건이었다. 가스레인지 위에 올려진 커다란 냄비에는 물이 잔뜩 들어 있었는데, 녹말이 가라앉은 것처럼 바닥이 하얬다. 베로니카가 쿠바는 물에 석회가 많으니 수돗물을 식수로 쓰려면 끓여서 석회를 가라앉힌 뒤 먹으라 했다. 그러니까 녹말가루처럼 두껍게 가라앉은 저게 석회층?

성냥통을 내 눈앞에서 흔들며 베로니카가 말했다.

"자아, 모니카! 봐봐! 가스레인지 불을 켜거나 온수 보일러를 켜려면, 성냥을 긋고는 왼손으로 이 스위치를 돌리면서 재빨리 성냥불을 여기다 대야 해."

세상에! 성냥은 딱 2센티. 게다가 가는 빨대 같은 플라스틱 막대 끝에 유약이 살짝 묻어 있었다. 베로니카가 시범을 보이더니 나보고 해보라고 했다. 2센티짜리 성냥은 부러지거나 불이 쉬이 붙지 않았다. 두 손으로 성냥을 켠 후 재빨리 왼손으로 스위치를 돌리며 화구에 갖다 대는 건 묘기였다. 겨우 성냥불을 켜서 화구에 대고, 가스 스위치를 여러 번 돌려도 쉬이 점화가 되지 않았다. 그러다 화구에서 갑자기 불이 확 일어 손끝이 델 듯 뜨거워져 비명을 지르며 성냥을 떨어뜨렸다. 도무지 타이밍을 맞추기 쉽지 않았다. 그보다 더 큰 난관은 온수 보일러였다. 부엌 벽에 붙은 가스관에 녹슨 쇠난로 같은 게 연결되어 있었다. 왼손으로 가스 밸브를 살짝 열면서 그 난로에 뚫린 작은 구멍 안쪽 깊숙한 곳에 있는 화구에 성냥불을 갖다 대야 한다. 고개를 디밀고 화구를 찾아 성냥불을 붙이니 픽! 하고 화염이 솟구치며 불이 붙었다. 엄마야, 하며 놀라 성냥을 집어 던지자 그 꼴이 우스운지 베로니카가 웃음을 터트렸다.

"모니카! 연습 많이 해야겠네. 머리카락 다 태울라. 나도 지난번에 왼쪽 눈썹을 태웠지 뭐야. 오늘 샤워할 거지? 내가 온수 보일러는 불붙여놓고 갈게."

그녀가 자기 방문에 자물쇠를 채우고 저녁에 떠나고 나자 갑자기 두통이 몰려왔다. 당장 먹고 씻는 일조차 너무 불편해서 심란해졌다. 어두워지자 천장 높고 컴컴한 복도에선 당장 뭐가 튀어나올 거 같았다. 갑자기 화장실 변기에서 저절로 물 내려가는 소리와 무언가 끽끽대는 소리가 몇 번 들려왔다. 침대에 누워도 잠은 오지 않았다. 거실에 나가 불을 다 켜고 앉아 있으니 벽에 걸린 액자가 보였다. 북한산 자수 십장생도 액자였다.

*

    다음날 느지막이 일어나니 온 집 안이 햇살과 열기로 가 득했다. 발코니에 나가보니 길에는 사람들과 고물 자동차 들이 간혹 오가고 있었다. 굴러가는 게 신기한 낡은 자동 차들의 꽁무니에서 검은 연기가 뿜어져 나온다. 건물 앞길 에는 푸른색 낡은 자동차 보닛이 열려 있고, 한 남자가 자 동차 밑에 누워 있다. 그 옆에 열린 공구함이 놓여 있고, 얼 굴은 안 보이고 배와 반바지를 입은 초콜릿색 다리가 자동 차 밖으로 나와 있다. 개들은 인도에서 옆으로 편히 누워 자고 있다. 고만고만한 주택이나 3~4층짜리 빌라나 아파 트 들이 들어서 있는 아바나 시의 베다도라는 동네. 윤 선 생은 이곳이 아바나의 구도심과 달리 계획적으로 만든 신 도심 주택가라 길도 넓고 조용한 편이라고 했다. 기지개를 켜다 반쯤 트인 옆을 보니 옆집 발코니의 젊은 남자가 웃 통을 벗고 흔들의자에 앉아 커피를 마시고 있었다. 길 건 너 앞 건물의 발코니에도 사람들이 앉아서 물끄러미 나를 바라보고 있는 듯했다. 나는 얼른 안으로 들어와 부엌에 숨었다.

    커피 한 잔을 만들어 먹으려니, 무선 전기포트도 없고

오래된 양은 모카포트만 보였다. 부엌의 전기제품이라곤 딱 냉장고 하나다. 가스레인지를 켜서 물이라도 끓여야 한다. 성냥통을 들고 숨을 크게 들이마시고 불을 붙이기 위해 시도해본다. 다섯 번 내리 실패다. 어젯밤 싱크대 아래 찬장에 한국에서 가져온 조미김과 라면, 간장과 된장, 고추장, 참기름, 고춧가루, 인스턴트 국이나 찌개를 정리해 놓았는데, 불이 없으니 그림의 떡이다. 냉장고를 열어보니 구아바 몇 개와 반으로 잘린 농익은 파파야가 보였다. 모닝빵처럼 생긴 작은 빵 다섯 개가 비닐에 들어 있다. 먹어도 되나? 어쩔 수 없지. 나는 파파야를 자르고 빵 두 개를 꺼내 베로니카가 석회를 가라앉혀 생수병에 넣어둔 물로 늦은 아침을 먹었다. 월세를 한국 돈으로 100만 원도 넘게 지불하는 곳에서 첫 식사를 이렇게 때우고 있다니. 한숨이 나왔다. 장도 봐야 하고 인터넷도 하러 나가봐야 했다. 쿠바는 인터넷을 개인 집에서 사용할 수 없다. 유료 인터넷 접속카드를 사서 무료 와이파이 허가 구역인 공원이나 호텔 로비 같은 데서 접속할 수 있다. 나는 윤 선생에게 인터넷을 할 수 있는 장소가 가까운 곳에 집을 얻어주길 부탁했는데, 마침 3분 거리에 4성급 프레지덴테 호텔이 있었다.

5분만 북쪽으로 걸으면 말레콘이 있다고 했다. 저녁에

말레콘 산책 겸 호텔 식당에 가서 밥을 사 먹고 올까. 하지만 호텔 밥이 별로 먹고 싶지 않았다. 쿠바 사람들은 혀가 없는지, 호텔 음식도 너무 간이 짜고 맛이 없었다. 이미 보름 동안 여행지나 관광지에서 먹을 수밖에 없었던 쿠바의 식당 음식엔 질려버렸다. 쌀밥과 김치찌개나 된장찌개가 너무 그리웠다. 가스레인지 켜는 요령을 빨리 익혀 밥을 지어 라면에라도 말아 먹고 싶었다.

늦은 오후가 되니 너무 더웠다. 침실에만 낡고 시끄러운 벽걸이 에어컨이 있을 뿐, 거실엔 안전망이 사라져 날개가 드러난 선풍기만 한 대 놓여 있었다. 선풍기를 켜고 노트북을 꺼내 거실의 커다란 식탁에 앉아 일기를 썼다. 블라우스 앞 단추를 모두 열고 선풍기 바람을 쐬고 있는데, 밖에서 열쇠 돌리는 소리가 나고 갑자기 현관문이 거칠게 열렸다. 너무 놀라 앞 단추를 채울 겨를도 없이 벌떡 일어났다.

"올라! 모니카!"

검은색 원피스를 입은 베로니카였다. 전화도 없이, 벨도 안 누르고, 노크도 없이 기습을 하다니. 예의가 있는 거야, 없는 거야? 그리고 다음 주에 오기로 하지 않았나? 하는 생각이 들었지만 베로니카는 나와 눈이 마주치자 곧장 씩씩하게 걸어와서 내 양쪽 볼에 쪽쪽 입소리를 내며 베소(이곳 사람들이 서로 볼을 비비며 하는 친밀한 인사)를 했다. 나도 얼결에 "올라! 베로니카!" 하고 웃으며 인사를 했다.

"또도 비엔?(모든 게 좋니?)"

"무이 비엔.(아주 좋아요.)"

맘에 안 드는 게 한두 가지가 아니지만 놀라서 일단 가장 쉬운 대답을 할 수밖에.

"나 오늘 일요일이라 교회 갔다 오는 거야."

"그런데 왜 여기에……? 전화도 없이? 휴대폰 없어요?"

"난 휴대폰 없어. 여기 집 전화는 잠긴 내 방 안에 있어서 모니카가 못 받아. 내가 우리 집에서 모니카 휴대폰에 걸면 요금이 내게 아주 비싸게 나와. 그리고 난 관리인이잖아."

베로니카는 보란 듯이 열쇠꾸러미를 흔들었다. 그러다 갑자기 연민 어린 표정으로 자기 가슴을 문질렀다.

"너무 걱정이 돼서 왔어. 어제 내가 온수 보일러를 켜놓고 갔었잖아. 그게 계속 켜져 있을 거 같아서. 샤워는 했어?"

"샤워했어요. 그리고 온수 보일러는 내가 껐어요."

"오 그래? 모니카는 참 영리하구나."

"그냥 밸브를 잠갔어요. 그런데 불, 너무 어려워요."

부엌으로 가서 냉장고를 열고 베로니카에게 물었다.

"불을 사용 못했어요. 그래서 여기 빵 두 개, 파파야 조금

18

먹었어요. 먹어도 돼요?"

"물론이지. 여기 있는 건 다 먹어도 돼. 냉동실에 내가 만들어서 얼려놓은 구아바 주스랑 파파야 주스도 있어."

베로니카가 부엌 한쪽 벽의 문을 열어 안을 보여주었다. 거기 선반에는 쌀자루와 밀가루 부대, 마른 빵 봉지, 이름 모를 액체가 든 병들과 설탕 등이 보였다.

"여기 있는 것도 먹어도 돼."

베로니카가 선심 쓰듯 말했다. 내게 친근한 반말로 하자 나도 동사 변화가 어려운 존댓말이 아닌 반말로 물었다.

"베로니카, 불붙이는 거 너무 문제 많아. 난 이거 성냥 잘 못해요. 불붙이는 거 이렇게 긴 거, 스페인어로 뭐라 그래?"

내가 점화기에 대해 설명을 제대로 못해도 베로니카가 알아들었다.

"그건 '엔센데도르'라고 불러. 그거 내가 구해볼게."

"오 정말? 고마워요! 그게 내게는 정말 필요해. 저녁엔 밥을 좀 먹고 싶은데."

내 말이 떨어지자 베로니가가 쌀사부에서 쌀을 꺼내 씻었다. 오래된 쌀인지 자루에서 나방들이 날아올랐다. 인상이 찌푸려졌지만, 나를 위해 불을 켜주고 밥을 짓는 그녀에게 감사했다.

갑자기 좋은 생각이 떠올랐다. 전기밥솥을 사면 물도 끓이고 밥도 하고 라면도 먹을 수 있다. 저 무서운 가스레인지에 손을 델 염려도 없고. 성냥을 한 번에 그어 가스레인지에 불을 댕기고 검댕으로 시커먼 솥 안에 밥을 안치는 베로니카에게 물었다.

"베로니카! 아바나에도 자동으로 밥하는 전기밥솥 팔지?"

"있을 거야. 내일 같이 찾아볼까? 그러니까 내일 할 일이 뭐야? 내가 한꺼번에 도와줄게."

"은행에서 환전도 해야 하고 야채나 고기, 과일도 좀 사고. 밥솥도 새로 사고. 점화기, 그 엔센데도르도 사야 하고."

"오케이. 모니카가 여기서 몇 달 살아야 하니까 이 동네를 내가 안내해줄게. 내일 올게."

"고마워. 베로니카, 나 가스불 살아 있을 때 커피 끓일 건데 베로니카도 한잔해요."

모카포트에 한국에서 가져온 원두커피 가루를 넣으려는데, 베로니카가 자기는 커피를 별로 안 좋아해서 차를 마시면 된다고 했다. 그녀가 발코니로 가더니 나를 불렀다. 화분의 화초 잎을 이것저것 따면서 자기가 즐기는 차라고 했다. 처음 보는 허브들이었다. 부엌 찬장에서 찻주전자와 찻잔을 꺼내 자기 전용 물건이니 나보고 건들지 말라고 했다. 그녀는 주전자에 차를 끓이더니 거기다 설탕을 여러 스푼을 부었다. 설탕이 잔뜩 든 허브차가 낯설어서 나는 커피를 마시겠다고 사양했다.

"오, 난 설탕을 너무 좋아해. 우리 쿠바 설탕은 최고거든. 그래서 나 이렇게 뚱뚱해. 설탕 없는 인생과 하느님 없는 인생은 생각할 수 없어. 오늘도 찬송하고 왔더니 너무 행복해."

베로니카는 한 주전자의 설탕 허브차를 다 마시고 나서 내일 오겠다며 베소를 날리며 갔다. 그러다 갑자기 또 현관을 벌컥 열었다. 아이고, 깜짝이야.

"모니카. 젊은 여자가 혼자 지내니 내가 걱정이 많이 돼. 쿠바 남자들 조심해. 어두우면 나가지 마. 말레콘엔 매춘부들이 출몰한다고."

어두우면 안 나가면 되지만 집 안의 잠금장치가 엉망인 건 어쩌나. 내 방의 문손잡이도 고장 났고, 열쇠도 없고, 옆집 벽과 50센티도 안 떨어진 내 방 창문은 잠기지도 않았다. 베로니카가 조만간 열서공을 불러 내 방문을 고쳐주겠다고 했지만, 창문에도 잠금장치가 없다고 내가 울상을 짓자 그녀가 고개를 흔들며 말했다.

"모니카! 여긴 쿠바야! 우린 문을 다 열어놓고 살아. 노

프로블레마! 노! 이웃은 모두 친구들이야."

그녀가 지은 밥은 너무 되고 설익었다. 할 수 없이 푸석한 밥에 물을 부어서 조미김으로 저녁을 때웠다. 내일이 오면 식사는 해결되겠지. 환전한 돈으로 슈퍼에서 필요한 것을 다 살 수 있을 테니.

★

베로니카는 다음날 오지 않았다. 성냥을 켜면 계속 대가리가 똑똑 부러져서 불을 못 붙였다. 차라리 원시인의 부싯돌이 낫지. 결국 아침도 못 먹고 샤워도 못 했다. 베로니카를 기다리다가 오후에 인터넷을 하러 프레지덴테 호텔로 갔다. 호텔 앞에 늘어선 노란 택시들. 택시 기사들은 끼리끼리 모여 있다가 나를 보더니, "센트로 아바나?" 하고 물었다. "하우 머치?" 하고 물으니 "텐 쿡!"이라 한다. 기껏 15분 거리의 아바나 시내까지 한국 돈 1만 2천 원이라니. 나는 고개를 흔들며 호텔의 테라스 카페로 갔다. 거기서 에스프레소 한 잔과 생수 한 병과 쿠바 샌드위치를 시켜 먹었다. 14쿡. 14달러다. 쿠바는 이중통화 시스템이다. 외국인 여행객은 달러와 가치가 같은 쿡(CUC)을 사용하며, 현지인은 쿱(CUP, 모네다 나시오날)을 쓴다. 1쿡은 25쿱이다. 현지 화폐의 25배다.

카페 테이블마다 외국인 여행객들이 노트북을 펴놓거나 스마트폰으로 인터넷을 하고 있다. 나도 인터넷 카드를 꺼내 폰에 접속을 했다. 카톡이 안 되어 텔레그램으로 들어가니 남편에게서 톡이 와 있었다. '새로 입주한 아바나 숙소는 어때?' '돈 아끼지 말고 잘 먹어.' '몸도 약한 당신 걱정된다.' 남편에게 톡을 보냈다. '여보, 자?' '별일 없지?' 남편은 아직 일어나지 않았나보다. 쿠바와 열네 시간의 시차니까 서울은 아직 새벽 6시다. '난 잘 있어. 걱정 마.' 내 걱정할 남편을 안심시키기 위해 '여기 집이 넓고 밝아서 좋아. 걱정 마. 동네도 안전하대'라고 썼다. '근데 타임머신 타고 70년대에 와 있는 거 같아'라고 덧붙였다. 이메일을 체크한 후, 다음과 네이버 뉴스를 보니 국정농단 뉴스가 잔뜩 올라와 있다. 나날이 점입가경인 뉴스를 읽다 보면 시간 가는 줄 모르고 인터넷 카드를 다 써버리게 될까봐 헤드라인만 읽고 인터넷 접속을 끊는다. 아껴야 했다. 1시간 접속에 2쿡이다. 돈이 문제가 아니라, 제한적으로 판매하는 인터넷 접속카드를 사려면 국영통신사에 가서 땡볕에 줄을 두 시간이나 서서 기다려야 한다.

베로니카는 해가 질 때까지 오지 않았다. 늦은 저녁이 되자 배가 고파 부엌으로 나갔다. 엔센데도르만 있으면 딱인데! 나는 사실 베로니카를 기다리는 게 아니라 점화기를 기다리는 거였다. 성냥을 들고 잠깐 눈을 감고 기도했다. 세 번째 시도 만에 불이 붙었다. 심혈을 기울여 가스레인지 화구에 불을 붙이는 데도 성공했다. 나도 모르게 기뻐서 손뼉을 쳤다. 헐! 이게 뭐라구. 라면을 끓이고 주전자에 물도 끓여서 작설차도 식후에 마셨다. 불이 살아 있을 때 인스턴트 된장찌개를 만들고 쌀자루의 쌀을 씻어 밥을 해놓기로 했다. 오래된 쌀에선 벌레가 생기고 묵은내가 났다. 베로니카는 선심을 썼지만, 찬장 속 식재료는 오래되어 먹을 수가 없었다. 밥 짓기를 포기했다. 대신에 불붙은 가스레인지 화구에 성냥을 대고 불을 옮겨붙였다. 성냥불이 꺼질 새라 두 손으로 경배하듯 모시고 종종걸음으로 가서 온수 보일러 화구에 갖다 댔다. 갑자기 펑! 하고 가스에 불붙는 소리가 나서 뒤로 나자빠지게 놀랐지만, 활활 불길이 세차게 붙자 묘한 쾌감이 느껴졌다. 오오! 나도 해낼 수 있구나!

따뜻하게 샤워한 후에 침대에 누워 있으니 기분이 좋았다. 어디선가 음악과 함께 노랫소리가 들려왔다. "꽁쁠레 아뇨스 펠리스! 꽁쁠레 아뇨스 펠리스!" 이건 해피 버스데

이 투 유, 생일축하 노래 아닌가. 노래가 끝나자 환호와 박수 소리가 들렸다. 어제는 몰랐는데, 내 방 창 너머에 거의 붙다시피 한 옆 건물 작은 창 너머가 주방인지, 환풍기 팬이 돌아가는 소리, 뭔가를 치대는 소리와 그릇 씻는 딸그락 소리, 도마에 칼질하는 소리가 지척인 듯 들려왔다. 주방에서 남자들 떠드는 소리가 나서 창문에 커튼을 치고 침대에 누웠다. 어느 집에선가 아이가 깨서 칭얼대는 소리, 술 취한 남자가 여자와 다투는 소리, 변기 물 내리는 소리, 벽에 못 치는 망치 소리, 거리 어디에서 들려오는 흥겨운 살사 리듬……. 거리에서 두 여자가 대화를 나누는 소리가 들려온다. 쿠바 사람들의 대화에서 자주 귀에 들어오는 '마냐나(내일)'란 단어 역시 들려온다. 잠결에 나는 나 자신에게 속삭였다. 마냐나, 마냐나…….

내일이 오면 다 잘될 거야. 내일 베로니카가 오면. 내일…….

★

"모니카! 모니카!"
꿈결인 듯 들려오는 소리에 눈을 떴다. 베로니카의 목소리다. 시계를 보니 9시다. 웬 아침부터 이리 빨리 행차하셨나. 침대에서 일어나 머리를 매만지는데, 복도를 쿵쾅대며 걸어오는 소리에 이어 노크 소리가 들렸다. 겨우 눈을 뜨고 방문을 열고 나갔더니 베로니카가 두 팔을 활짝 펼치며 인사했다.

"또도 비엔?"

고개를 끄덕이는데 갑자기 베로니카가 볼 인사를 하려고 상체를 내밀었다. 양치도 샤워도 하기 전이라 나는 얼른 얼굴을 돌려 피했다. 어제는 왜 안 왔냐고 묻고 싶은데 잠이 덜 깨서 과거형 동사가 생각나지 않았다. 손짓으로 거실에서 기다리라고 하고 화장실부터 들어갔다.

거실로 나가니 베로니카가 TV 수상기를 때리고 있었다. 화면이 녹색 페인트를 부은 것처럼 뭉개져 보였다. 서너 번 때리니 제대로 색이 복귀되었다.

"이거, 아마 나보다 더 오래 살았을 거야."

그녀가 농담 반 진담 반으로 말했다. 갑자기 정색을 하기에 어제 온다던 약속을 못 지켰다고 사과하려나, 싶었다. 하지만 그건 내 생각일 뿐.

"중요한 것은! 이거야. 줄을 서서 기다려야 해. 오늘 은행에서 환전하려면 지금 가야 해. 오래 줄 서지 않으려면. 그리고 뭐, 살 게 많다고 했지?"

"네. 생수도 쌀도 사야 해요. 고기도 야채도 과일도. 큰 슈퍼에 가요. 그리고 전기밥솥과 엔센데도르도 사야 하고. 참, 그거 구했어요?"

"엔센데도르? 가게에 다 찾아도 없더라고."

"잠깐, 모닝커피나 한잔하고 가죠."

"그러지 뭐. 가스불 켜줄게."

베로니카가 부엌으로 가서 가스불을 켜는 동안, 나는 내 커피와 베로니카를 위한 작설차를 준비했다. 친구가 아주 귀한 차라고 선물한 녹차다.

"이거 한국에서 아주 좋고 귀한 차예요."

베로니카는 차 맛을 보더니 정말 향기롭고 순한 차라며 엄지를 들어 보였다. 그러더니 거기에도 설탕을 듬뿍 두 스푼 타서 저어 마셨다. 거, 취향 참 특이하네.

은행에서 환전을 하기 위해 기다리는데 창구에 갈 때는 베로니카가 동행했다. 환전 신청서 쓰는 것과 돈을 세고 확인하는 걸 그녀가 도와주었다. 가져온 유로화를 모두 환전했다. 왠지 베로니카가 내 전 재산인 현금 액수를 아는 게 썩 기분 좋지는 않았다.

슈퍼에서 구매품을 실어 운반해 오기 위해 집에서 큰 캐

리어를 끌고 나왔다. 계획도시답게 반듯반듯한 길이 구획
이 잘되어 있었다. F가와 G가를 따라 걸었다. 포장 안 된
길이 울퉁불퉁했다. 태양이 점점 뜨거워졌다. 양산을 써도
눈이 부셨다.

"멀어요?"

"아니. 금방이야."

골목에서 좌회전하자 큰길 건너에 바로 바다를 막은 제
방이 나왔다. 말레콘이다! 한낮의 말레콘은 인적이 드물었
다. 커다란 파도가 밀려와 제방 벽을 때리고 물보라를 일
으키며 부서지는 게 시원해 보였다. 어디서 나타났는지 거
리에 멋진 올드카 행렬이 클랙슨을 일제히 울리며 지나간
다. 관광객들이 탄 올드카들이다. 그들이 손을 흔들고 지
나간다. 얼마나 걸었을까. 벌써 30분도 넘은 것 같다. 작고
뚱뚱한 베로니카는 암팡지고 안정감 있게 앞장서서 걷는
데, 나는 자꾸 뒤처져 다리 힘이 풀리려고 한다. 베로니카
가 빈 캐리어를 내 손에서 빼갔다. 감사 인사가 입에서 저
절로 나왔다.

"무초 그라시아스!"

"다 왔어. 저기 코히바 호텔이라고 보이지? 그 앞 건물이
아케이드야. 인근에서 제일 큰 상가야."

시야에 호텔이 들어왔지만 아케이드 건물까지는 20분을 더 걸어야 했다. 그 건물 1층 전자제품 상점에 다행히 아주 작은 중국산 전기밥솥이 있었다. 플라스틱 외솥에, 내솥은 알루미늄이고 취사와 보온 딱 두 가지 버튼만 있는 정말 허접한 제품이었다. 65쿡.

"우리가 운이 좋았어. 이게 딱 하나 남은 거라네."

베로니카가 점원이 건네주는 보증서류에 나 대신 사인을 하며 말했다.

"베로니카, 엔센데도르!"

내가 점화기를 상기시키자 그녀는 점원에게 점화기가 있는지 물었다. 점원은 고개를 흔들었다. 어디 가면 살 수 있냐고 그녀가 또 물었지만, 흑인 점원은 어깨를 으쓱하며 두툼한 아랫입술을 삐죽 내밀었다.

베로니카는 전기밥솥을 자신의 귀한 물건인 양 가슴에 꼭 안았다. 내가 떠나고 나면 자신의 물건이 된다는 걸 아는 듯이. 슈퍼는 2층이지만, 자기 밥솥을 지키고 있을 테니 혼자 다녀오라고 했다. 물건이나 가방을 들고 입장이 안 되니 지갑만 빼서 물건을 사 오라고 했다. 슈퍼에서는 물건을 훔쳐갈까봐 지갑 정도의 크기만 반입이 허용되는데, 현지인들은 나갈 때도 쇼핑 봉투를 다시 검사했다.

슈퍼는 인근에서 제일 큰 곳이라는데, 서울의 동네 슈퍼보다 크지 않았다. 그리고 물건의 종류도 그리 다양하지 않았다. 한쪽 진열대 전면에 쿠바산 콜라인 투콜라가, 다른 한쪽엔 스파게티 면만 가득 진열돼 있는 게 인상적이었다. 생고기와 야채, 생선, 과일은 어디에도 없었다. 냉동고가 텅텅 비어 있었는데 한쪽 구석에 냉동 소시지와 냉동 닭고기 조각만 보였다. 카트에 하나씩 골라 넣었다. 생수도 무거우니 몇 병만 사고 집 근처에서 사는 게 낫겠다. 이곳 슈퍼엔 수입산 물건들이 제법 보였다. 카트엔 쌀과 통조림, 휴지, 스페인산 고추 피클, 과자류, 망고잼, 비상식량인 마른 빵 종류들을 집어넣었다. 가격은 103쿡. 돈 10만 원이 훌쩍 넘었다. 물건은 별로인데 왠지 서울보다 물가는 더 비싸게 느껴진다.

베로니카와 나는 캐리어에 무거운 물건을 싣고, 식료품 비닐 쇼핑 봉투들을 손가락에 걸고, 휴지는 배낭에 메고 다시 거리로 나왔다. 열기에 온몸으로 땀이 금방 흘러내린다. 한낮이라 택시도 없다. 어쩔 수 없이 베로니카의 뒤를 따라 걸을 수밖에 없었다. 다행히 건물 그늘이나 나무 그늘은 시원했다. 중간에 작은 공원이 있어 나무 그늘 밑 벤치에서 쉬었다. 배낭에서 과자와 생수를 꺼내 나눠 먹자기운이 좀 났다.

오는 길에 베로니카가 여기가 시장이야, 라며 작은 장마당 같은 데를 가리켰다. 그런데 물건이 다 팔렸는지 커다란 바나나와 칡처럼 생긴 뿌리채소와 토마토 몇 개만 매대에 굴러다녔다. 그것도 다 물이 좋지 않았다.

"오늘은 물건이 많이 안 들어왔나보네. 아침 일찍 나와야 해."

"바나나와 토마토는 사고 싶은데."

"저건 바나나가 아니고 쁠라따노야. 튀겨먹는 바나나지."

상인은 손님이 가격을 물어도 귀찮은 듯 대꾸도 안 했다. 베로니카가 물건을 골라 담자 가격을 말했다. 모두 합쳐 400원도 안 되었다. 슈퍼의 공산품에 비하면 말도 안 되게 싼 가격이었다.

집에 돌아왔을 때 나는 더위에 너무 지쳐 있었다. 베로니카가 도와줬으니 망정이지, 앞으로 장 보는 것도 큰일이겠다. 베로니카는 쿠바인이라 그런지 기운이 넘친다. 부엌으로 가서 전기밥솥 상자를 열어 솥을 꺼내 세척하고, 장봐온 물건들을 정리하고 있었다. 배가 너무 고팠다.

"베로니카, 오늘 정말 고마웠어요."

내가 진심으로 말했다.

"오오, 당연히 도와야지. 우린 친구잖아."

베로니카가 미소를 짓자 나도 기분이 좋아졌다.

"내가 식사 대접을 하고 싶어요. 우리 이 동네 맛있는 식당에 가서 점심 먹어요."

그런데 베로니카는 대답이 없다. 못 들은 걸까? 내 스페인어를 못 알아들은 걸까?

그녀는 긴 빗자루와 쓰레받기를 들고 거실로 가서 청소를 하기 시작했다. 할 수 없이 내 방으로 들어가서 에어컨 바람을 쐬고 좀 쉰 뒤 거실로 나갔다. 그녀도 청소를 끝내고 자기 방에 가서 샤워도 하고 머리를 말리고 나왔다.

"베로니카! 배 안 고파요?"

"노노!"

그럴 리가?

"베로니카! 내가 당신을 위해 밥을 사줄 거라고요. 오케이? 맛있고 좋은 식당으로 가요."

그녀는 밥을 사준다고 해도 별로 기쁜 낯빛이 아니었다. 내가 옷을 갈아입고 나오자 마지못해 따라나섰다. 그녀가 나를 데려간 곳은 옆 건물 2층에 있는 식당이었다.

"여기 2층에는 두 개의 식당이 있어. 맛도 좋고 평도 좋아. 하나는 라소네스(스페인어로 '이유'라는 뜻)이고 하나는 모티보스(동기)야. 라소네스가 더 비싼 데야."

마주 보고 있는 식당 이름이 '이유'와 '동기'라. 재미있는 이름이네.

"라소네스로 가요."

여기가 녹음된 생일축하곡이 흘러나오던 식당인가? 실내는 생각보다 젊은 취향의 인테리어로 꾸며져 있었고 메뉴가 제법 다양했다.

"베로니카, 최고로 맛있는 거로 시켜 먹어요."

베로니카에게 선심 쓰듯 말하고 나도 며칠 제대로 못 먹어서 과하게 여러 가지를 시켰다. 음식을 다 못 먹고 남겼더니 베로니카가 웨이터를 불러 싸달라고 했다. 나보고 집에 가서 먹으라는 거다. 자기는 집에 먹을 게 많다며. 음식 값은 커피와 디저트까지 36쿡이 나왔다. 나는 1쿡짜리 동전 세 개를 팁으로 테이블에 놓았다. 식당에서 나와 헤어지기 전에 베로니카가 물었다.

"나 언제 와? 매주 목요일에 청소니까 모레 오면 돼?"

"청소 오늘 했으니까 모레는 집에서 좀 쉬세요. 다음 주 목요일에 오셔도 돼요. 그럼 안녕."

오늘 많이 힘들었을 테니 나는 미안해서 그렇게 말했다. 아니 사실은 혼자 있고 싶어서였다. 베로니카는 약간 슬픈 얼굴이 되더니 알겠다고 했다. 집 앞까지 나를 계속 쫓아오기에, 뭐지? 하고 쳐다보니, 손가락으로 위층을 가리킨다.

"위층 친구 훌리아한테 들렀다 갈 거야."

뭔가 불편한 기운이 느껴졌다. 밤에 윤 선생에게 전화했다.

"베로니카에게 제가 어떻게 해줘야 하나요? 제가 두 달 이상 이 아파트에 사는 동안 관리비나 뭐, 따로 그녀에게 지불해야 할 건 없죠?"

"그럼요. 다 포함돼 있어요. 식사 준비를 해주는 것도 아니니까 식사비를 줄 필요도 없고요."

"냉장고에 든 그녀가 만든 주스나 그녀의 식료품을 먹으라는데 돈 내는 건가요? 도와준 게 고마워서 점심을 대접했는데 별로 고마워하는 거 같지 않던데……. 내가 뭘 실수했나 싶기도 하고요."

"쿠바 사람들, 자존심 무지 강해요. 가난하지만 가난한 걸 부끄러워하지 않아요. 나라가 돈이 없어 그렇지, 자기 탓이 아니라 생각하거든요. 그래도 사람 사는 거 다 똑같죠. 성의 표시하면 좋지요."

"네, 저도 그런 눈치쯤이야. 그런데 앞으로 몇 달은 볼 텐데 그 기준이라는 게 좀 있어야 할 거 같아요."

"자꾸 팁을 주면 버릇이 되니까 고마우시면 아바나 떠날 때 성의 표시를 하면 되지요, 뭐."

"사실 관리할 것도 별로 없어서 자주 안 오셔도 되는데."

"할머니가 심심하시겠죠. 자주 오시면 스페인어 연습한다 생각하시고요. 참 리디아에게 들었는데, 베로니카가 자랑을 했대요. 입주한 모니카가 스페인어도 좀 하고 영리해서 말귀도 잘 알아듣고 착하다고."

"리디아가 누구예요?"

"마이애미에 있다는 집주인 안토니오의 엄마예요. 팔순 노인인데, 사실 베로니카를 고용해서 그 집을 관리하는 건 아바나에 있는 엄마 리디아예요. 그 집이 사실 로열패밀리의 집이에요. 장조카 안토니오가 평생 독신으로 살다 죽은 고모 집을 유산으로 상속받았죠."

"로열? 그럼 대통령의……"

"그래요. 그 얘긴 나중에……. 참 제가 다음 주에 남편과 마이애미에 가서 3주 있다 와요. 거기 시댁 친척들도 많이 계시고요. 남편 동창들이 다 쿠바를 떠나서 남편만 여기 있거든요. 동창회를 마이애미에서 부부동반으로 해요."

마이애미라. 윤 선생은 스페인계 쿠바 남성과 결혼한 여성인데, 남편 동창회를 하러 마이애미에 간다니. 마이애미는 이곳 사람들의 꿈의 도시다. 망명이건, 탈출이건. 게다가 대통령의 장조카인 이 집 주인도 마이애미에 산다는 게 재미있다. 이 집이 예사 집은 아닌가보다. 베로니카는 이 집에 대해 특별히 책임감을 강조했었지. 베로니카는 자긍심 또는 자존심이 강한 사람인지 모른다. 이 집에 오기 전에 내가 보름간 여행하며 경험한 쿠바인들은 두 부류였다. 관광업 종사자들은 돈에 환장해서 어떡하든 등쳐먹으려는 사람들이 많았고, 일반 현지인들은 남을 배려하고 도와주려는 착한 사람들이 많았다. 사람들이 헷갈렸다. 정말 처신하기가 어려웠다.

★

혼자 있고 싶다는 열망을 배반하듯 베로니카는 다음날에도 왔다. 그 이후로도 수시로, 아주 자주. 핑계는 다양했다. 어느 날은 은행에서 볼일을 봐야 한다고, 어느 날은 아래층 친구를 보러 온 김에, 어느 날은 자신의 방에 둔 매니큐어가 필요해서, 어느 날은 이민국에 신고를 해야 해서, 어느 날은 양파를 구하러 오다 보니, 결론은 모니카가 잘 있나 싶어서……. 역시 아무 때나 열쇠로 현관문을 따고 불쑥! 아무렇지 않은 표정으로 쓰윽!

"모니카, 또도 비엔?"

왜 자꾸 오느냐고 타박할 수도 없어서, 나는 어정쩡한 미소를 지으며 말하곤 했다.

"어? 오늘 무슨 요일이지? 청소하는 목요일 아닌데……."

"내가 깜빡했지 뭐야. 이민국에 신고하는 날이데. 늦으면 큰일 나거든."

가장 강력한 이유는, 외국인 여행객을 철저히 통제하는 의무적인 이민국 신고다. 그러며 내 여권을 다시 보여달라 하고 어딘가로 전화를 했다. 그녀가 자주 오는 것에 익숙해질 만도 했지만, 시도 때도 없이 불쑥 자기 집처럼 열쇠로 현관문을 열고 나타나는 거에는 몇 번을 기함했다. 나는 베로니카에게 부탁했다.

"베로니카, 용건 때문에 올 수도 있지. 그런데 현관문이라도 노크해줘요."

그래서일까. 현관문 두드리는 소리에 귀가 민감해졌다. 현관문 두드리는 소리에 몇 번 문을 열어주니 매번 허름한 남자들이 서 있었다. 뭔가를 빠르게 말하며 물었는데, 무슨 말인지 이해도 안 되고 겁이 나서 미안하다며 문을 닫곤 했다. 그 얘길 하니 베로니카가 설명해줬다.

"거봐. 현관문 두드린다고 문 열어주면 안 돼. 얼마나 귀찮은데. 내가 그래서 현관 벨 전선을 끊어놨어."

"그 사람들은 누군데요?"

"그들은 뭔가 거래를 원하는 사람들이야."

"왜?"

"네고시오스지."

스페인어로 네고시오스는 비즈니스란 뜻인데…….

"현관문 앞에 '까사' 표시가 있잖아."

국가에서 외국인에게 임대 운영을 허락하는 집에 표시하는 푸른 닻 모양의 '까사 파르티쿨라'를 말하는 거였다.

"외국인에게는 말도 안 통할 텐데…….'

"급하니까. 외국인은 디네로(돈)가 많잖아."

나는 그 후로 누가 문을 두드려도 집 안에 없는 척, 문을 열어주지 않았다. 만약 베로니카라면 문을 열어주지 않더라도 열쇠로 알아서 들어오면 될 테니.

갑자기 베로니카의 방문이 일주일째 끊겼다. 이상하게 홀가분하고 자유로웠지만 사흘이 지나자 불안하고 우울했다. 작업에 집중도 안 되었다. 한국에서 다운받아놨던 영화를 네 편 보면 하루가 얼추 갔다. 점화기를 아직 구하지 못해 나는 섭생과 위생에 약간의 곤란을 겪고 있었다. 먹는 것과 씻는 게 귀찮아졌다. 대신에 아침에 빵 가게에 들러 빵을 사고 장마당에 요즘에 나오는 여린 잎의 쿠바 상추를 사서 샐러드로 식사를 해결하곤 했다. 빵 가게에 사람들과 줄을 서서 순서를 기다려 빵을 산다. 사람들은 빵을 고르고 수첩을 내민다. 점원이 빵을 확인하고 수첩에 사인을 해준다. 그 사람들과 같은 빵을 고르려 하니 점원이 3개에 3쿡을 내라고 했다. 좀 비싼 거 같아 망설이고 있는데 어떤 노숙자풍의 늙은 남자가 자기 빵 중에 빵 세 개를 내게 공짜로 준다. 안 받으려고 하니 웃으며 내민다. 주름지고 이가 빠진 남자에게 빵을 받았다. 지갑에서 돈을 꺼내려고 하니 20쿡짜리 지폐만 보인다. 남자는 손을 저으며 사양한다.

"노 노! 빠라 미, 그라티스!(내겐 공짜야!)"

자기는 공짜로 배급받은 빵이니 괜찮다는 의미다. 나는 고개를 숙여 고맙다고 인사했다. 가난하지만 나눠주는 사람의 마음이 정말 귀하게 느껴졌다.

늦은 점심을 라소네스 식당에 혼자 가서 먹었다. 내가 혼자 앉아 있으니 매니저 같은 사내가 내게 와서 영어로 인사를 했다. 서글서글한 미소와 다감하게 느껴지는 목소리로 친밀하게 말을 붙여왔다.

"안녕, 내 이름은 에르네스토야. 체 게바라와 같은 이름이지. 내 아버지는 그를 평생 우상으로 존경하다 내가 태어나자 그 이름을 붙여줬지. 넌?"

"으음…… 난 모니카야."

"치나?(중국인?)"

"아니. 한국인."

"어디서 왔는데? 북이야, 남이야?"

"서울에서."

"와우! 내 딸이 한국 드라마에 완전 미쳐 있어. 세계 최고래."

"어떻게 세계 최고인 줄 아는데?"

"블랙마켓에서 세계의 모든 드라마를 복사한 대용량 USB를 팔거든."

블랙마켓? 암시장이란 말인가?

"평양은 관심 없고, 딸과 함께 서울은 꼭 가보고 싶어. 판타스틱 할 거 같아. 물론 가능성 제로겠지만. 도시도 눈부시게 깨끗하고 아름답고, 사람들도 모두 잘생기고 부자고, 다들 그렇게 행복해?"

나는 약간 망설이다 대답한다.

"드라마와 생활은 좀 다르지 않을까?"

"하긴 그렇겠지? 다행히도 난 여기선 꽤 살 만해. 내 수

입이 한 달에 100쿡 정도는 되거든. 의사가 40쿡인데."

묻지도 않았는데 수입을 자랑했다.

"한국 사람 처음 봐?"

"응. 남쪽 사람은. 여기서 북한 대사관이 가까운데 우리 식당에서 회식을 가끔 해서 북쪽 사람들은 꽤 보지. 넌 이 근처에 살아?"

응. 바로 옆집이야. 이렇게 입 밖으로 나올 뻔했지만 나는 말을 삼켰다. 게다가 이 조용한 주택가에서 눈에 띄는 한국 여자라는 게 좋을 일이 뭐가 있을까. 한국 대사관도 없는 이곳에서 혹시라도 북쪽 사람들과 엮일 가능성이 있을까 살짝 겁이 났다.

"아니. 곧 지방 여행 갔다가 한국으로 바로 돌아갈 거야."

에르네스토는 서운한 표정을 지었다. 식당을 나올 때 팁으로 2쿡을 주었더니, 무슨 일이 있으면 도와주겠다며 자기 휴대폰 번호가 적힌 명함을 주었다.

그저께부터 커피와 휴지가 간당간당해서 동네 근처 상점들을 기웃거렸지만, 없었다. 인제 물건이 들어오냐고 물었지만 점원들은 자기네도 모른다며 물건이 들어와봐야 알 수 있다고 했다. 좀 더 큰 슈퍼에는 있을까요? 글쎄, 가봐야 알겠지. 무성의한 답이 돌아왔다. 솔직한 대답인지도 모르지.

베로니카와 함께 갔던 코히바 호텔 앞의 파쎄오 슈퍼까지 갈 생각을 했던 건, 태양의 열기가 수그러지고 사양(斜陽)으로 접어들면서 기분 좋은 바람이 몸을 감쌌기 때문이다. 오랜만에 산책도 할 겸 커피와 휴지를 구하러 가자. 그러나 거기서도 커피와 휴지는 눈에 띄지 않았다. 대신에 세탁 세제와 잠 안 오는 밤을 위한 '아바나클럽' 럼주 한 병과 콜라 한 병을 샀다. 얼음을 넣고 럼과 콜라를 섞으면 '쿠바 리브레'란 칵테일이 된다. 해가 뉘엿뉘엿한 시간의 말레콘에 드리워진 노을이 아름다웠지만, 열대의 밤은 의외로 빨리 내려온다. 나는 술병을 들고 재바른 걸음으로 집으로 향했다.

언제부턴가 뒤에서 누군가가 쪼리를 끌며 따라오는 소리가 들렸다. 내 곁으로 붙더니, 스페인어 할 줄 아냐고 묻는다. 반바지를 입은 멀쩡하게 생긴 젊은 백인 남자다. 관광객인가? 잠시 망설였지만, 무시하고 모른 척 걷자 이번에는 영어로 묻는다. 차이니즈? 재패니즈? 코리안? 답을 안 하니 3개국어 인사 3종 세트를 던져본다. 니 하오? 곤니찌와! 안녕하세요!

한 블록을 걸어가는데도 떨어지지 않고 쫓아온다. 분위기 좋은 레스토랑을 소개해줄게. 아님 카페라도? 아주 멋진 카페야. 저녁 어스름이 내려온다. 나는 상대를 안 하기로 맘먹고 계속 걷는다. 갑자기 그가 내게 사정하듯 말한다. "1달러만! 아니 1쿡만!" 계속 반복적으로 구걸을 해댄다. 짜증이 나자 한국말이 튀어나왔다. 멀쩡하게 생긴 놈이, 참 진짜 거지 같은 놈이네. 어휴! 찐따! 못 알아들어도 내 경멸하는 어투에 주눅 들었는지 그는 더 이상 따라오지 않았다. 어둠이 내리기 시작해서 주변이 침침하게 잠기기 시작했다. 프레지덴테 호텔의 실루엣이 멀리서 흐릿하게 보였다. 나는 걸음을 빨리 해서 뛰다시피 걸어 골목길 모퉁이를 돌았다.

건물 모퉁이를 돌다 갑자기 어떤 물체에 부딪쳤는데, 그게 땀내 나는 사람의 몸이라는 걸 몇 초 후에 깨달았다. 고개를 드니, 웃통은 벗고 검은 야구모자에 검은 반바지를 입은 흑인 쿠바 남자였다. 몸과 걸친 게 모두 검은색이라 그의 모습이 어둠에 스며들어 눈에 띄지 않았던 것이다.

"오오! 린다!"

그가 내 얼굴에 바짝 대고 큰 소리로 내지르자 입에서 고약한 알코올 냄새가 났다.

"오오, 치나 린다! 치나 린다!"

그가 노래 부르듯이 내 뒤를 따라왔다. 오오, 중국 이쁜

이. 넌 너무 이뻐. 오오, 술도 있네. 그가 내 손에 들린 럼을 보고 손을 내밀었다. 공원에 가서 이 럼을 함께 마실까? 난 오늘 밤 너와 사랑에 빠질 거야. 오오, 내 사랑. 주변이 어두워지자 행인들도 잘 보이지 않았다. 가로등도 거의 없는 길에서 나는 뛰다시피 걸었지만, 어둠 속에서 잘 보이지 않는 다크초콜릿색 피부의 남자도 집요하게 나를 쫓아왔다. 쿠바에서는 남자들이 아무 여자나 예쁘다며 엄지척을 한다. 린다는 여자 이름이 아니다. 예쁘다는 형용사다. 그러나 어둠 속에서 어둠보다 더 검은 술 취한 남자를 제대로 만났으니 두려웠다. 집과 프레지덴테 호텔 사이의 양갈래 길에 다다랐다. 나는 집 앞길보다 훨씬 더 밝은 호텔로 뛰어들어갔다. 내가 혼자 사는 집을 그가 알게 될까 생각만 해도 불안했기 때문이다. 역시 호텔로 들어가길 잘했다. 호텔 앞은 현지인의 출입을 막는 덩치가 산만 한 호텔 문지기가 지키고 있다. 그에게 말해 경찰을 부를 수도 있다. 역시나 남자는 호텔 건물 앞에서 쭈뼛거리더니 달아나 버렸다. 뛰는 가슴을 가라앉히고 시원한 모히또 한 잔을 쭉 들이켜자 알코올이 빠르게 올라왔다.

요 며칠 내가 집에 처박혀 있는 데는 그런 이유가 있었다. 트라우마가 생겼는지 집 밖에 나가기도 싫고 무언가를 사러 헤매 다니는 거에도 진력났다. 두루마리 휴지를 10센티씩만 끊어 쓰기로 했다. 모카포트에 커피도 한 스푼 덜 넣고 끓이기로 했다. 마른 빵 위에 병에 말라붙은 잼을 발라 한 끼를 때웠다. 전기밥솥에 한 번에 잔뜩 해두었던 찬밥에 물을 넣어 끓여 먹거나 스파게티 면을 삶아 고추장에 비벼 먹기도 했다. 주스잔 3분의 1에 럼을 넣고 얼음과 콜라를 채워 쿠바 리브레 한 잔을 만들어 발코니에 나앉아 마시는 게 유일한 낙이 되었다. 발코니 밖 거리를 구경하고, 맞은편 집들의 발코니에 나와 있는 사람들을 구경했다. 그들은 분명 나를 응시하고 있다. 돌출한 발코니에 앉아 얼굴이 노을처럼 붉게 익어가는 나를. 커튼도 없는 거실에서의 내 일거수일투족을 어쩌면 감시하고 있는지도 모른다. 나는 그들의 표적이 아닐까. 불안해지면 나는 선글라스를 썼다. 발코니 빨랫줄에 널어놓은 침대 시트 뒤로 몸을 숨겼다. 피부가 검은 그들은 구별하기 쉽지 않았다. 대부분 설탕 과잉섭취 때문인지 몸통 부분이 유난히 뚱뚱한 마름모꼴 체형이 대부분이다. 달콤하고 시원한 쿠바 리브레에 취하면 나는 침대로 들어가 오래 낮잠을 잤다. 그러니 밤에 잠이 쉬이 들지 않았다.

내 방 창문과 마주한 라소네스의 주방 건너 홀에서는 자주 생일축하 멜로디가 흐르고 손님들이 노래하며 박수치며 즐거워하는 소리가 들렸다. 포크와 나이프로 그릇을 달그락대며 웅성거리며 대화하는 손님들의 목소리도 아스라이 들려온다. 자정이 넘은 시각이면 식당 주방에서 설거지하는 소리와 누군가 뭐라 지시하는 소리가 들려왔다. 매니저 에르네스토가 아닐까, 궁금했다. 새벽 1시가 넘으면 마지막엔 항상 물청소를 하는 소리와 함께 어린 청년의 노랫소리와 휘파람 소리가 들려왔다. 경쾌하면서도 왠지 슬픈 멜로디의 노래와 휘파람 소리가 20분쯤 들리고 나면 창문 너머는 암전이 되고 드디어 조용해진다. 시계를 보면 새벽 2시다.

나는 불 꺼진 집 안을 두려워하면서도 잠이 오지 않은 밤이면 어두운 발코니로 나갔다. 어두워서 아무도 나를 발견하지 못할 발코니에서 밖을 향해 멍하니 앉아 있곤 한다. 말레콘이 가까우니 바다 냄새가 나는 거 같았다. 바다가 이만큼이나 가까운 도시에 살아본 적이 없었다. 그 시간이면, 매연이 가라앉은 텅 빈 거리의 밤공기에 바다 냄새가 스며 있다. 꿈결처럼 말레콘, 그 방파제에 파도가 부딪는 소리가 들리는 듯, 나는 귀를 기울여보았다. 난 참 멀리도 와 있구나.

아침엔 어린 여자애가 학교 가기 전에 아빠나 엄마와 노는 소리에 잠깐 잠이 깨거나, 도마질 소리에 잠이 깬다. 옆 건물에도 여러 세대가 사니까 각각 다른 방에서 들리는 소리겠지. 들려오는 사람 사는 소리들이 좋다. 50센티도 안 떨어진 보이지 않는 건물 벽 안쪽으로 모두 둥지를 틀고 아침을 열고 밤을 닫는다. 세상 어디나처럼……. 왠지 그 당연한 일이 쓸쓸하지만 위안이 됐다.

하루 종일 입을 열 일이 없었다. 하지만 글쓰기에도 집중이 되지 않았다. 대신에 들리는 게 많았다. 집집마다 전화벨 소리가 많이 들렸다. 목청이 큰 사람들이 길에서 떠드는 소리와 공사하는 드릴과 망치 소리도 잘 들렸다. 끔찍한 한낮의 더위 속, 집 바깥 거리엔 잡상인이 걸어가며 호객하는 소리가 들려온다. 우리 70년대 찹쌀떡, 메밀묵 장수처럼 목청을 돋워 리듬을 타며 상인들이 소리친다. 어떤 사람은 슈퍼 카트에 뭘 싣고 다니며 사라고 소리치며 다니고 있다. 구루마에 비스킷 같은 가예뜨를 파는 남자는 호가을 불고 디니며 판다. 좋은 생각이다. 키 크고 날씬한 예쁜 흑인 여자가 긴 빗자루 세 개를 옆구리에 끼고 간다. 빗자루를 사 가는 여자인 줄 알았는데, 잊어버릴 만하면 빗자루를 사라고 한 번씩 외친다. 겨우 세 개를 들고서. 지금 어떤 남자는 서류가방을 들고 외치는데 "레파란도 꼬시네르……" 어쩌고 하는 걸 듣고 나는 사전을 검색해본다. 아마 주방용품을 수리하라고 연장 가방을 들고 다니는 기술자인가보다.

외로움 때문이었을까. 대화할 누군가도 없는 나는 스페인어 교재를 꺼내 다이얼로그 부분을 대사 치듯 읽는다. 스페인어 공부를 하루에 두 시간씩 하기로 했다. 갑자기 오지 않는 베로니카가 원망스러웠다. 외로우니 점점 눈에 띄는 것도 많았다. 찬물로 샤워하는데 무언가 어깨에 툭 떨어졌다. 욕실 타일 바닥에 떨어진 그것은 카키색 도마뱀 새끼였다. 내가 비명을 지르며 놀라니 그놈도 놀라 우왕좌왕하다 하수구 쪽으로 사라졌다. 부엌 뒤 베란다의 세탁기 주변과 부엌 구석에서도 불을 켜면 도마뱀들이 재빠르게 자취를 감추었다. 바퀴벌레만 아니면 돼. 이곳에 살면서 관대해지는 법을 배운다. 그러나 곧 한계에 부딪혔다. 밤에 침대에 누웠다가 뭘 찾으려고 불을 켜니 바퀴벌레 한 마리가 침대 밑으로 재빨리 숨어들었다. 자두만큼 큰 놈이었다. 불을 끄는 게 무서웠다. 나는 빨리 취하기를 바라며 다디단 럼주병을 입에 대고 들이마셨다. 입으로는 독주를 마시는데 가끔 눈에선 눈물이 나왔다.

　아침에 일찍 나가 장마당 두어 군데를 돌았다. 빵가게에
들러 빵도 샀다. 내 몸을 먹여야 하기 때문이다. 그러려면
몸을 움직여야 한다. 우울감에 빠져 있을 틈 없이 냉혹한 현
실을 받아들여야 했다. 다행히 양배추가 나와 있었다. 반가
웠다. 김치라도 담그면 당분간 반찬 걱정은 없을 테니. 보니
아도라 부르는 감자 같은 구황작물과 고구마도 보였다. 늘
진열대에 올라오는 토마토와 플라타노도 상태가 괜찮았다.
역시 일찍 나오니 좋았다. 빵도 종류가 더 많았다.

　헝겊 장바구니를 어깨에 걸고 양손에 잔뜩 물건을 들고
거리로 나섰다. 10시도 안 되었는데 코발트빛 하늘에 태
양이 눈부셨다. 5분을 걸으니 땀이 비 오듯 흘렀다. 집까
지 40분 이상은 걸어야 한다. 지하철은 아예 없고, 노선도
몇 개 안 되고, 줄을 오래 서서 타는 시내버스는 하루에 몇
번 오나 본데 너무 만원이라 탈 엄두도 못 낸다. 삶이 이렇
게 느리게 흘러가는 이곳 사람들은 늘 걸어다닌다. 베로니
카도 아들 집이 있는 올드 아바나에서 자주 걸어온다고 했
다. 열대의 태양 속을 30분 이상 걷는 건 보통 일이 아니다.

　폭염을 뚫고 장 봐온 것들을 들고 걸어서 집에 가면 녹

초가 된다. 그래도 장 보따리를 보면 뿌듯했다. 끝이 거무스름하게 썩은 바나나도, 크기가 제멋대로인 토마토도, 흙이 묻어 더러운 고구마도 예뻐 보인다. 점점 밤품 파는 만큼 원하는 물건들을 구해오니 내가 대견해진다. 그리고 갑자기 행복한 느낌이 들기도 한다. 인간은 참 단순하구나. 인간의 행복이란 게 별거 아니구나. 도대체 이게 뭐라구. 코가 시큰해진다. 한 달 전 서울에서의 내 생활과는 딴판인 이상한 세상에 살고 있지만, 이런 세상이 너무 불편해서 화도 나고 암담하지만, 이런 단순한 행복감은 참 오랜만이다.

집에 들어가서 흠뻑 젖은 옷을 모두 벗고 침대에 누워 에어컨 바람을 쏘였다. 살 거 같다. 투콜라 한 잔에 빵 두 개를 먹고 집을 나섰다. 인터넷을 하러 프레지덴테 호텔로 갔다. 호텔 정문이 가까워지면 늘 보는 풍경이지만, 호텔 건물의 그늘을 따라 사람들이 개미처럼 일렬로 벽에 딱 들러붙어 있다. 모두 휴대폰을 들고 있었는데, 호텔 1층 로비나 테라스 카페의 와이파이를 받아 밖에서 인터넷을 하려는 현지인들이다. 호텔에서 음료를 시켜 먹으며 시원하게 인터넷을 하는 외국인 여행자들과, 그 아래 노상에서 햇빛을 피해 그늘이 드리워진 호텔 벽에 바짝 들러붙어 찌꺼기 와이파이로 동냥 인터넷을 하는 현지인들. 빛과 그늘이 공존하는 이 나라의 상징적인 이 풍경은 한 장의 작품 사진처럼 내 뇌리에 박혔다. 현지인들은 호텔에 드나들 수 없다고 한다. 예전엔 무조건 못 들어왔다는데, 돈 많은 객실 손님인 경우 요즘엔 어떨지 모르겠다. 특급호텔 하루 방값이면 거의 이 사람들 1년 치 월급일 테니 불가능하겠지. 프레지덴테는 4성급이긴 하지만, 호텔 카페로 들어서며 외국인으로서 미안한 마음이 든다.

커피 한 잔을 마시고 한 시간 동안 인터넷을 하고 집으로 돌아오니 현관문이 열려 있다. 베로니카가 왔구나! 베로니카는 밀걸레로 거실 바닥을 닦고 있었다. "베로니카!" 내가 그녀의 이름을 크게 부르자 나를 본 베로니카가 밀걸레 자루를 팽개치고 두 손을 높이 들었다. 나도 모르게 달려가자 그녀가 나를 얼싸안고 볼을 비볐다.

"모니카, 날씬해졌네."

"잘 못 먹고 잘 못 자서 그래. 노 또도 비엔! 왜 지난 목요일 청소 날에도 안 왔어요? 일주일도 넘었는데 연락도 없고. 전화해도 안 받던데."

"미안, 미안. 내가 여기 주인 할머니 리디아네에 갔었어. 거기 일이 있어서 일을 좀 봐주느라."

"전화라도 하지."

"나 자주 오면 방해된다고 해서 글 많이 쓰라고 전화도 안 했지."

말에 뼈가 있네. 자주 오는 거에 내 눈치를 봤나?

"참, 놀라지 마. 선물 가져왔어."

베로니카는 나를 끌고 부엌으로 데려갔다.

"짠!"

엔센데도르가 가스레인지 옆에 놓여 있었다. 얼마나 기다리던 물건인가!

"와, 너무 좋아! 어떻게 구했어요?"

"내가 아무리 구해봐도 아바나 시에는 없다고 했었잖아? 친구들에게 다 수소문했어. 지방에 있는 친구가 마침 쓰던 거 하나를 구해줬어."

"귀한 거네. 구하기가 그렇게 힘드나? 그런데 왜 이런 물건을 안 팔아?"

"우린 공산품을 수입에 의존해서 어느 땐 있고 어느 땐 없고 그래. 있을 때, 눈에 뜨일 때 무조건 사야 해."

베로니카가 아바나에서는 점화기를 구할 수 없다고 했을 때, 기운이 쪽 빠졌었다. 불씨를 꺼트린 원시인의 심정이랄까. 그러나 베로니카가 오지 않은 기간에 나는 새로운 방법을 고안했다. 물론 차선책이었지만. 성냥이 너무 짧아서 화구에 붙여야 할 타이밍을 놓치면 손가락이 너무 뜨거운 게 문제였는데, 스파게티를 끓이다 떠올랐다. 성냥불을 스파게티 면에 갖다 대니 불이 붙었다. 스파게티 면이 길어서 가스레인지와 온수 보일러에 불을 옮길 시간도 넉넉했다. 보일러에 얼굴을 바짝 대다 앞머리나 눈썹이 탈 염려도 없었다. 내가 끝이 검게 탄 스파게티 면들을 보여주자, 베로니카가 웃으며 말했다.

"모니카 영리하다! 모니카가 레솔베르했네!"

"레솔베르? 그게 뭔데?"

"우리 쿠바인은 소련이 망하고 나서 '특별시기'라고 부르는 고난의 시기가 있었어. 그때 원조가 모두 끊겨서 밥도 굶고 물자도 부족했지. 길고양이도 잡아먹었지. 먹고 살기 위해 온갖 머리를 굴려 생존해야만 했어. 있는 건 다 재활용하고 없는 건 창조해야 했어. 우리 쿠바인은 다 이겨냈지. 머리가 좋거든. 아주 창의적이고. 모니카도 쿠바 사람이 다 됐네!"

궁하면 통한다. 이가 없으면 잇몸으로 산다. 이런 속담이 떠올랐으나 스페인어로 옮길 재주가 없어 고개를 크게 주억거렸다. 점화기를 들어 불을 붙여보았다. 중고지만 문제없었다. 생활이 한 단계 진화해서 기분이 좋았다. 나는 진심으로 너무 고마워서, 얼마를 주면 되냐고 물었다. 그러자 베로니카가 괜찮다고 친구에게 산 게 아니라 얻은 거라 했다. 원래 사려면 어느 정도 하냐니까 3쿡 정도 하려나, 했다. 나는 5쿡짜리 지폐를 안 받으려는 베로니카의 손에 쥐여줬다. 베로니카의 눈에 약간 물기가 비치는 듯했다. 베로니카가 말했다.

"넌 내 친군데, 내가 받으면 안 되는데…… 고마워."

그깟 5쿡. 한국 돈으로 6000원 정도다. 아바나 시를 뒤져도 없는 저 물건을 구했으니, 아깝지 않았다. 나는 그녀가 애쓴 마음이 너무 고마워서 식당에 가서 점심을 같이 먹자고 했다. 혼자 식당에서 사 먹으려면 사람들이 쳐다보는 게 너무 싫었는데, 같이 갈까 했다.

"식당에서 먹지 마. 돈만 비싸고. 오늘 장 많이 봐 왔네."

"다 풀떼기밖에 없어. 난 채식주의자가 아닌데, 고기나 생선, 치즈나 햄을 이 동네에서 사질 못하니 할 수 없이 다이어트를 하고 있다고."

"하몽은 우리 아들 친구를 통하면 좋은 걸 구해 올 수 있어. 치즈도 그렇고."

좋은 방법이다. 정보도 없는 내가 여기저기서 구하려다

지치는 것보다는. 왜 그런 요령을 몰랐을까. 재바르지도, 현실적이지도 못한 은둔형 외톨이 같은 내가 이런 나라에서 사는 게 나도 참 한심했었는데.

"그래. 부탁해요. 내가 다 계산할 테니까."

베로니카는 오케이를 연발했다.

베로니카는 밥을 안치고 상추와 토마토로 샐러드를 만들고 플라타노를 튀겼다. 뚱뚱하지만 몸은 재바르고, 긴 인조손톱을 붙인 손으로 일손도 빨랐다. 한국 라면 하나를 물을 좀 넉넉히 부어 국처럼 끓인 후 밥과 먹으니 배가 불렀다. 베로니카는 한국 라면이 환상적인 맛이라고 칭찬했다. 디저트로 튀긴 플라타노를 먹었다. 나는 마지막 남은 커피를 끓이고 베로니카는 자신을 위해 작설차를 만들었다. 자기가 알아서 먹겠다고 해서 보니, 찻잎 한 움큼을 주전자에 부어 설탕을 넣고 숟가락으로 꾹꾹 눌러 따라 마셨다. 녹차가 아주 걸쭉한 오줌 빛깔이다. 얼마나 비싼 건데 손도 크네! 그 비싼 작설차는 이 집 발코니 화분의 막 뜯어 먹는 야생허브기 아닌데. 혹시나 가난한 베로니카에게 상처를 줄까봐 그런 말은 눌러 참는다.

"모니카! 한국의 이 차 너무 맛있어. 피로가 싹 가셔. 정신이 번쩍 나!"

그렇게 녹찻잎을 잔뜩 넣어 숟가락으로 꾹꾹 눌러 진국으로 우려 마시니 카페인이 오죽할까. 녹차를 좋아하지 않으니 그리 아깝지도 않다. 커피가 바닥이 나니 그게 아쉽지. 커피를 구해야 한다. 벌써 열흘째 구하고 있는데, 없다.

"베로니카, 커피와 휴지가 거의 없어. 동네 가게엔 찾아도 안 보여. 그걸 어디서 구해야 할지 모르겠어. 지난번에는 진열대 가득 온통 휴지던데. 지금은 사라졌어."

"휴지는 다음에 비상용으로 두 개 가져올게. 커피는 아바나 리브레나 코히바 호텔 같은 특급호텔에 가봐. 외국인 전용 상점에 최고급 커피 같은 걸 팔지도 몰라."

이날 처음 베로니카와 오래 대화했다.

내가, 베로니카는 젊었을 때 예뻤을 거 같아, 라고 립서비스를 하자 그녀가 활짝 웃으며 얼마나 좋아하던지! 사실 베로니카는 좋은 옷은 아니지만 밝은 원색의 옷들을 깨끗이 빨아 자주 바꿔 입고 왔다. 손톱을 늘 신경 써서 관리하고 외모와 미용과 장식품에도 관심이 많다. 내가 가지고 있는 구두나 옷, 액세서리에도 관심이 남다르다. 남자들이 많았죠? 내가 짓궂게 묻자 남자는 아이들 아빠 한 사람뿐이었다며 손사래를 쳤다. 자식들, 손자들 얘기를 하기에 남편은 뭐 하냐니까 마이애미에 있다고 했다. 이혼한 지

17년 됐다고. 그가 떠났을 때 너무 많은 눈물을 흘렸고 가슴이 아팠지만 이제는 괜찮다고.

그녀는 나이가 73세이고 이제는 늙어서 일이 힘들다고, 내가 마지막 투숙객이라며 내가 한국으로 떠나면 자기도 일을 그만둘 거라고 했다. 내년부터 맘껏 여행이나 다니라고 하니 표정이 뜨악하다. 돈이 어디 있어서, 그런 표정. 자기는 정말 평생 일만 해서 쿠바 국내 여행도 한번 못했다고, 트리니다드도 산티아고 데 쿠바도 가본 적 없다고, 만아들이 일하는 멋진 휴양지인 까요 꼬꼬의 호텔에도 가본적 없다고, 평생 트리니다드엔 꼭 가보고 싶은 꿈이 있었다고. 그런데 자기는 안다고, 불가능한 꿈이라는 걸. 그 말에 가슴이 아팠다. 이 집에 오기 전, 나는 이 나라의 몇 도시를 여행했다. 한국의 경주 같은 트리니다드는 전통적인 문화유산 도시다. 가옥마다 길고 장식적인 창문과 창살 무늬가 얼마나 개성적이고 아름다웠던가. 그곳 사람들은 아름다운 무늬의 철창에 카나리아 새장을 걸어놓았다. 나는 베로니카의 꿈을 이뤄주고 싶다는 강렬한 욕구가 생겼다. 떠나기 전에 깜짝 선물을 할까?

큰아들이 산다는 까요 꼬꼬는 이 아파트 입주 전에 내가 다녀온 까요 산타마리아와 멀지 않다. 내가 머물렀던 까요 산타마리아의 올인클루시브 호텔이 떠올랐다. 그 특급 호텔이 독점한 카리브해의 해변 풍광과 바닷물빛은 압권 중의 압권이었다. 게다가 모든 식사와 술과 음료는 무한정 공짜여서 천국이 따로 없었다. 그 비싼 여행자 코스에 비하면 현지인의 삶 속으로 들어온 이 동네의 현실은 내겐 지옥이라 할 만하다.

"정부에서 노인들에게 돈 안 줘?"라고 내가 묻자, 아주 코딱지만큼이라고 한다. 자기는 대학을 졸업하고 실험실에서 피 뽑고 오줌 뽑는 일을 오래 했었는데, 나라 경제가 너무 안 좋아져서 은퇴를 해야 했다고. 은퇴 후 정부에서 아주 조금 연금을 주는데 생활에 도움이 안 되어 렌트하는 집의 관리일을 하는 거라고 했다. 다 주인 돈 벌어주는 거지, 자기 월급은 형편없다고 한다.

여기서 일하면서 월급을 얼마 받는데? 한 달에 200모네다 나시오날(MN) 받아. 겨우? 내가 안 믿기는 얼굴을 하자 그녀는 내 수첩에 '200MN=10CUC'이라 썼다. 1만 2000원 정도? 세상에! 내가 노란 택시를 타고 아바나에 15분 걸려 가는 택시 요금이 그녀가 일하고 받는 한 달 월급이라니! 베로니카! 그걸로 어찌 살아? 그러니까! 아주 힘들어! 그녀가 한숨을 쉬며 고개를 절레절레 흔들었다. 이 궁리 저 궁리 머리 짜내며 살지. 200모네다라면 버스 한 번에 1모네 다니까, 버스 200번 타면 끝이야. 베로니카는 일주일에 한 번만 청소하고 빨래해주러 오기로 했는데, 뻔질나게 이 집에 드나든다. 이렇게 오면 한 달에 버스비로 왕복 40모네다 정도는 쓸 것이다. 아마도 돈이 아까워 버스도 못 타고 걸어올 것이다. 자기가 은퇴한 노인이고, 실험실 간호사 출신의 기준으로 책정된 월급이라서 적다고 한다. 한 달에 100만 원이 넘는 월세를 내는데, 관리인 월급이 겨우 1만 2000원이라니. 내가 다 속이 상하고 가슴이 아팠다.

아들들이 좀 도와줘. 먹을 것, 입을 것 등. 베로니카, 내년에 일 그만두면 여행 좀 하지 그래. 까요 꼬꼬에서 일하는 아들네 가서 좀 살든지. 아냐, 아바나 아들네에 있을 거야. 여행할 돈이 전혀 없어. 쿠바인들은 여행을 할 수가 없어. 어떤 쿠바인들은 잘살아. 미국이나 다른 나라에 친척이 있으면 송금하고 도와주지. 그런데 난 친척도 없고, 바라지도 않아. 우리 조부모는 스페인에서 이민 왔어. 우리 아버지가 어릴 때. 난 까마구에이에서 나고 자랐어. 내 고향은 산도 없는 너른 평야지대야. 먹을 게 아주 많이 나는 곳이고 소도 많이 길러서 우유도 많이 나지. 우리 가족은 농사를 지었어. 난 혁명 후에 학교처럼 가르치는 곳(스페인어로 뭐라고 했는데, 농학, 야학 뭐 그런 거 같다)에서 공부하고 아바나의 대학에 입학해서 실험실 자격증을 딴 거야. 영어 한마디 못하며 허드렛일을 하는 이 할머니가 대학을 나왔다는 게 좀 신기했다. 하지만 혁명 후 쿠바가 전 국민에게 무상교육과 의료를 실시한 것은 사실이다.

이 집의 관리인으로 책임을 맡고 부지런히 일을 하는 그녀의 한 달 월급이 겨우 10쿡인 게 계속 가슴이 아파 멍하니 있었다. 모니카! 슬픈 얼굴 하지 마. 자존심을 회복한 베로니카가 정색을 하며 말했다. 돈이 다가 아냐. 난 아침에 눈 뜨면 정말 행복해서 노래해. 내 자식들, 내 손자들, 내 친구들을 위해 기도해. 우리도 사는 데 물론 스트레스 많이 받아. 어느 곳에서든 인생이 늘 행복한 건 아닐 거야. 모니카, 부자인 너도 그렇지 않니? 베로니카, 나 부자 아니야. 물론 아주 가난하지도 않지만. 오, 그래? 모니카! 봐봐, 돈은 중요하지만 인생은 돈이 다가 아니잖아. 그럼 어찌 사는가가 중요해. 사랑이 제일 중요하지. 내 마음에는 사랑이 가득하거든. 가난하지만 행복하다구. 베로니카는 자기 왼쪽 가슴을 어루만졌다. 오오! 미 꼬라손! 미 아모르! 미 비다!(오오 내 심장, 내 사랑, 내 인생이여!) 그녀의 목소리와 눈빛에 물기가 돌았다. 나도 왠지 눈시울이 시큰해졌다.

베로니카와 눈이 마주치자, 그녀가 나를 품에 껴안았다. 나도 베로니카의 푸근하고 푹신한 몸을 껴안는다. 그녀의 살 속에서, 베로니카의 속삭임을 들었다. 내 가슴엔 사랑이 가득해……. 엄마 품에 안긴 것처럼, 그동안의 외로움과 고달픔이 녹는 느낌이 들었다. 베로니카도 같은 마음이었을까. 모니카! 나를 쿠바의 엄마라고 생각해. 네, 당신을 만나게 돼서 난 참 행운이에요. 그래, 나도 그래!

★

그날 이후 내 마음은 베로니카에 대한 연민으로 가득 찼다. 그리고 그녀를 이해할 거 같았다. 그녀가 나를 처음으로 도와준 날, 고마움의 표시로 라소네스 식당에서 식사 대접을 했을 때 얼굴빛이 안 좋았던 이유를. 그리고 뻔질나게 내 집에 드나든 이유를. 그녀는 돈이 필요했던 거다. 뱃속으로 한 번에 들어가는 음식보다. 그러자 내 지갑은 자연스레 열리기 시작했다. 그녀가 청소하러 오는 날은 무조건 5쿡씩 팁을 주었다. 한국의 파출부 인건비를 생각하면 새 발의 피였다. 청소비가 월급에 포함된다는 걸 알았지만, 월급이란 게 1만 2000원밖에 안 되니까. 백인인 데

다 육덕진 몸매에 영양 상태도 좋아 보이는, 화장을 하고 손톱도 길게 기르는 쿠바 여인이 그렇게 가난한지 몰랐다. 어떻게 살아가는지, 그 돈으로 살아 있는 게 기적이라고 생각되자 나는 불평하고 엄살떠는 나 자신이 부끄러웠다. 그리고 그녀가 평생에 가장 가보고 싶다는 트리니다드 여행을 꼭 시켜주고 싶었다.

부탁했던 치즈와 햄을 그녀가 사 왔다. 달걀 열다섯 알도 가져왔다. 오랜만에 단백질 덩어리들을 보니 기분 좋은 흥분이 몰려왔다. 그녀가 부르는 5쿡을 계산해주고 팁으로 2쿡을 더 얹어주었다. 시장에서도 안 보이던 달걀이 모두 600원 정도로 아주 쌌는데, 한 알에 40원꼴이다. 베로니카가 나를 위해 오믈레크(베로니카는 늘 그렇게 발음했다)를 만들어주겠다고 부엌으로 들어갔다.

코팅이 다 벗겨지고 울퉁불퉁한 낡은 프라이팬에 냉장고에 굴러다니는 야채를 넣어 솜씨 좋게 오믈렛을 만들어 왔다.

"내가 오믈레크 전문가야. 여긴 주로 독일 여행객들이 많이 왔었는데, 그 사람들에게 매일 아침 이걸 조식으로 만들어줬어. 다들 환장했어."

베로니카의 오믈렛은 눈물 나게 맛있었다. 한 달 만에

먹는 계란이 입에서 슬슬 녹았다. 커피가 떨어져서 아쉬웠지만. 앞으로 싸고 영양 많은 계란을 많이 먹어야겠다. 베로니카는 자기도 커피는 구할 수 없다고 했다. 자기네가 배급받는 커피는 질이 좋지 않아 내 입맛에 맞지 않을 거라고. 그런데 커피 배급이 떨어진 지 오래라 그마저도 구할 수 없다고.

아침에 눈뜨자마자 커피를 마셔야 하는 나는 눈을 떠도 살맛이 안 났다. 커피를 못 마신 지 열흘이 넘었다. 커피 원산지인 쿠바에서 커피를 못 구하다니. 커피를 구하러 큰 호텔로 진출하기로 했다. 그동안 동네방네 걸어 다니며 작은 가게와 시장에 물어봐도 구할 수 없었다. 마침내 아바나 리브레 호텔의 외국인 전용 상점에서 '세라노'란 상표의 커피를 발견했다. 대용량 1킬로들이 분쇄 원두가 16쿡. 점원이 쿠바 최고의 커피라며 엄지를 흔들었다. 아닌 게 아니라 커피향을 맡자 심장이 마구 뛰었다. 한 팩은 한국에 가져가고, 한 팩은 베로니카와 나눠도 충분하다. 커피 두 팩을 안고 오는데 향이 정말 신선하고 고소해서 거의 코를 박고 향을 맡으며 걸어왔다. 사실은 좋아서 입이 자꾸 실룩거려 입을 가리기 위해 코를 박았다. 아, 내일 아침부터 커피를 마실 수 있게 되었구나! 더위도 열기도 느껴지지 않았다. 베로니카에게 이 맛좋은 커피를 나눠줄 생각을 하니 더욱 기뻤다.

베로니카에게 300그램 정도의 커피를 나눠주니 환호작약했다. 커피를 좋아하지 않는 그녀도 커피를 진하게 만들어 마시며 커피향에 연신 코를 흠흠거렸다. 세라노 커피는 가장 좋은 커피지만 쿠바 인민들은 비싸서 못 사먹으며, '올라'라는 커피와 '쿠바비타'라는 커피가 주로 배급된다고 했다. 아들에게 세라노 커피를 갖다 주면 정말 기뻐할 거야. 그녀가 나를 껴안았다. 모니카, 너는 정말 좋은 친구야. 아니 사랑스런 내 딸이야.

베로니카는 쿠바산 설탕, 커피에 자긍심을 가지고 있었는데, 또 하나는 과일에 대한 자부심이었다. 아바나 시내에 볼일이 있어서 외출했다가 관광객들이 붐비는 오비스포 거리에서 오렌지 다섯 개를 사왔다. 관광객에게 오렌지를 파는 수레를 보자 동네 시장에는 없는 오렌지를 맛보고 싶었다. 크지 않고 딱 야구공만 했다. 색깔이 오렌지빛이 아니라 초록빛이었다. 먹기 좋으라고 기계로 하얀 속껍질은 남기고 겉을 돌려 깎고, 아래위만 500원짜리 동전만 한 겉껍질을 남겨둔 오렌지였다.

베로니카가 왔을 때 오렌지 두 개를 내갔더니 횡으로 반으로 잘랐다. 베로니카가 먹는 시범을 보였다. 반쪽을 손에 들고 단면을 쪽쪽 요령껏 즙을 빨아 먹는 거였다. 나도 돌려 가며 과즙을 빨아 먹었다. 그런데 한국에서 맛보던 그 오렌지 맛이 아니었다. 그 달콤 상큼한 오렌지의 맛이 아니라 너무 시큼했다. 거의 레몬에 가까울 정도였다. 베로니카는 어찌나 맛나게 쪽쪽 빠는지 나중엔 홀라당 뒤집어서 남김없이 알뜰하게 붙어 있는 과육을 다 뜯어 먹었다. 깨끗한 흰 속껍질만 쭈그러진 야구공처럼 얌전히 접시에 남았다.

"오오! 쿠바는 정말 과일이 너무 맛있어. 우린 햇빛이 좋아서 과일이 얼마나 달고 맛있나 몰라! 수출도 하지."

베로니카는 자부심에 찬 모습으로 말했다. 그 말에 나는 시큼한 오렌지를 먹다 말고 내려놓기가 뭐했다. 씨알도 작고 과즙도 별로 없어서 억지로 빨아 먹고 있는데, 내가 빨던 오렌지 반쪽은 왜 이리 걸레처럼 너덜너덜한지!

"한국에도 오렌지 있어?"

"있어요. 주로 수입해요."

"미국에서?"

"주로 캘리포니아에서. 다른 나라에서도 수입하고요."

"쿠바산은 없지?"

"전혀."

"아이고. 그거 참 유감이네."

베로니카는 정말 안타까운 표정을 지었다.

"쿠바는 과일 수입 안 해요?"

"쿠바는 과일 수입 안 해. 할 필요가 없지. 제철에 먹을 수 있는 열대 과일이 얼마나 맛있는데. 난 망고를 참 좋아하는데 이젠 망고 철은 지났지."

"아 망고. 나도 좋아하는데 아쉽네. 그럼 지금 먹을 수 있는 과일, 살 수 있는 과일은 뭐예요?"

"오렌지, 파파야, 구아바, 바나나, 파인애플. 파인애플은 정말 맛있어."

그동안 여행 중에 5성급 호텔에 머문 적도 있었는데 뷔페식당에 그런 과일들이 나왔었다. 그런데 파인애플은 너무 작고 시었고, 멜론은 푹 무른 늙은 오이처럼 전혀 달지 않았다. 열대과일에 대한 나의 기대는 그때부터 깨졌다. 그런데 이젠 오렌지마저도.

"아, 오렌지 오랜만에 먹으니 너무 맛있고 시원하다. 아 행복해! 정말 맛있지? 모니카, 응? 쿠바 과일이 최고라니까."

중부 농업도시 까마구에이에서 태어나 아바나로 와서 칠십 평생 쿠바의 어느 도시도 여행한 적 없는 베로니카. 그녀는 세상을 모르는 우물 안 개구리. 지금 그녀가 맛나게 먹는 초록 오렌지가 그녀에겐 세상에서 제일 맛있는 오렌지다. 나는 세상의 많은 과일을 맛보았고, 비교할 수 있는 혀를 가지게 되었다. 그런데 이런 혀를 장착하고 현재 이 나라에 살고 있는 나는 불행하다. 초록 오렌지 반쪽을 귀하게 먹는 쿠바 노인의 순수한 기쁨 앞에서 나는 미안해서 맛있는 척한다. 하지만 맛없다. 내 혀와 내 뇌는 정확하다. 우물 안 개구리가 우물 밖 개구리보다 더 행복한 거 같아 살짝 질투가 나려 했다.

★

호텔에 인터넷을 하러 갔다. 모바일 뱅킹으로 은행 일을 급히 봐야 했다. 뭐가 문제인지 제대로 프로그램이 작동되지 않는다. 텔레그램을 여니 남편의 톡이 와 있었다. '여보, 피델이 죽었대.' '거기 분위기는 어때?' '당신은 괜찮지?' 지금 한국 시간은 새벽 3시. 남편이 잘 시간. 열네 시간의 시차 때문에 남편과 나는 견우와 직녀처럼 사이버 세상에서도 잘 만나지를 못한다. 그 역사적인 인물이 죽었다니. 카페 안의 외국 여행객들은 모두 조용히 인터넷을 하고 있는 듯하다. 한국의 포털 사이트를 열어서 그의 부고와 관련된 기사를 열어보았다. 이곳 시간으로는 지난밤에 운명했다. 자신의 동생에게 정권을 이양하고 물러났지만, 혁명을 이끌었던 그는 체 게바라와 더불어 TV나 선전광고, 사진으로 건재했다. 소도시의 고속버스터미널 대합실에도 걸려 있던 그의 사진. 푸른색 아디다스 운동복을 즐겨 입던 모습이 내 머리에는 각인되어 있다. 어쨌거나 그는 역사적인 인물이었고 그의 죽음은 역사적인 사건이다.

집으로 돌아와서 TV를 켰다. 낡은 TV는 잘 켜지지 않았는데 여러 번 두드리면 켜졌다. 추모 뉴스를 진행하는 앵커들의 배경으로, 'HASTA LA VICTORIA SIEMPRE, FIDEL!(영원한 승리의 그날까지, 피델!)'이라 적혀 있다. 혁명광장의 체 게바라의 구호를 패러디한 것이다. 국영방송인 모든 채널에서는 눈물 흘리는 국민들의 표정을 취재했다. 남녀노소 모두가 애통해하는 모습이다. 여러 전문가들이 방송에 나와 그의 치적에 논평과 견해를 피력했다. 생전의 혁명 영웅의 모습, 그가 태어나고 자란 집, 어린 시절 사진, 혁명 당시의 기록 사진들, 그가 연설하는 장면 등이 계속 교대로 나온다. 하루 종일 추모 특집 방송이 이어진다. 국장 기간은 9일간 이어질 것이며, 그는 혁명의 발발지라 할 수 있는 산티아고 데 쿠바의 산타 이피헤니아 국립묘지에 안장될 거라 한다. 며칠간 시민들을 위해 '호세마르티 혁명광장'에 있는 혁명탑 안에 추모소를 설치해서 그의 죽음을 애도할 수 있도록 한다고 했다.

다음날 베로니카는 눈이 부은 얼굴로 나타났다. 어제가 이민국 서류 신고하는 날인데 영웅의 죽음으로 자기가 너무 슬퍼서 제정신이 아니라 까먹었다고. 이민국에는 왜 그리 자주 신고하는지. 수시로 입주자인 나의 거취나 체류를 확인한다. TV에서는 혁명광장 추모소의 모습을 실시간으로 보여준다. 수많은 사람들이 줄을 서서 그의 영정 앞을 천천히 지나간다. 개인적으로 꽃을 놓는 사람도 있고 폰으로 사진을 찍으며 걷는 사람도 있다. 주저앉아 통곡하거나 절을 하거나 하는 슬프고 엄격한 분위기는 아니다.

"난 내일 혁명광장에 갈 거야." 베로니카의 말에 나도 가보고 싶다고 했다.

"아침에 일찍 가야 해. 더워지기 전에. 그리고 사람들이 많아지기 전에."

추모소에 가는 날, 베로니카가 아침 9시에 와서 혁명광장으로 출발했다. 아침부터 몹시 뜨거운 날이다. 걸어서 가기에는 무리인 거리라 지나가는 깡통 택시를 잡았다. 내가 나서려니 베로니카가 나서서 3쿡에 흥정했다. 외국인인 내가 잡으면 바가지를 쓸 게 분명하니. 왼쪽 차창엔 유리도 없고 차 문도 망가져 열 수 없고, 오른쪽 뒷문의 손잡이도 덜렁거렸다. 손님이 요금을 낼 게 아니라 생명 수당을 받고 타야 할 폐차 직전의 택시가 거리에 굴러다닌다. 마분지에 매직으로 쓴 'TAXI'라는 간판을 앞 유리창에 붙이고서.

혁명광장 앞에는 많은 사람들이 모여 있었고 차량은 진입하지 못하게 바리케이드를 쳐놨다. 우리는 광장으로 들어가서 어디로 줄을 서야 할지 몰라 그냥 호세 마르티 기념탑이 바라보이는 바리케이드 앞으로 갔다. 호세 마르티 동상과 기념탑에 쿠바의 국기가 조기로 게양되어 펄럭이고 있었다. 바리케이드 너머에는 군인들과 경찰들이 지키고 있고 앰뷸런스가 주차되어 있었다. 사진기자들인지 카메라를 든 많은 사람들도 그늘에 서 있었다. 입장이 허가된 어떤 사람들은 곧바로 안으로 들어갔다.

베로니카가 사람들에게 "꼼빠네로!(Compañero, 동무)"라고 부르며 줄을 어디서 서냐고 물어본다. '여보세요!' '저기요!' '잠시만요!' '실례합니다'가 아닌, 동무! 그렇게 들렸다. 그래, 여긴 북한과 비슷한 곳이지. 사회주의, 공산주의 국가다. '동무'들은 줄을 세 갈래로 선다고 답한다. TV에서 보니 그냥 사람들이 영정 앞을 편안하게 지나가던데. 그래서 만만하게 봤는데. 몇 시간을 기다려야 하는 거 아닌지 모르겠다. 광장 끝자락 두 건물 전면에 혁명 영웅 체 게바라와 까밀로의 얼굴이 새겨져 있었는데, 그 옆 건물에 피델의 사진이 커다란 천에 인쇄되어 걸려 있었다. 피델이 혁명 전, 게릴라 시절의 군복 차림으로 배낭과 총을 메고 시에라 마에스트라 산 정상에서 먼 곳을 내려다보는 옆모습이다. 젊은 그는 사진이 찍힌 그 순간, 혁명이 성공할 수 있을 거라 확신했을까. 굽이치는 산줄기는 그의 파란만장한 인생의 상징으로 보인다. 나도 카메라로 사진을 몇 컷 찍었다.

우리가 입구를 잘못 찾았는지, 사람들에게 계속 동무를 부르며 묻던 베로니카는 시내의 몇몇 장소에서도 이렇게 추념할 수 있는 장소가 있다고 전한다. 집 근처에 있는 까사 데 라스 아메리카스(혁명 후 라틴아메리카의 문화연대의 메카라 할 수 있는 쿠바의 중요 문화기관)에도 있으니 거기로 가보는 게 어떠냐고 내게 묻는다. 광장에서 계속 직사광선을 받고 있어서 현기증이 살짝 나던 나도 그만 돌아가고 싶었다.

우리는 파쎄오 대로를 쉬엄쉬엄 한 시간도 넘게 걸어서 까사 데 라스 아메리카스로 가기로 했다. 너무 힘들고 더웠지만 파쎄오 대로는 중앙에 나무들이 공원처럼 우거진

대로라서 잠시 쉴 땐 쾌적했다. 그런데 걸어오는 중에 우리가 사거리 길을 건너자마자 코너에서 퍽! 하는 소리가 나더니 교통사고가 났다. 직진하는 차가 우회전하며 들어오는 차를 들이받아 우회전 차량의 왼쪽 뒷문이 다 망가졌다. 직진했던 운전자가 놀라서 자동차 밖으로 뛰쳐나갔다. 아까 아침에 안전벨트도, 손잡이도 없는 깡통 같은 택시를 타고 가다 사고라도 나면 어쩌나 싶었는데 진짜 사고가 났다.

앰뷸런스가 오고 구경꾼들이 뛰어갔다. 심각한 사고라 생각되어 우리는 길을 다시 건너 사고 현장까지 가봤다. 얼굴과 코에 피를 흘리며 정신을 잃은 남자가 앰뷸런스에 실리고 있었다. 어쩌면 생각보다 중상일지도 모른다. 곧이어 경찰차도 왔다.

우리는 다시 걸었다. 휴대폰의 맵스미 지도앱을 보니 근처 파쎄오 거리에 북한 대사관이 있다고 표시가 떴다. 내가 "너네는 북한이랑 형제국가지?" 하니까 눈치 빠른 베로니카는 "우린 두 꼬레아가 다 친구야"라고 한다. 까사 데 라스 아메리카스에도 쿠바의 국기와 광장의 사진과 똑같은 피델의 영정사진이 입구에 입간판으로 서 있었다.

9일 동안의 애도 기간은 고요하고 평온했다. 국민들은 애도하는 마음으로 차분하게 자신들의 일상을 보내는 모습이었다. 베로니카와 나의 관계도 안정되고 평화롭게 흘러갔다. 빨래와 청소를 하러 온 날, 그녀는 햄 한 덩이를 가져와서 반으로 뚝 잘라주었다. 그날 일이 끝나자 나는 염색을 좀 도와달라고 부탁했다. 새치가 많이 자라 있었다. 그녀는 한국에서 가져온 염색약을 잘 배합해서 내 머리칼에 야무지게 발라주었다. 자기는 혼자서도 염색을 잘한다면서. 머리를 감고 보니 완벽하게 염색이 잘됐다. 햄값도 그렇고 얼마를 줘야 할까 고민했다.

일 끝나고 갈 때, 내가 햄값을 주고 싶은데……, 그러니 베로니카가 입술을 쭉 내밀며 쯧! 비슷한 이상한 소리를 낸다. 우리 쿠바 사람들은 뭘 주고 싶어서 줬는데 돈 주겠다고 그러면 이렇게 하지. 쯧! 쯧! 베로니카가 고개까지 흔들며 노!라고 말한다. 내가 말했다. 우리는 친구잖아. 아니, 당신은 내 쿠바 엄마잖아. 난 친구한테는 용돈 안 줘. 엄마한테는 주지. 나는 그녀의 손에 기어이 10쿡짜리 지폐를 구겨넣어주었다. 그녀의 한 달 월급만큼의 팁이었다. 그녀가 받지 않으려 했다. 오늘 모든 게 다 고마워. 당신은 아주 훌륭한 뻴루께라(미용사)야. 덕분에 내가 아주 젊어졌어. 나는 한국의 우리 엄마를 무지 사랑해. 그녀는 암 환자라서 건강이 좋진 않아. 나도 당신 자식들처럼 내 엄마를 도와주거든. 당신은 또 쿠바의 내 엄마잖아. 이해해? 그렇게 말하는데 목이 메었다. 베로니카가 나를 껴안았다. 베로니카와 나는 껴안고 서로 "꽁쁘렌도!(이해해!)"라며 동시에 말한다. 이해한다는 건, 서로의 마음이 통하는 것. 마음은 뭘까, 따스하게 통하는 공기 같은 것? 미 아모르! 미 이하! 그라시아스!(내 사랑! 내 딸! 고마워!) 베로니카의 눈에 눈물이 맺혔다. 피델이 죽었을 때도 내게는 보이지 않던 눈물이었다.

나는 그녀에게 말은 안 했지만, 프레지덴테 호텔의 국영 여행사 창구에서 트리니다드 여행 상품을 상담했었다. 깜짝 선물로 베로니카에게 여행을 꼭 시켜주고 싶었기 때문이다. 그녀의 평생소원이니까. 그런데 그게 복잡할 거 같았다. 현지인은 여행하는 게 어렵다고 한다. 아마 통제를 받는 거 같다. 내가 함께 여행해야 하나. 나는 이미 그곳을 여행했는데. 돈은 돈대로 더 들고 함께 꼬박 붙어 여행하는 게 너무 피곤하지는 않을까. 결국 노인네 모시고 가는 거니까. 한국에서도 효도여행은 힘든데. 그 대신에 떠날 때 돈을 아껴서 현금으로 주는 게 나을까, 온갖 궁리를 하게 되었다.

그런데 텔레파시가 통했던 걸까. 베로니카가 이 동네 친구 집에 일이 있어 들렀다며 내 집에 놀러 와서 이런 저런 얘기를 했다. 내년에 여기 일을 그만두면 자기도 외국인 관광객을 상대로 '까사' 운영을 한번 해볼까 한다고. 자기는 충분히 이 집에서 노하우를 쌓았으니 돈을 벌 수 있을 거라고. 여기서 20년 일해봤자 부자 주인 돈만 불려주고 있다고. 그러면서 나보고 손님을 소개해달라고, 너가 작가니까 책을 써서 자기 까사를 소개하면 한국 사람들이 많이 올 거라고 희망에 차서 말했다.

까사 운영할 집이 있어요? 아들과 사는 집이지. 방이 몇 갠데? 두 개. 아들 여자친구가 가끔 오지만, 내가 아들과 방을 함께 쓰면 방이 하나 비어. 그걸 수리하면 돼. 우리 집은 다른 집보다 넓은 편이야. 쿠바는 집이 너무 부족해. 보통 세 번은 이혼하니 가족 구성원이 복잡하거든. 다 같이 한 집에 섞여 살아. 전남편과 애인도 한 집에서 같이 산다니까. 각자 애들 데리고. 젊은 사람들은 방이 없어 결혼도 못해.

첫날, 독채로 임대한 이 집에 베로니카가 같이 살고 싶다고 했던 게 생각났다. 이곳의 자기 방을 두고 아들과 여자친구가 있는 집으로 들어가는 게 눈치가 보였던 거다. 동양 여자 하나가 작가라며 절대 방해받지 않고 작업해야 한다며 혼자 있겠다고 했을 때 좀 서운했었겠다. 하지만 내가 계약한 주인에게 그만큼 많은 돈을 지불했으니 월급 주는 주인의 뜻에 따라야 했겠지. '방콕' 스타일의 집순이인 나는 특히 집필할 때면, 철저히 스스로를 독방의 수인(囚人)처럼 격리해야 글에 집중이 되는 집필 습관을 갖고 있다. 그런데 차라리 감옥에 있다면 삼시세끼 식사라도 제공될 텐데 이곳에서는 작업은커녕 부식과 생필품을 구하러 다니다 지쳐버린 아까운 나날들이 벌써 두 달이 다 되어가지 않는가. 그나마 글이라고 쓰는 일기는 가계부처럼 변하고, 먹는 거에 집착하고 환장하는 이상한 작가가 되어 있지 않은가.

내가 이런 불평을 늘어놓으며 중요한 일을 못하고 있다고 하자, 언젠가 베로니카가 말했다.

모니카, 중요한 일이라고 너무 집착하고 애쓰지 마. 그런 건 인생에서 중요하지 않아. 그럴수록 그 중요한 일이 너를 괴롭히는 거야. 인생은 그저 흐르는 거야. 그냥 힘을 빼고 흐름에 몸을 실어. 춤출 때처럼. 우린 그래서 모두 춤을 잘 추지. 여긴 쿠바야! 되는 일도 없고 안 되는 일도 없어. 그냥 파도에, 리듬에, 인생의 시간에 몸을 실어.

긴 걸레로 거실을 닦던 베로니카가 갑자기 걸레를 팽개치고 신나는 노래를 부르며 살집을 출렁대며 춤을 추었다. 살 속에 묻힌 골반이 너무 유연하게 돌아가는 게 신기해서 나는 박수를 치며 환호했다.

*

베로니카가 또 연락 없이 오지 않았다. 왜 이렇게 제멋대로인 걸까. 그녀는 최근에 부쩍 자기가 관리일을 그만두고 내년에 까사를 열 거라고 자주 얘기를 했다. 그러려면 집을 수리해야 하는데 돈이 많이 들어서 걱정이라고 푸념을 하기 시작했다. 나는 트리니다드 여행보다 그녀가 까사를 운영할 밑천을 도와주는 게 나을 거란 생각을 하게 됐다. 돈을 벌면 알아서 여행을 할 수 있겠지. 사실 임대료에 돈이 많이 들었지, 식생활비는 거의 안 드니 돈이 꽤 비축되어 있있다. 남은 돈을 그녀에게 주고 가면 그녀는 얼마나 기뻐할까. 그녀의 삶은 얼마나 행복할까. 모르는 이에게 기부도 하는데. 그 생각만 하면 이상하게 행복했다. 순수한 이타심, 그 순수한 기쁨을 훼손하지 않기 위해 베로니카에겐 헤어지는 순간까지 비밀로 할 생각이었다. 만약 내가 그 돈을 미리 얘기하는 건 미끼로 유인하는 낚시질과 다름없이 비열한 짓이라고 여겼다. 돈으로 맺은 관계가 아닌 쿠바 엄마와 딸 같은 관계로 맺어진 신뢰, 나는 바로 그 신뢰를 신뢰하고 싶었기 때문이다.

그래도 내 표정을 보고는 베로니카가 안심하는 눈치였다. 돈을 얼마를 준다는 얘기는 안 했지만, 당신은 꼭 까사를 열 수 있어. 그 꿈은 이루어질 수 있어, 라고 내가 응원하듯 말했기 때문이다. 그녀가 말했다. 모니카, 하느님께 매일 기도하고 있어. 돈 많은 착한 부자 친구가 나타나 나를 도와주게 해달라고.

베로니카가 오지 않은 어느 날, 심심해서 내가 가진 현금을 확인해보았다. 그런데 좀 이상했다. 생각보다 현금이 별로 많이 남아 있지 않았다. 쿠바는 카드 사용이나 계좌이체가 안되고 현금 사용이 권장된다고 해서 모든 경비를 유로화로 가져왔었는데, 외국인 화폐인 쿡(CUC)으로 모두 환전해놨었다. 그걸 몇 개의 봉투에 넣어서 외투 주머니나 서랍장 속, 파우치 등에 분산 보관하고 있었다. 그런데 봉투 하나가 비는 거 같았다. 가계부를 쓰고 있어서 지출내역을 확인해봐도 300쿡 정도가 비었다. 어디로 갔을까. 짐을 모두 샅샅이 뒤져도 보이지 않았다. 서랍과 가구를 다 뒤져도 없다. 혹시 베로니카가? 아님 열쇠공이? 입주 후 안방 열쇠를 새로 하고 보안을 위해 현관문의 외부 덧문 열쇠를 새로 만드느라 열쇠공이 방문했었다. 베로니카가 지키고 있었으므로 나는 호텔로 인터넷을 하러 갔었다. 아니면 잠금장치가 고장 난 창문을 통해 누군가가 내 방으로 침입했을까. 그러나 그 가능성은 희박했다. 스파이더맨이라면 모를까. 아주 많지도 아주 적지도 않은 35만 원 정도의 돈. 무엇보다 베로니카를 의심할 상황이니, 마음에 안개가 낀 듯 답답했다.

베로니카에게 말을 할 수 없을 거 같았다. 그냥 잊어버리자. 소매치기나 삐끼에게 당했다고 치자. 며칠 마음을 가라앉히느라 애를 먹었다. 그러나 베로니카가 일주일째 연락 없이 오지 않자 화가 났다. 마지막으로 왔다 갔던 날, 양파와 달걀을 구해주겠다고 했었다. 그래서 장에 가더라도 양파를 사지 않았다. 달걀은 어디서도 보이지 않았다. 시중에 돌지 않는 건지, 자기 배급 달걀도 떨어진 건지, 베로니카도 달걀을 구하지 못했던 터였다. 다시 나는 부식을 구하러 다녀야 할 판이었다. 달걀, 휴지, 커피를 다 각각 다른 곳에서 구해야 한다. 어느 거리엔 있고 어느 가게엔 없으니. 돈만 있으면 뭐든 살 수 있고, 돈이면 다 되는 나라에서 온 나는 여태 착각하고 살았나. 내가 가진 돈. 내 손에 든 물건. 당연히 내 손에 들어올 물건. 게다가 믿었던 사람도 다 내 것, 내 사람이라는 이 공고했던 믿음. 이것이 흔들리다니! 그 공포와 소유에 대한 의심은 자본주의 세계에서 온 내게는 낯선 충격이었다. 다시 우울했다. 상처받기 쉬운 연약한 심장을 지닌 나는 밤에 집 안의 모든 불을 끄고, 남들은 모르게 발코니에 앉아서 럼과 트리니다드에서 샀던 코히바 시가로 내 심장을 마취시켰다.

*

베로니카! 어찌 된 거야? 걱정했잖아요. 베로니카는 내 소매를 끌더니 변명하듯 말했다. 봐봐, 들어봐. 그러니까 나, 어제 시보네이에서 왔어. 내가 월요일에 서류 갖다줘야 해서 집주인 리디아네에 갔잖아. 그런데 너도 알다시피 피델의 장례식 때문에 로열패밀리 가문의 사람들과 리디아네 가족들이 모두 산티아고 데 쿠바에 갔고. 그래서 내가 그 집에서 나 혼자 리디아의 손자를 봐야 했어. 리디아의 딸 소피아의 두 돌 반짜리 베베인데 어찌나 정신없는 녀석인지. 닷새 동안 그 베베랑 정말 힘들었어. 그런데 네가 적어준 네 전화번호 쪽지를 잃어버려서 전화를 할 수도 없었어. 내가 아바나 내 집에 없는 동안에 양파를 갖고 온 친구도 그냥 가버렸고, 여기 바퀴벌레 죽이러 소독하러 함께 오려던 사람도 내가 없어서 못 온 거야. 그래서 소독은 그 사람이 다시 안 오고 내가 해야 해. 근데 혼자서는 못하니 네가 도와줘야 해. 너 있는 날에 같이 해야 해. 아참! 달걀은 시보네이에도 아무리 찾아도 없더라.

베로니카는 아침 일찍 오자마자 이렇게 설레발을 치고 정신없이 빨래며, 청소며 일을 하기 시작했다. 일이 끝나자 그녀는 리네아 거리에 뭔가를 '부스까르' 하러 간다고 급히 갔다. 나도 다시 달걀과 생수를 구하기 위해 17F 거리의 장에 나가보았다. 역시 없었다. 이곳에선 물건을 '산다(꽁프라르, comprar)'라는 단어 대신에 '구한다(부스까르 buscar)'라는 단어를 쓰는 게 특이했는데, 이제 확실히 이해가 되었다. 도대체 물건이 있어야지. 돈이 있어도 살 수가 없으니까.

달걀은 구하지 못하고 생수 한 팩을 샀다. 너무 무겁고 더워서 공원 그늘의 벤치에서 잠깐 쉬었다. 점점 이 나라의 삶이 혼란스럽다. 집에 들어가려고 하니 1층 집 현관에

베로니카가 서 있었다. 아직 안 갔었나? 그녀는 그 집 여
주인 마르타가 친구인데, 친구 대신 은행에 가줘야 한다고
했다. 자기는 친구들 일을 잘 봐준다고. "당신은 사람들에
게 참 믿을 만한 친구인가봐. 친구들이 은행 일도 부탁하
고." 내가 그러자 베로니카는 자기가 참 '아미스타'하다고
한다. 아미스타? 뭐라 해석해야 할까. 우의가 두터운? 한
마디로 오지랖이 넓다는 말이지. 갑자기 베로니카가 역겨
워졌다. 내 감정이 갑자기 널을 뛰는 걸까. 마치 없어진 내
300쿡을 빼돌려 베로니카가 은행에 입금이나 하러 간다는
말을 들은 것처럼 분노가 치솟았다. 다 짜고 치는 고스톱처
럼, 마치 친구 마르타도 공범인 것처럼, 아니 발코니에 앉아
나를 엿보는 그 동네 사람들 모두가 침묵의 카르텔을 형성
하는 것 같은 소외감을 느꼈다. 그러고 보니 그 기계공 생각
이 났다. 언제부턴가 세탁기가 제대로 안 돌아가서 수동으
로 물을 채워줘야 했다. 빨래를 돌리는 데 다섯 시간이나 걸
렸다. 베로니카에게 진작 얘기했는데, 기계공과 시간이 맞
지 않는다며 수리를 자꾸 미루었다. 이 주가 지나서야 기계
공이 방문했다. 영어도 유창하고 꽤 지적으로 보이는 까를
로스라는 남자는 베로니카와 아주 친한 듯했다. 20년 관리
인 노릇을 했으니 단골로 부르는 수리 기사인가보다 했다.

까를로스는 나를 잘 아는 듯 친밀하게 굴었다. 모니카, 글은 잘 돼요? 베로니카가 칭찬을 많이 하더군요. 따뜻한 마음을 지닌 분이라고.

베로니카가 그때서야 기계공을 소개했다.

"앤, 내 조카 까를로스야. 얘 비번인 날에 부르느라 방문 시간이 늦어졌지. 까를로스는 아바나 병원의 외과의사거든."

까를로스는 세탁기 부품을 분해해서 다시 조립했다. 그가 자신 있게 말했다. 베로니카, 수명이 다된 걸 다시 살려 냈어요. 앞으로 5년은 끄떡없을 거야. 베로니카는 조카를 불러 돈을 주었다. 먹고 살기 너무 힘들어 의사도 비번인 날에 수리 기사로 투잡을 뛰어야 하는 가난한 나라 사람들. 이해 못하는 건 아니다. 그러나 문제 있는 세탁기를 빨리 고쳐주지 않아서 나를 고생시킨 게, 고작 자기 조카에게 돈 몇 푼 쥐여주기 위한 심산이었다니. 오랫동안 오지 않았던 그녀를 기다리다 못해 할 수 없이 밀린 빨래를 할 수밖에 없었는데. 그 세탁기를 잘못 건드렸다가 부엌 발코니 하수구로 물이 안 빠져서 수건과 걸레로 종일 물을 짜냈던 날도 있었다. 그 후로 그녀가 무단으로 오지 않은 그 시기에는 내가 계속 손빨래를 해야만 했다는 걸 모르지 않을 텐데. 사라진 300쿡의 행방은 덮어두고서라도, 내가 준 임대료, 아니 내가 준 팁만 해도 거의 1년 치 월급은 될 텐데. 햄이니 달걀이니 양파니 알고 보니 무상배급을 받은 물건을 내가 모른 척하고 몇 배나 값을 쳐줬던가. 그동안의 내 선의는? 내가 순수한 이타심이니, 행복한 감정이니 했던 건 무엇이었나. 그런 나이브한 내가 더 역겨웠다. 선과 위선. 그렇게 베로니카에 대한 내 복잡한 감정은 나를 괴롭혔다. 그 감정이 최고조에 올랐던 건 크리스마스이브였다.

표면적으로는 아무 일 없이 시간이 흘러갔다. 아무리 생각해도 내가 이곳에 있는 한 나는 그녀와 공생을 해야 하지 않을까. 생각할수록 그런 결론이 났다. 그녀가 일을 하러 오면 나는 전과 같이 서비스에 대한 내 기준의 팁을 주었다. 갑자기 일부러 안 주면 그녀가 내 치졸한 마음을 눈치챌 거 같았다. 그것도 자존심 상하고 부끄러운 일이다. 팁은 사실 나를 위해 내는 보험료 같은 것이니까.

크리스마스가 다가왔지만 날씨는 연일 폭염이었다. 장대비라도 시원하게 내리는 비 오는 크리스마스를 꿈꾸었다. 크리스마스이브 아침에, 나는 인근에서 제일 큰 17F 거리에 있는 장에 나가볼까 하다가 포기했다. 크리스마스인데 혹시라도 베로니카가 달걀이라도 구해오지 않을까, 크리스마스 축제 음식이라도 좀 가져오지 않을까 하는 일말의 기대가 있었다. 크리스마스 칠면조, 아니 닭 조각이라도. 그녀가 청소하러 오는 날은 아니었지만, 나는 속으로 그녀를 기다렸는지도 모른다. 그녀의 말대로 그녀는 나의 쿠바 엄마고, 나는 그녀의 딸이니까. 그러나 오전이 끝나갈 무렵 나는 그 기대를 접었다. 지금이라도 나가보지 않으면 장에 나온 물건들이 동날지 모른다는 조바심. 그리고 베로니카가 교회에 가서 바쁠지도 모른다는 합리적인 생각. 그런 현실적인 생각이 오히려 쓸데없는 기대를 접게 하고 나를 편안하게 했다. 장을 보고 나서는 아바나 시내에서 크리스마스이브를 자축하기로 했다. 리네아 거리에서 센트로 아바나까지 10모네다밖에 안 되는 현지인들이 타는 합승택시를 타고 바닷가재 요리를 먹고 시내를 산책하고 오자. 크리스마스이브의 아바나가 궁금하기도 했다.

서둘러 준비해서 나가다가 마침 햇빛이 너무 좋아서 이불을 널어놓고 가려고 내 방에 들어와서 이불을 들고 가서 발코니에 널었다. 그리고 가방을 들고 내 방 안의 방문 잠금 버튼을 누르고 문을 닫았다. 300쿡이 든 봉투가 사라진 이후, 나는 외출할 때 내 방 잠금 버튼을 눌러서 문을 잠그는 버릇이 생겼다. 그런데 기분이 좀 이상해서 거실에서 가방을 뒤져보니 열쇠꾸러미가 가방에 없다! 열쇠를 가방에 넣으려다 갑자기 이불 너는 데 정신이 팔려서 잊어버리고 배꼽 같은 손잡이 가운데 버튼을 누르고 방문을 닫아버린 거다. 그런데 문제는 내 방이 잠겨서 못 들어갈 뿐 아니라, 밤에는 현관문 바깥의 쇠창살 덧문까지 안에서 잠그는데, 그 열쇠도 함께 고리에 묶인 채 열쇠꾸러미가 내 방 안에 있는 것이다. 그러니까, 나는 바깥에도 못 나가고 내 방에도 못 들어간다! 갑자기 멘붕 상태가 되었다. 어쩌지? 하필 이런 연휴 기간에! 오늘은 크리스마스이브이고 다음날은 크리스마스인데. 괜찮아, 정신 차리자. 베로니카만 오면 다 해결될 거니까. 나는 내 뺨을 두들기며 가방을 열었다. 다행히 가방 안에 핸드폰과 수첩이 있었다. 베로니카의 집 전화번호를 찾아서 전화를 했다. 그런데 어떤 여자가 잠결에 전화를 받더니 그런 사람 없다고 전화를 끊어버렸다. 이건 도대체 뭐지?

　윤 선생에게 전화했다. 전화를 받지 않는다. 나는 문자를 넣고 거실 바닥에 주저앉았다. 발코니에서 햇빛에 눈부시게 빛나는 노란색 홑이불이 바람을 타며 펄럭였다. 미쳤지. 왜 갑자기 저걸 넌다고. 다시 전화를 했더니 연결이 되었다. 내 사정을 얘기하고 베로니카에게 당장 좀 와달라고 전해달라고 부탁했다. 다시 윤 선생이 전화했다.

"선생님, 좀 전에 아들하고 통화했어요. 아까 그 여자는 아들의 새 여자친구래요. 그런데 어쩌죠? 열쇠를 갖고 있는 베로니카는 지금 아바나에 없대요. 시골에 갔대요. 아마 크리스마스라 리디아네 가족 별장에 따라간 거 같아요. 아들이 최대한 빨리 처리해준다니 걱정 말고 좀 기다리세요. 저도 오늘은 한국에서 오신 손님들 모시고 운전하고, 일도 바빠서 전화를 드리기도, 받기도 힘든데 어쩌죠? 문자 주세요."

하필 시도 때도 없이 열쇠로 문을 따고 들이닥치던 베로니카가 시골에 가 있다니. 내 방문만 열면 된다. 나는 방문을 열어보려고, 부엌칼로, 다른 열쇠로, 또 철사 클립을 늘려서 방 열쇠 구멍에 넣고 돌려보았다. 온갖 시도를 해봤지만 허사였다. 시간이 좀 지나자 누가 바깥 현관에서 열쇠 돌리는 소리가 나고 현관문이 열렸다. 현관문은 열렸지만, 현관문 밖에 가로막힌 잠긴 쇠창살 덧문 앞에는 3층에 사는 베로니카 친구인 홀리아와 그 딸이 서 있다. 할머니는 스페인어로 떠들고 딸이 영어로 말하는데, 아마 베로니카에게서 연락을 받은 듯했다. 딸이 설명했다.

"우리가 이 집의 비상용 현관 열쇠를 가지고 있어요. 베로니카의 아들 후안이 현관문을 대신 열어주라고 해서 왔어요."

놀라웠다. 그녀들이 내 집 현관 열쇠를 갖고 있다니?!

"현관문 열었으니, 그럼 된 거죠? 이 창살 덧문을 열고 나오세요."

그녀가 창살문을 흔들며 말하자 내가 절망에 찬 목소리로 말했다. 정신이 없으니 스페인어 대신 영어가 튀어나왔다.

"현관은 내가 열쇠 없이 안에서도 열 수 있어요. 문제는, 창살 덧문은 못 열어요. 그 열쇠는 내 방 열쇠와 함께 방 안에 있어요. 방은 안에서 잠긴 상태고요."

그녀가, 오 마이 갓! 놀라면서 자기들도 어쩔 수 없다며 올라가버렸다. 아아, 내 방에만 들어갈 수 있다면. 아니 그보다 베로니카만 오면 다 해결되는데.

다시 혼자가 되어 멍하니 앉아 있었다. 만약 오늘 같은 공휴일, 베로니카는 지방에서 올 수 없고, 결국 현관 덧문과 내 방문을 못 연다면 나는 어찌 되나? 나는 현관 밖으로도 못 나가고, 내 방으로도 못 들어간다. 크리스마스에 이역만리 쿠바에서 철창 안 내 집 거실에 갇혀 죄수처럼 지낼 수밖에 없구나. 당장 화장실이 문제다. 내 방 안의 화장실에 갈 수도 없고, 베로니카 방도 잠긴 상태고, 밖으로 나갈 수도 없으니. 만약 크리스마스가 지나고 월요일까지 버텨야 한다면 정말 화장실이 큰 문제다. 렌즈를 끼었는데 그걸 뺄 수도 없고, 안경은 방에 있고. 씻을 수도 없고. 다행인 것은 부엌과 냉장고가 있다는 것. 굶어 죽지는 않는다. 홑이불을 햇빛에 내다 말리고 있으니 거실 소파에서 그걸 덮고 자면 되고.

햇빛 쏟아지는 발코니를 망연히 바라보니 막막했다. 베로니카의 잠긴 방에서는 계속 전화벨이 울리고, 나는 긴장으로 벨소리만 들려도 움찔거려 오줌이 나올 거 같았다. 아침도 안 먹었는데 입맛 같은 건 사라진 지 오래다. 눈이 시린 햇빛을 바라보면 눈물이 터져나올 거 같았다. 미치겠다. 에너지를 비축하기 위해 나는 해를 등지고 소파에 옆으로 누웠다.

한참 지나자 누가 또 현관 열쇠 구멍을 건드리는 소리가 들렸다. 현관문을 여니 창살문 밖에 웬 젊은 남자가 서 있고 나이 든 키 큰 남자가 무작정 창살문을 열려고 하고 있었다. 키 큰 남자가 스페인어로 뭐라 하는데 이상하게 제대로 알아들을 수가 없다. 그는 위층 훌리아 할머니 집으로 오르락내리락하고 위층에서 집 전화를 빌려 쓰며 떠들었다. 그런데 젊은 남자는 계속 열린 창살문 밖에서 안을

들여다보며 내게 자꾸 말을 건다. 자기는 이름이 하비에르
며 법 관련 일을 한단다. 좀 있으니 창살 밖에 어린 사내애
가 와서 나를 들여다보았다. 젊은 남자가 사내애는 호르헤
의 아들이며, 자기의 조카고 이름이 마르코라 했다. 아파
트 사람들이 계단을 오르다가 무슨 일인가 싶어 쇠창살 안
의 나를 들여다보고 갔다. 하비에르가 설명하자, 측은한
표정으로 나를 한참 바라보다 갔다. 철창문 안에 갇혀 있
으니 마치 나 자신이 동물원의 원숭이처럼 느껴졌다. 1층
의 베로니카 친구 마르타도 올라와서 들여다보고 갔다. 동
네에 소문이 다 난 게 분명했다.

키 큰 남자가 공구 가방을 들고 다시 위층에서 내려왔
다. 그는 오늘이 연휴라서 열쇠공을 부를 수 없다고 했다.
방법을 고민하고 있는 중이라며 사라졌다. 사람들도 따라
갔다. 나는 울고 싶은 걸 억지로 참았다. 사람들이 사라진
틈을 이용해서 나는 현관문을 닫고 부엌으로 갔다. 눈물
을 뽑는 거보다 소변이 더 급했기 때문이다. 부엌문을 닫
고 밀대 걸레 빠는 플라스틱 양동이에 걸터앉아 볼일을 보
았다. 살 거 같았다. 누군가 현관 밖에서 쇠창살문을 건드
리는 소리가 났다. 현관문을 열어보니 모르는 사람들이 몇
사람 더 구경하러 와 있었다. 남자들이 서로 다 한 번씩 공

구를 이용해 문을 열어보려 했다. 사라졌던 키 큰 남자가 쇠창살 사이로 드라이버를 넣어서 문 안쪽에 있는 잠금장치의 나사를 풀고 어찌어찌하여 드디어 쇠창살문이 열렸다. 사람들이 박수를 쳤다. 자물통을 연 게 아니라 뜯어냈다. 내가 키 큰 남자보고 당신이 열쇠공 아닌가요, 물었더니 아니란다. 연륜이 붙은 낡은 연장 가방을 보면 딱 기술자의 가방인데. 자기는 호르헤이고 베로니카의 파밀리아란다. 그래서 아들이냐 물었더니 오, 아니라며 친한 아미고라고 했다. 가족이라고 했다가 친구라고 했다가. 가족 같은 친구인가? 애인인가? 연락을 받고 아들 대신 손재주 있는 호르헤가 출동한 듯했다. 이제 그가 밖에서 실내로 들어올 수 있게 되었다. 이제는 내 방문을 열면 된다. 내 방문 앞에서 그가 작은 칼을 달라고 했다. 내가 나이프와 과도를 주었더니 그가 그걸로 방문을 여는 걸 시도해보았는데 잘 안 되었다. 3층 훌리아네 집으로 올라가 그 집 전화기로 또 어딘가로 전화하더니 내려왔다. 30분을 기다리면 열쇠공이 올 거라고 했다. 그래서 좀 기다렸는데 1층의 마르타가 올라와서 오늘부터 크리스마스 휴일이라 열쇠공이 월요일이나 되어야 온다고 알렸다. 온 아파트 사람들이 갇혀 있는 동양 여자의 감금을 풀어주기 위해 동원되는 건

가. 그럼에도 불구하고 월요일까지 내 방에는 못 들어간다. 대신에 밖에는 나갈 수 있으니 반은 다행이랄까?

호르헤는 나를 부르더니, 차라리 내 방문 잠금장치를 부수면 어떠냐고 물었다. 크리스마스 연휴 동안 나가서 잠잘 곳을 찾느니, 차라리 안방 문을 부수는 게 낫다. 월요일에 수리를 하더라도. 곱게 부수는 것도 쉽지 않은 듯, 여러 번의 시도 끝에 정과 끌, 망치를 이용해서 문이 열렸다. 문고리가 있는 문짝과 벽이 좀 파손됐다.

방에 들어가니 세상에! 원수 같은 열쇠고리가 화장대 위에 있었다! 그 열쇠로 호르헤가 현관 밖 창살 덧문을 열고 그 자물통을 다시 조립해서 제자리에 맞춰놓았다. 일단 월요일에 자기가 와서 확인하고 열쇠 수리공을 부르자고 하면서 그가 떠나려 했다. 베로니카는 언제 오나 했더니, 사나흘 정도 더 있을 거라 하니 아마 수요일쯤 아바나에 오지 않겠나, 그런다. 너무 고마워서 5쿡짜리 지폐를 그의 손에 쥐여주니 그는 안 받으려고 했다. 그래서 내가 크리스마스니 여섯 살짜리 아들 마르코에게 과자를 사주라 하니 그제야 받았다. 어쨌거나 방에는 들어갈 수 있으니 얼마나 다행인가! 나는 손으로 놀란 가슴을 쓸어내렸다. 온몸의 기운이 다 빠졌다. 나는 침대에 쓰러져 그대로 죽은 듯이 잠들었다. 눈을 뜨니 다음날인 크리스마스 오후였다. 네 끼를 굶고 거의 스무 시간을 잤다. 식은땀이 계속 나고 어지러웠다. 베로니카에 대한 격렬한 원망은 생기지 않았다. 침대에 누워 벽과 문에 연결된 잠금장치가 부서지고 손잡이 부분이 뻥 뚫린 내 방 문짝을 바라보았다. 그것이 마치 열려고 했으나 훼손되어버린 내 마음 같아서 깊은 한숨이 나왔다.

외롭고 배고픈 크리스마스 날, 나는 나의 진짜 엄마가 보고 싶었다.

*

외출했다 집으로 들어가려는데, 우리 아파트 맨 아래층 가게에서 나온 어떤 남자가 달걀을 들고 갔다. 아 달걀! 전에 그곳을 지나가며 봤는데 불도그처럼 생긴 흑인 남자가 커다란 분쇄기 앞에 하릴없이 앉아 있곤 했다. 가게도 아니고 도대체 뭐하는 곳인지 삼을 잡을 수 없었다. 사람들이 그 앞에 줄을 서 있었다. 불도그 남자 앞에는 달걀이 잔뜩 쌓여 있었다. 세상에, 등잔 밑이 어두웠구나. 우리 집 1층에서 달걀 파는 걸 모르고 한 달 가까이나 그것을 사러 돌아다

넣다니. 반가워서 나도 달걀을 사기 위해 줄을 섰다. 달걀을 한 판 사려고 돈을 내밀었더니, 나한텐 안 판다고 했다. 불도그 남자는 거만한 표정으로 깔사다 거리 어디에 가면 살 수 있다고 했다. 내가 비굴한 웃음을 지으면서 10쿡 지폐를 내밀며 딱 다섯 알만 팔라고 부탁해도 남자는 안 판다고 무뚝뚝하게 거절했다. 팁이 예상되는 관광객 상대 직업군의 사람들이 아니라면 이 사람들은 잘 웃지도 않는다. 정부에서 일하는 공무원들, 경찰들, 시장 상인들, 비자 연장을 위해 찾아간 창구의 여직원들이 대체로 말도 없고 무뚝뚝했다. 무안해서 얼굴이 빨개진 내가 밖으로 나오자 어떤 나이 든 여자가 뭐라고 설명했는데, 배급용 달걀이라고 하는 거 같았다.

연말연시를 앞두고 달걀이 풀렸는지 거리마다 달걀을 들고 다니는 사람들이 보였다. 나도 전에 달걀을 팔았던 17F 시장에 갔다. 남자 상인에게 달걀은 없냐니까 무뚝뚝하게 없다고 한다. 할 수 없이 상추와 바나나와 파파야와 고구마, 깐 마늘을 사서 나왔다. 걸어오면서 그래도 달걀이 보일 때 반드시 구해야 한다는 생각이 들었다. 달걀을 들고 다니는 사람들에게 물어보니 깔사다 C와 D길의 보데가에서 판다고 한다. 보데가는 배급 물량이 모자란 사람들을 위해 정부에서 여분의 배급 물품을 싸게 파는 곳이라고 들었다. 가까운 곳은 아니었지만, 달걀을 놓칠까봐 무거운 장바구니를 메고 찾아갔다. 많은 사람들이 연말연시 명절 준비를 하기 위해서인지 붐비고 있었다. 달걀 한 판을 33페소(모네다)에 사니 감개가 무량했다. 포장은커녕 끈으로 묶지도 않은 달걀 한 판. 그걸 어찌 들 수가 없어 무거운 장바구니와 물건 봉지들을 들고, 조심스레 계란 한 판을 양손으로 모시고 뜨거운 열기 속을 걸어 집으로 왔다. 30분을 걸으니 팔과 손가락과 어깨가 마비되었다. 너무 더워 근처 공원의 나무 그늘에서 좀 쉬었다. 입술을 빨갛게 칠한 여학생들이 커다란 나무 그늘 밑에 모여서 춤 연습을 하고 있었다. 피부색이 다 조금씩 다르지만 흑인 아이들이 춤을 더 잘 췄다. 흑단 같은 피부와 낭창낭창 가늘고 예쁜 몸매에 참기름을 바른 듯 리듬이 쫙 타고 흘렀다.

한 판에 서른 개의 달걀. 하루에 하나씩 먹으면 한 달을 먹는다. 떠나는 날까지 먹으면 열 개의 알이 남는다. 부자가 된 거 같다. 기념으로 나는 딜걀 두 개를 꺼내 살짝 곰팡이 핀 치즈와 파와 양파를 썰어서 바닥이 울퉁불퉁하게 우그러진 낡은 프라이팬에 스크램블드 에그를 만들어 먹었다. 세상 부러울 게 없었다. 내 쓰린 심사가 그동안 달걀을 못 구해서 까칠했었나 싶을 정도로.

마침 베로니카가 현관문을 열고 들어왔다. 그녀는 다리를 절고 있었다. 크리스마스 무렵이면 바라데로 근처의 리디아의 별장에 그 가족들이 모여 지내는데, 자기는 리디아의 외손자를 돌봐주느라 다녀온 거라고 설명했다. 아기가 워낙 번잡스러워 아기를 잡으려다가 큰 촛불이 발에 떨어져서 화상을 입었다고 했다. 발을 보여주는데, 발등 위 화상의 부위가 넓고 이미 화농이 차올라 있었다. 오랜만에 구한 달걀로 만족스럽게 배가 불러서 그런가, 베로니카의 다친 발을 보니 그녀가 매우 딱하고 안쓰러웠다. 그동안의 섭섭함이 다 용서가 되었다. 이 무슨 조화와 마술인지. 베로니카는 씩씩하게 청소와 빨래를 시작했다. 침대 시트와 홑이불을 다림질까지 해서 침대를 깔끔하게 정리해줬다. 무리하지 말라고 말려도 구석구석 밀린 일을 했다. 내가 시원한 음료수를 대접하자 그제야 의자에 궁둥이를 붙였다. 뭐가 좀 미안했는지, 12월 31일에는 자기가 나를 위해 묵주 목걸이를 새해 선물로 주겠다며 생색을 미리 냈다. 내 생각에는 지난번에 친구(가만 보니 베로니카는 친구도 친구가 아닌 사람도 다 친구라 부르는 듯)가 바티칸 가서 사 왔다는 그 묵주를 내게 자랑했었는데, 아마 그거 아닐까. 베로니카는 개신교 신자다. 묵주가 자기에게 필요 없으니 나를 주려는 거 아닌가. 묵주라면 나도 그동안 바티칸은 물론 성지 여행에서 사온 게 많다. 성당에 오랫동안 냉담한 신자라 그렇지. 그녀에게 내가 무슨 선물을 받겠는가. 그건 착취지. 그래도 기분이 좋았다. 나는 미리 고맙다고 말했다.

*

윤 선생이 외로운 나를 망년회 자리에 초대해주었다. 아바나에 체류하는 몇몇 한국인들을 미라마르에 있는 집으로 매년 초대한다는 거였다. 23번가로 가서 아바나 리브레 호텔에 들러 투롱을 샀다. 연말연시에 먹는다는, 스페인에서 온 엿과 비슷한 달콤한 전통 간식이다. 미라마르는 부촌인데, 그 집은 3층 저택이었다. 95세 시할머니와 칠십대 시부모, 그리고 어린 윤 선생의 아들까지 4대가 함께 살고 있었다. 스페인계 백인인 이 집안은 귀족 출신에다 혁명 전 정계와 재계에 인물을 많이 배출했던 상류층이라는 게 초대받은 한 손님의 설명이었다. 내가 윤 선생님이 시집 잘 가셨네요, 그러자 누군가가, 아니죠. 윤 선생이 얼마나 능력 있는 여성인데요. 한국과 일을 하니 오히려 이 집의 기둥 역할을 할지도 모르죠, 했다. 하긴 그럴 수도.

부엌은 한국 부엌처럼 온갖 전기제품이 구비되어 있었다. 아마 윤 선생이 한국에서 공수해왔는지도 모른다. 음식은 떡국과 불고기, 김치, 잡채와 같은 한식이었다. 윤 선생의 레시피대로 집안의 요리사가 만들었다고 했다. 3층 윤 선생의 거처로 옮겨서 술이 몇 순배 돌자 대화가 무르익었다.

손님들 중에서 활발하게 이야기하는 여성은 몇 년 전에 영화를 찍었던 김 감독이라는데, 상당히 똑똑하고 말도 잘하는 여성이었다. 현재는 아바나에서 사업을 한다고 했다. 그녀는 쿠바 남성과 결혼해서 아들을 낳고 살았는데 그 남편이 얼마 전에 마이애미로 가서 돌아오지 않는다고 했다. 망명자 신세가 되어 2년 내에는 쿠바에 돌아오지 못하고 아마 미국에서도 못 나갈 거라고 했다. 아니 안 돌아올 거라고 단정했다. 이혼하고 싶은데 미국 마이애미에 있는 사람과 어떻게 쿠바에서 이혼할지, 요즘 머리가 아프고 복잡하다고. 김 감독의 사업을 도와주는 이십대의 젊은 여성 슬기 씨는 아바나에 온 지 3개월 되었고, 대학원 휴학기간이 끝나는 내년 여름에는 한국에 돌아갈 거라 했다. 슬기 씨는 대뜸 좌중의 손님들에게 빨래비누 열 장씩만 사

달라고 호소했다. 어느 날 사무실로 빨래비누 박스를 털어 온 쿠바노 둘이 방문했다. 빨래비누 박스를 보여주며, 모두 700개라며 아주 싸게 200쿡에 박스째 팔았단다. 슬기 씨는 비누가 질도 좋아 보이고 너무 싸게 산 거 같아서 기분이 좋았는데, 풀어서 세어보니 300개도 안 되었다고, 8월에 귀국하는데 언제 다 팔고 갈지 걱정이라고 했다. 훔쳐온 비누를 파는 쿠바인에게 사기당한 슬기 씨의 이야기가 왠지 재미있어서 모두 웃으며 몇 개씩 사주기로 했다. 그러자 사람들이 암시장의 상인이나 잡상인에게 당한 얘기들을 풀어놓았다. 아예 공장이나 상점에서 암묵적으로 빼돌리거나 대부분 훔친 물건들을 개별적으로 파는 건데, 너무 생활이 어렵다 보니 경찰도 알고도 눈감아준다고 했다. 동네 골목의 잡상인들이나 현관을 두드리는 수상한 사람들의 물건들은 모두 훔친 거라 보면 된다고 했다. 특히 연말연시에는 도둑도 많고 사기도 많이 치니 조심해야 한다고. 왜냐면 이때 돈이 많이 필요하니까. 모두 사재기를 하니까 상점 물건들도 금빙 동이 나는 시기라며, 물건을 사놓으란다. 특히 연말연시에는 거의 보름 이상 생수 공급이 원활하지 않은 시기라고 했다.

이야기는 쿠바 사람들의 이야기와 급변하는 한국 정세

에 대한 이야기로 열띠게 흘러갔다. 모두들 적당히 취해 신나게 얘기하니 시간이 너무 빨리 갔다. 12시쯤 모두 헤어졌다. 윤 선생이, 그때 열쇠 사건 잘 해결되었지요? 하고 물었다. 네, 완전 코미디였죠. 잊지 못할 크리스마스의 추억이에요. 그날 베로니카만 아바나에 있었어도 아무 문제 없었는데. 그런데 베로니카는 왜 리디아 집에 그렇게 자주 가죠? 내가 궁금해서 묻자, 윤 선생이 대답했다. 나름 베로니카가 충성을 표하는 거겠죠. 전 잘은 모르지만, 리디아가 베로니카를 별로 좋아하지 않는 거 같던데. 그 댁이 큰 살림이라 요리사도 있고 손이 커서 음식도 많이 하는데, 이런저런 평계를 대고 가서 맛있는 것도 먹고 집으로 싸 갖고 오고 그런 맛에 가는 거 아닐까요? 평등하게 대학교육을 무상으로 받아 나름 지적인 베로니카 같은 사람들도 너무 가난하니 그렇게 살 수밖에 없는 거죠.

★

귀국할 날이 일주일 정도 남았을 때, 나는 베로니카에게 제안했다. 베로니카가 만들어주는 쿠바식 집밥이 정말 먹고 싶어. 한 번도 쿠바 엄마의 집밥을 먹어본 적이 없잖아.

그렇게 말한 데엔 엄마에게 하듯, 약간의 투정이 담긴 내 진심을 표현하고 싶었다. 지난해의 마지막 날이나 새해 첫날에도 그녀는 오거나 전화조차 하지 않았었다. 그녀는 마지막 날 묵주 선물을 하겠다는 약속도 지키지 않았다. 묵주가 탐나서가 아니라 왜 그렇게 약속을 가벼이 여기는지 이해가 가지 않았기 때문이다. 더운 나라 사람이라? 가난한 사람이라? 나는 베로니카에게 약속은 하지 않았지만, 그녀가 새해 인사를 하러 내 집에 올 것을 대비해서 윤 선생 집에 선물로 사갔던 투롱을 베로니카를 위해서도 준비했었다. 투롱은 새해를 축하하는 과자이니 미우나 고우나 그녀에게 진심으로 새해 인사를 하고 싶었다.

덕분에 나는 마지막 날과 새해를 조용히 홀로 보냈다. 나쁘지 않았다. 말레콘을 굽어볼 수 있는 아바나 최고의 호텔인 나시오날 호텔 정원 카페에서 한 해의 마지막 태양이 바다 너머로 조용히 지는 걸 바라보았다. 새해 첫날엔 TV에서 '부에나 비스타 소셜 클럽'의 유일한 생존 멤버인 오마라가 나와서 아이들과 노래하는 모습을 보았다. 그녀의 모습은 한때 내가 매혹되었던 영화 〈부에나 비스타 소셜 클럽〉 속의 꼼빠이 세군도의 멋진 모습과 목소리를 떠오르게 했다. 꼼빠이 세군도는 이미 저세상으로 간 지 오래고.

오마라와 꼼빠이 세군도 두 사람이 함께 부르던 〈비엔테 아뇨스(20년)〉란 곡의 가사는 아직도 내 마음에 남아 있다.

이젠 슬픈 마음으로 바라만 보네. 사라져가는 사랑과 찢겨진 우리의 영혼.

빔 벤더스 감독의 〈부에나 비스타 소셜 클럽〉이란 영화가 나왔을 때, 나는 언젠가 아바나란 도시에 죽기 전에 꼭 가보겠다고 결심했었다. 나는 꿈을 이루었고, 이제 서울로 떠날 날이 다가오자 헤어질 모든 것들이 아쉽고 안타까웠다.

베로니카는 흔쾌히 집밥을 약속했다. 재료는 베로니카가 알아서 준비하고, 요리는 편히 집에서 해 와도 좋다고 나는 말했다. 그 요리를 우리 둘이 환송 음식으로 즐기자고. 혹시라도 그 약속이 깨질까봐 음식값은 내가 지불하겠노라고 분명히 얘기했다. 11시까지 늦잠을 잔 날, 벌써 베로니카가 와서 일을 하고 있었다. 오후에 오겠다고 해놓고 멋대로 하는 거에 이제는 그냥 적응됐다. 점심때가 지나도 그녀의 일이 끝날 거 같지 않았다. 그런데 그녀가 내 방에 오더니 돼지고기 아주 좋은 게 왔는데 사겠냐고 한다.

그래서 내가 일주일밖에 안 남아서 난 요리할 시간이 별로 없으니 안 사겠다고 했다. 그랬더니 쿠바식 집밥 요리를 자기가 해주겠다고 하지 않았냐고, 그럼 돼지고기가 필요하다고 했다. 하긴 그녀에게 내가 가정식 요리를 한 번 해주면 음식값을 내겠다고 했지, 일일이 장 볼 돈을 줄 생각은 없었다. 기분이 좀 그랬다. 그녀가 엄마처럼 딸을 위해 정성껏 장 봐서 요리를 해주면 100쿡 정도는 음식값을 빙자한 용돈으로 주려고 생각하고 있었다. 우선 그녀의 성의를 기대했던 내 기분을 접고, 다시 생각하니 그녀가 자기 돈으로 고기를 사려면 나름 밑천이 들겠구나 싶었다. 그런데 그 정도 돈도 없을까? 하긴 쿡이 없을 수 있겠다. 얼마냐니까 둘이 먹게 조금만 사려면 5쿡이란다. 내가 5쿡을 주며 사라고 했다.

가끔 발코니에서 내려다보면 길에서 어떤 자동차가 파라솔을 펼치고 차 트렁크 안의 아이스박스에 든 고기를 파는 걸 봤다. 사람들이 길게 줄을 서서 고기를 사 가는데 멀리서 봐도 고기 상태가 아주 좋은 거 같았다. 특히 지난 연말연시에는 사람들이 고기를 많이 사갔다. 어디 도축장에서 빼돌렸거나 훔친 고기일까?

베로니카가 생고기를 사왔는데 세 덩이나 되었다. 한 팩은 우리가 먹을 고기, 무슨 머릿고기 같은 게 든 큰 팩은 자기 친구 줄 거라 하고, 나머지 고기 팩은 또 누굴 줄 거라 했다. 내 5쿡으로 다 산 건 아닐까 싶은 생각도 슬쩍 들었다. 고기는 아주 신선하고 육질도 좋아 보였다.

마침 점심때라 점심을 같이 먹자고 했다. 인스턴트 카레와 마지막 남은 라면, 그리고 토마토 샐러드를 함께 준비해서 차렸다. 베로니카는 내가 떠나기 사흘 전인 다음 주 월요일 점심에 쿠바식 집밥인 크리요를 만들어 올 테니 같이 먹자고 했다. 벌써 내가 떠날 날이 다가온 게 믿기지 않는다며 나를 죽을 때까지 잊지 못할 거라고 했다. 넌 내 마지막 고객이고 최고로 사랑하는 딸 같은 사람이라고. 밥을 먹다 목이 메어 잠시 숟가락을 내려놓은 베로니카가 말을 잇지 못했다. 그런 말을 듣자 내 마음이 한없이 약해졌다.

그녀는 기분전환을 위해 화제를 바꾸었다. 까사 이야기를 꺼내기 시작했다. 내가 떠나면, 자기도 일을 그만둔다는 걸 또 강조했다. 언제부턴가 그게 좀 도와달리는 소리처럼 들리기 시작했다. 자기 집은 아파트가 아니고 온전히 단독 주택으로 자기네만 살기 때문에 장사가 잘되면 한 층을 더 올릴 수 있다고. 증축을 하려면 1만 쿡 정도는 든다고. 그런데 그건 장사가 잘될 때 할 수 있는 일이고, 지금은 집을 단장하려면 당장 페인트칠하고 전등 갈고 그런 거부터 해야 하는데 돈을 어떻게 마련해야 하나 고민이라고. 그래서 내가 페인트칠 다 하는데 얼마 드나? 하고 물어보니 400쿡 정도 든다고 했다. 까사를 운영하려면 당국에 허가 서류를 받는 데만 300쿡이 들고, 간판 다는 데만 100쿡이 든다고도 했다. 가만히 있기도 뭐해서 그만, 나도 조금이라도 도와주고 싶다고 말해버렸다. 귀국 준비하고 가족들 선물도 사면 돈이 별로 남지는 않겠지만. 그러자 베로니카의 갈색 눈에 눈물이 가득 고였다. 안심의 눈물인지, 기쁨의 눈물인지, 갑자기 그 눈물을 보자 두려웠다. 미리 그런 말을 해서 베로니카가 너무 기대를 하면 어쩌나. 까사 준비 자금으로 내가 얼마를 주어야 그 기대를 충족시킬 수 있을지, 참 미묘하고 어려운 숙제였다. 남은 쿠바 화폐를 한국에 다시 가져갈 필요는 없다. 얼마가 될지, 남은 돈을 다 주고 갈 생각이었다. 하지만 사라진 300쿡을 생각하니 갑자기 베로니카가 얄밉기도 했다.

약속대로 베로니카는 월요일 점심에 크리요 요리를 만들어 왔다. 검은 팥밥인 콩그리와 돼지고기 불고기, 찐 유카와 야채샐러드를 푸짐하게 준비해 왔다. 나는 감동했다. 팥밥을 많이 퍼주며 내 딸 모니카, 많이 먹어, 그럴 땐 눈물이 나왔다. 맛에 또 한 번 감동했다. 쿠바에서 처음으로 밥다운 따스한 엄마밥을 먹었다. 식사 후 차를 마실 때 그녀가 예상했던 묵주 선물을 내게 주었다. 나는 그녀가 예쁘다고 했던 나의 진주목걸이와 브로치를 선물했다. 아주 좋아했다. 베로니카가 처음부터 자기 것이 될 줄 알았던 전기밥솥, 나의 향수와 화장품 종류도 모두 남겼다. 그리고 마지막으로 봉투를 건네주었다. 그녀가 봉투를 받지 않으려고 했다. 그래서 내가 "당신은 내 쿠바 엄마잖아"라고 말했다. 베로니카는 그 말에 구슬 같은 눈물을 흘렸다. 물론 그 말의 의미에는, 당신은 나를 사랑하는 엄마인데 딸이 주는 돈이 얼마든 그건 큰 의미가 없잖아, 라는 또 다른 숨은 의미도 있었다.

그러나 나의 그 말은 실수였을까. 그녀에겐 그 말이 어떤 의미였을까. 그녀의 기대에 못 미친 걸까. 자기 방에서 봉투를 열어보았음이 분명한 베로니카의 어색한 표정에서 왠지 오마라의 노랫말이 떠올랐다. 그리고 설명할 수 없는 무언가가 예감되었다.

이젠 슬픈 마음으로 바라만 보네. 사라져가는 사랑과 찢겨진 우리의 영혼.

★

아바나를 떠난 지 2년이 되었다. 나는 왠지 그 도시에 대해 어떠한 이야기도 쓰지 못했다. 그 도시의 얼굴은 야누스의 얼굴이었다. 천국과 지옥, 빛과 어둠, 순수와 오염, 자유와 고독, 혼돈과 모순, 환상과 환멸, 매혹과 잔혹. 그 시간을 통과해낸 지금도 그곳을 생각하면, 나는 여전히 혼란스럽기 때문이다. 거기에는 베로니카의 눈물을, 그 복잡한 눈물의 의미를 떠올리기 싫은 마음도 있었는지 모른다.

오늘 서재의 책들을 정리하고 처분하게 되었다. 넓지 않은 서재엔 수년간 늘어난 책들이 서가에 넘치다 못해 쌓여 있었다. 오래되어도 읽지 않는 책들은 여전히 읽지 않게 된다. 정기적으로 정리해야 했다. 오래 지니고 있던 사전류나 문학이론서는 물론 문학잡지 등도 대대적으로 정리하기로 했다. 외국 여행 중 고서점에서 산 낡은 원서들도 언제 읽을까 싶었다. 워낙 헌책이라 책벌레가 있을 거 같은 책들부터 골라냈다. 아주 오래된 책들을 버리기 전에 확인차 후루룩 책장을 넘겨보는데, 책 속에 무언가가 꽉 박혀 있었다. 봉투였다. 100쿡짜리 쿠바 지폐 석 장이 들어 있었다. 이 돈이 왜 여기에?

낡아서 바스러질 지경인 책 표지를 보니 《Versos de Jose Marti》, 쿠바의 독립투사이자 국민 시인이었던 호세 마르티의 스페인어판 시집이었다. 아마도 한국에서 아바나에 도착한 둘째 날에 시내 관광을 하다가 아르마스 광장 근처의 헌책방에서 샀을 터였다. 호세 마르티 공항, 호세 마르티 문화원, 호세 마르티 기념탑…… 어디나 볼 수 있는 호세 마르티 동상들. 체 게바라 관련 서적을 사려다 눈에 보이지 않아 애석해하니 상인이 적극 추천했던 책이었다. 이 시인이 쿠바 혁명의 정신적 지주이며, 체 게바라도 영향을 받은 국민 시인이라고 설명했다. 게다가 오래된 희귀본이지만 한두 장 떨어져나갔으니 싸게 주겠다 해서 샀던 책이었다. 상인이 하도 들러붙어서 그냥 기념으로 샀던 책이었다. 물론 이 책을 관심을 가지고 읽어본 적도 없었다.

희귀본인 책보다 그 안에서 갑자기 나온 쿠바의 지폐가 나는 더 놀라웠다. 아바나 베다도의 집에 머물 때 그렇게도 찾던 300쿡이 이 책에 숨어 있었을 줄이야! 왜 그때는 발견하지 못했을까. 불현듯 그때의 시간들이 기억에서 빠르게 호출되었다. 습자지에 먹물 번지듯 가슴이 조금씩 저려오며 눈물 머금은 늙은 쿠바 여인의 얼굴이 떠올랐다.

낭만적 삶은
박물관에나

그러니까…… 이곳은 파리다. 눈앞에 파리의 상징인 에펠탑이 보인다. 고로, 내 몸은 파리에 있는 거다. 재이는 일부러 소리 내어 삼단논법식으로 말해본다. 파리에 온 게 실감이 잘 나지 않기 때문이다. 8년 만이다. 그리고 나흘째다.

얘, 낭만의 도시 파리에 간 김에 파리의 연인도 하나 만들어라. 서울을 떠날 때 선배 송민주는 재이에게 눈까지 찡긋히며 싱거운 농담을 했다. 누구나 파리를 낭만의 도시로 생각해버린다. 파리는 낭만의 상징이고, 또 파리의 상징은 에펠탑이니까. 쯧! 에펠탑 밑에만 있으면 무조건 낭만적이 되는 줄 아나. 그런데 상징이란 무서운 거다. 에

펠탑이 눈에 보임으로써 비로소 파리에 있는 자신의 존재
감을 느끼게 되니 말이다. 그것도 웬 뜬금없는 낭만적 존
재감?

재이는 센강 위에 떠 있는 듯한 에펠탑을 바라보고 있
다. 그 앞, 섬처럼 보이는 곳에 자유의 여신상이 보인다. 그
때 재킷 주머니에서 진동이 느껴진다. 송 선배다.

"지금 어디야?"

"미라보 다리 위에 있어요."

"미라보 다리?"

"네. 미라보 다리 아래 센강이 흐른다 우리 사랑을 나는
다시 되새겨야만 하는가. 이 시로 유명한 그 미라보 다리."

"미라본지 부라본지……. 근데 일단 작업한 자료 좀 빨
리 보내주라."

"알았어요. 서울은 어때요?"

"야, 올해 날씨가 왜 이러냐. 스콜도 아니고 장마도 아니
고. 가을에 웬 비가 이렇게 많이 오는 거야?"

서울은 연 3일째 비가 내리는 중이라고 한다.

"거긴 날씨 좋아?"

"째져요. 그거 알아요, 선배? 파리에 자유의 여신상이 있
는 거?"

"아니, 미국의 상징인 그 여신이 왜 파리로 출장 갔어? 그거 뉴욕에 있어야 하는 거 아냐?"

"원래 고향이 파리거든요. 미국 독립 100주년을 기념하기 위해 프랑스에서 선물로 만들어준 거라고요."

"암튼 파리는 낭만, 뉴욕은 자유라구. 현재 우리의 콘셉트는 무조건 낭만이라는 걸 잊으면 죽음이야. 그걸 맛있는 소스처럼 연애와 잘 버무려야지."

"죽음? 꽤 폭력적이시네."

"작업 잘돼?"

"어어! 나 작업해야 하니까 끊어요!"

지금 다리 위에서 센강과 에펠탑을 배경으로 사진을 찍던 연인들이 갑자기 엉겨붙었다. 재이는 잽싸게 카메라를 꺼내 키스 삼매경에 빠진 그들을 촬영했다. 보통 이곳에서 만난 연인들의 키스는 평균 2분 이상이다. 사진을 몇 컷 몰래 찍기에는 꽤 넉넉한 시간이다. 그림은 꽤 괜찮게 나올 거 같다. 날씨도 끝내주니까. 흰 물감을 살짝 찍어 큰 붓으로 휙 지나가면 지런 터치의 구름이 그려질까. 하늘은 딱 눈이 시리게 푸른 윈도우 바탕화면색에 미니멀리즘 화풍의 추상화다. 멋진 하늘을 배경으로 키스를 하던 연인들이 가까이 있는 그녀를 힐끗 보았다. 재이는 여느 관광객처럼 강물 위의 에펠탑을 찍는 시늉을 했다.

사실 재이는 틈만 나면 하늘을 찍는다. 센강은 그저 변함없이 흘렀지만, 그 위로 가없이 공활한 하늘은 순간순간 변화무쌍했다. 다리 난간에 기대 두 손으로 턱을 괴고 하늘을 뚫어지게 바라보면 구름이 변하는 순간을 알아차리지 못하지만, 어쩌다 강물을 내려다보다 고개를 들면 구름이 변해 있는 걸 볼 수 있다. 그게 신기했다. 일상이 그렇고 인생이 그렇겠지. 그렇게 지루한 듯, 그러다 시간이 지나 언뜻 보면 무언가 변해 있는…….

오늘은 목표한 작업량을 꽤 채웠다. 키스하는 연인들을 네 커플이나 찍었다. 오늘처럼 일광욕하기 좋은 토요일에 튈르리 정원의 잔디밭에 가길 잘했다. 날이 더워서인지 간혹 남자들은 상의를 벗고 있었고 여자들도 가슴과 어깨가 드러나는 탑 차림이었다. 잔디밭을 침대 삼아 누워 있거나 벤치에서 껴안고 있는 연인들을 찍을 수 있었다.

대학 서클 선배였던 송민주가 1인 기업으로 시작한 작은 출판기획사는 주로 대필 작업이나 기획서적을 출간했다. 재이는 그곳에서 송민주에게 하청받은 잡다한 일을 맡아 했다. 이번 기획서는 '낭만고양이, 파리와 연애하다'라는 제목부터 먼저 정했다. 연애심리학서인지 여행서인지

기행문학인지 모르겠다. 송민주가 원하는, 즉 러브스토리가 깃들인 파리의 장소를 헌팅하고, 사랑에 빠진 연인들의 사진과 부부나 연인들의 인터뷰를 따내 자료를 준비하는 게 일단 재이가 맡은 일이었다. 그걸 송민주와 재이가 콘셉트에 맞게 고르고 다듬고 살을 붙인 뒤 달착지근한 낭만으로 포장해 그럴듯하게 만들어 팔아야 한다. 10년 전 청운의 꿈을 안고 유학 온 파리에서 2년 만에 모든 걸 작파하고 서울로 돌아간 이후 정규직으로 일을 해본 적이 없다. 송민주가 운영하는 '종달새출판기획'이 그나마 가늘고 긴 재이의 밥줄이었다.

점심으로 달랑 크레이프 한 장만 먹어서인지 5시밖에 안 됐는데도 뱃속이 허전했다. 집으로 돌아가는 1유로 20센트짜리 지하철표 한 장이면 스무 배나 되는 레스토랑 저녁 식사비를 아낄 수 있다. 집에는 어제저녁에 지어놓은 밥과 김치 몇 쪽과 두부를 넣어 끓인 고추장찌개가 남아 있었다. 최소 20유로 정도 드는 한 끼 식사비 때문에 나가서 외식하는 것도 겁이 났다. 재이는 부엌도 없는 18평방미터의 작은 스튜디오의 전기레인지와 전자레인지에 의존해 거의 매 끼니를 해결하고 있었다.

재이는 15구 쪽의 자벨역에서 내려 미라보 다리를 건너

16구 쪽의 센강변에 위치한 스튜디오로 걸어간다. 미라보 다리를 기준으로 파리는 15구와 16구로 나뉜다. 16구는 파리의 최고 부촌, 서울로 치면 강남구다. 코딱지만 한 스튜디오에 거주하는 주제에 거리에 아랍인이나 흑인이 눈에 띄지 않는 안전하고 부유한 동네에 산다는 것에 재이는 묘한 자부심마저 든다.

16구 쪽의 다리 끝자락에 이르러 유심히 보면, 난간의 왼편 돌기둥에 청동판이 붙어 있다. 재이는 카메라에 그것을 담는다. 기욤 아폴리네르의 시가 새겨져 있다.

미라보 다리 아래 센강이 흐른다
우리 사랑을 나는 다시
되새겨야만 하는가
기쁨은 언제나 슬픔 뒤에 왔었지

아폴리네르는 한때 루브르 미술관에서 도난당한 그림 〈모나리자〉의 절도범으로 몰렸다가 풀려났지만, 화가인 연인 마리 로랑생에게 실연을 당한다. 실연의 아픔과 주위의 냉대로 친구 샤갈의 집에서 밤새 술을 마시고 신세한탄을 하다가 동틀 무렵 미라보 다리를 건너다 이 시를 지었다고 한다. 16구에 살던 연인 마리의 집으로 가기 위해 건너다니던 이 다리. 시인은 이쯤에서 다리를 바라보았을 것이다. 아치를 받드는 교각에 청동조각상으로 장식된 녹색 철교 밑을 청동빛 강물이 무심하게 흘러가고 있다. 모든 다리 위에서 보면 강물은 한 방향으로 흐르고 있다. 결국 바다로 말이다. 그것이 제3한강교든 파리의 미라보 다리든. 재이는 시의 결구를 떠올려본다. 세월은 가고 나는 남는다……였나? 강변의 플라타너스 고목의 청동빛 잎사귀가 가을빛에 군데군데 녹이 슨 듯하다.

*

세월이 흘러도 변하지 않는 것들이 있다. 마담 드 갸리가 집에서 점심식사를 하자고 초청했다. 그녀는 8년 전, 재이와 함께 시내 면세점에서 향수를 팔았던 김영선이다. 그녀는 변함없었다. 그녀는 미라보 다리 건너 자벨역 근처 15구의 낡은 아파트에서 한 발짝도 옮기지 못하고 살고 있었다. 다만 그동안 무슈 드 갸리와의 사이에 일곱 살짜리 딸 아멜리가 태어난 게 큰 변화였다. 재이가 인천공항에서 산 조미김 상자와 홍삼진액을 선물로 주었다.

"정말 고마워. 덕분에 한 달에 100만 원이 넘는 월세도 안 내고."

한 달간 공짜로 원룸을 빌려주는 데에 대한 치사였다. 영선은 면세점 점원으로 일하면서 한국에 있는 지인의 스튜디오를 위탁 관리해주고 있었다. 그게 마침 두 달 비게 되었다며 집주인 몰래 재이를 무료로 머물게 해주었다.

"타이밍이 절묘했어. 마담 슈아가 운이 좋은 거지. 그리고 거긴 뭐니 뭐니 해도 16구잖아."

'마담 슈아(Choi)'라는 불어식 호칭이 귀에 거슬렸지만, 영선의 말은 사실이었다. 재이가 이혼한 걸 알아도 영선은 습관대로 재이를 그렇게 불렀다.

"맞아. 그런데 옛날 건물이라 그런지 방음이 전혀 안 돼."

"왜, 시끄러워?"

"왼쪽 방은 조용한데 오른쪽 방은…… 뭐, 밤에만."

"그래? 지난번에 갔을 때 그 방 앞에서 웬 흑인 남자가 서 있으면서 열쇠가 없어서 자기 누나가 올 때까지 기다린다고 하던데."

재이는 그 말에 토를 달까 하다가 그만둔다. 대신에 마음먹었던 부탁을 한다.

"영선 씨, 선심 쓰는 김에 내 부탁 한 가지만 더 들어줘.

있잖아. 빠리의 커플들을 취재해야 하는데, 자기네 부부를 인터뷰하고 싶어. 무슈 드 갸리랑 키스신도 좀 찍고."

"키스신? 김치 먹는다고 요샌 키스 안 해줘. 마담 슈아는 어땠는지 모르지만, 이놈의 빠리 공기가 이상한 건지 처음 만났을 때는 뿅 맞은 거처럼 막 사랑에 빠지게 하잖아. 그런데……"

"왜? 요새는 깨?"

"응. 깨."

"그래. 빠리에 오면 남자랑 길거리에서 파리지앵들처럼 막 키스하고픈 로망이 생기지. 키스하면 꼭 지가 로베르 두와노가 찍은 사진에 나오는 키스하는 연인이나 된 것처럼 착각이 들고 말이야."

"그래서 신세 망치고 프랑스 놈한테 돈 벌어주는 하녀로 살잖아."

"한국놈이라도 마찬가지야. 나도 여기서 무슈 최 학비 대고 먹고사느라 내 공부 포기하고 면세점에서 향수 팔았잖아."

"그래도 자기는 딱 1년 하고 끝냈잖아."

"처음엔 뿅 맞은 거 같더니 그렇게 끝내고 나니까 한동안 총 맞은 거 같더라."

"요즘 이 나라 노동자들 정년연장 반대 데모하느라 난린데…… 난 평생 고용이야."

재이는 영선의 수사법이 단순한 엄살이 아니라 일종의 과시욕을 위장한 거라 생각된다. 돌싱인 내게 대놓고 괜히 미안해하는 것 자체가 과시욕이 아니고 무언가. 한국 아줌마의 반어법은 세계 어디서나 변하지 않는다.

*

파리에서 키스를 부를 만한 장소가 어디 있을까. 이리저리 인터넷을 검색하다 보니, 예전에는 몰랐는데 파리의 박물관 중에 '뮈제 드 라 비 로만티크(Musee de la vie romantique)'가 있었다. 우리말로 직역하면 '낭만적 삶의 박물관'이다. 낭만적 삶의 박물관이라니. 도대체 낭만적 삶이란 뭐야? 그 박물관에는 낭만적 삶을 죄다 수집해서 진열하고 있는 걸까. 인터넷으로 검색해보니 낭만주의 화가들의 작품이 전시되어 있는데, 세기의 낭만적 커플이었던 작곡가 쇼팽과 작가 조르주 상드의 유품들을 모아놓은 곳으로 더 유명했다. 게다가 소박한 정원에 딸린 카페는 연인들에게도 인기가 많은 데이트 장소라고 했다. 물고기를 잡으려면 요컨대 그런 '포인트'로 가야 한다.

재이는 늦은 아침으로 굳어버린 바게트의 속살을 뜯어 버터를 발라 커피와 먹고 나서 카메라를 챙겨 나섰다. 역 이름도 예쁜 블랑슈(Blanche)역에 내려 작은 골목을 찾아 5분쯤 걸어가니 박물관으로 들어가는 입구가 나왔다. 지도 와 주소를 눈여겨보지 않으면 지나칠 만한 그런 곳이었다. 박물관은 주택가 골목 안에 깊숙이 들어 있는 그저 양지 바른 소박한 2층집이었다. 들어가는 좁은 길에 있는 수백 년 됨 직한 나무들이 인상적이었다. 야생화와 장미와 접 시꽃이 한창 예쁜 정원. 그 정원 한쪽에는 카페가 차려져 있었다.

우선 박물관 내부로 들어가니 1층은 상드의 방들이 배 치되어 있다. 들어서자마자 감미로운 쇼팽의 음악이 흐른 다. 녹턴인가……. 거실에는 상드의 초상화, 그녀와 그녀 가족들의 장신구나 가구들이 있었다. 초상화를 보니 상드 는 다소 긴 얼굴에 우수에 젖은 크고 검은 눈망울을 갖고 있어 왠지 슬퍼 보였다. '조르주 상드'라는 남성적인 필명 으로 남장 차림에 시가를 물고 남성 예술가들과 거침없이 교류했다던 여인.

어느 방 한쪽 벽면에 위치한 진열장 안에는 그녀의 육필

원고가 전시되어 있었다. 그리고 두 개의 손을 본떠 조각한 작품이 들어 있었다. 엄밀히 말하면 하나는 손이고 하나는 팔이다. 자세히 들여다보니 손은 쇼팽의 것이었다. 피아노 건반 위에 올려져 있는 듯한 섬세하고 가녀린 남자의 손. 재이는 그것을 오래 바라보았다. 옆에 나란히 전시돼 있는 것은 상드의 팔이었다. 쇼팽의 손에 비해 더 강건해 보이는 상드의 손과 팔. 뭉툭하고 짧은 손톱을 가진 그녀의 손은 의지적인 느낌이 강했다. 손은 피아노를 치고 원고를 써야 하는 두 예술가의 가장 중요한 신체 부위일 것이다. 그러나 왠지 여섯 살 연상의 여인이었던 상드가 연약하고 가냘픈 쇼팽의 손을 꼭 잡아주었을 거 같은 느낌이 든다. 그 옆에 있는 작은 원형 보석함에는 상드의 갈색빛 나는 작은 머리칼 타래가 똬리를 틀고 있다. 저 머리칼이 쇼팽의 유품으로 발견된 겉옷 안주머니에 평생 보관했다던 그 머리카락일까?

재이는 2층으로 올라갔다. 앗! 어느 방의 햇빛 드는 창가에서 눈부신 금발의 젊은 두 연인이 키스 삼매경에 빠져 있었다. 어떤 전시품보다 바로 현장에서 '낭만적 삶'을 보여주는 살아 있는 오브제가 아닌가. 재이는 얼른 카메라를 꺼내 셔터를 눌렀다.

재이는 박물관 정원의 카페에 앉아 허브차와 레몬 케이크 한 조각을 주문했다. 사람들이 햇빛을 즐기고 있었다. 확실히 파리의 햇빛에는 마약가루가 섞여 있는 거 같다. 나른하게 몸이 풀리면서 몽환적인 기분이 되었다. 파리에 오기 전에는 빛의 마술이라 불리는 인상파 그림을 이해하지 못했다. 이런 햇빛 좋은 날은 어디서나 카메라 뷰파인더를 들이대면 그대로 인상파 화면이다.

아까 전시실에서 보았던 쇼팽의 흰 손이 햇빛 속에서 하얗게 떠올랐다. 희고 섬세하게 아름다운 남자의 손. 그의 손도 그랬지. 희고 길고 가느다란 손가락이 녹색 체크무늬 식탁보 위에 무심하게 놓여 있었지. 그 손을 고통스럽게 바라보며 침을 삼키던 시간이 아련하게 떠올랐다. 참을 수 없는 심정으로 그 손을 잡았을 때, 너무도 차가운 손의 감촉 때문에 깜짝 놀랐던 그때…….

*

이 도시에서 낭만을 사냥하기 위해 지구 반대편 한국에서 온 재이는 그다음 목적지를 생각했다. 낭만적 삶의 박물관에서 그리 멀지 않은 곳에 에로티즘 박물관이 있다.

에로티즘과 로맨티즘은 어떻게 다른 걸까? 에로티즘은 로맨티즘의 종착역? 그 반대? 아님 환승역? 재이는 화창한 날씨를 즐기며 걸어서 에로티즘 박물관이 있는 클리시 대로에 이르렀다. '물랭루주'라 불리는 빨간 풍차가 눈에 띄었다. 파리의 환락가인 클리시 대로 주변은 섹스숍과 섹스클럽, 포르노 영화관 등이 밀집해 있다. 여자 혼자 거리를 걷자니 꽤나 쑥스러운 기분이다. 지하철역이 있는 클리시 광장에 이르자 노숙자가 포도주병을 앞에 둔 채 벤치에서 졸고 있었다.

그때 지하철역 출구에서 두 명의 남자가 어깨동무를 하고 나왔다. 한 남자는 청나라 사람의 변발을 연상시키는 묘한 헤어스타일을 하고 있고, 한 남자는 체인으로 된 벨트와 찢어진 청바지에 검은색 소매 없는 셔츠를 입고 있었는데 팔뚝은 온통 문신으로 얼룩덜룩했다. 그들은 곧바로 광장 벤치로 가더니 키스를 하기 시작했다.

재이는 망설이다 카메라를 꺼내 그들을 찍기 시작했다. 그들의 키스는 결코 에로틱하지 않았다. 그렇다고 혐오스럽지도 않았다. 오히려 장난스런 키스처럼 여겨졌다. 키스를 하던 그들이 재이를 보자 브이 자를 그리며 포즈를 취해주었다. 재이도 미소로 답하며 그들의 키스신을 몇 컷 더 찍었다. 그리고 고맙다고 말하며 돌아섰다.

"헤이, 마담!"

그중에 문신을 한 남자가 재이에게 다가왔다. 엉거주춤하게 서 있는 재이에게 그가 엄지손가락을 다른 네 손가락에 비비는 제스처를 해 보였다. 돈을 달라는 얘기였다. 재이는 웃으며 미안하다고만 말했다. 그러자 또 한 남자가 다가오더니 카메라를 달라고 했다. 돈을 주지 않으려면 사진을 삭제하라고 했다. 아까 저희들끼리 희희낙락하던 건장한 두 남자는 이제는 겁에 질린 짐승을 포획하기 위해 다가오는 야비한 사냥꾼 같았다. 재이가 태연을 가장하며 물었다.

"얼마면 돼요?"

"너 일본년이냐?"

"한국 사람인데요."

"그래? 그럼 300유로."

300유로면 거의 50만 원이다. 재이는 화가 났지만 호소이린 눈빛으로 밀했다.

"그건 너무해요."

"너가 좀 예쁘면 깎아주려 했는데, 넌 맛없게 생겼어."

"그래, 물에 팅팅 불은 바게트 같아."

갑자기 두 남자가 경멸 어린 표정을 짓더니 이내 웃음을 터트렸다.

"알았어요. 사진 지워드리죠."

재이가 이미지를 지우기 위해 삭제 버튼을 눌렀다.

"다 지웠어요."

"그걸 어떻게 믿어?"

변발이 카메라를 낚아챘다. 그가 확인하는 과정에서 키스하는 연인들이 줄줄이 튀어나왔다.

"올랄라! 이거 불법으로 몰래 다 찍은 거지? 경찰에 찔러야겠다."

문신을 한 남자가 험악한 표정으로 재이를 협박했다.

"봐요. 당신네들은 이제 거기 없잖아요."

재이가 그의 손에서 카메라를 빼앗았다.

"그러지 말고 우리랑 저 바에 가서 맥주나 한잔하면서 이 문제에 대해 대화 좀 해볼까?"

변발이 능글맞게 웃으며 구슬렸다.

재이가 다소곳하게 물었다.

"알았어요. 어디요?"

"우리만 따라서 와. 단골 바가 있으니까."

"알겠어요. 먼저 앞장서세요. 따라갈게요."

두 남자가 건들거리며 앞장서서 걷자 재이는 가방을 뒤졌다. 지갑을 꺼내 잽싸게 뒤로 돌아 지하철 역사로 뛰어내려갔다. 등 뒤로 두 남자의 욕설이 이중창으로 터져나왔다.

"꼰느!"

"뿌뗑!"

지하철 표를 개표기에 집어넣고 달려가니 마침 지하철 한 대가 막 떠나려 하고 있었다. 급하게 올라타자마자 열차가 출발했다. 그제야 재이는 떨리는 가슴을 진정할 수 있었다. 마지막에 얻어들은 욕설이 귀에 쟁쟁거렸다. 세계 어디서나 성기나 창녀는 욕의 단골 소재다.

★

클리시 대로에서 당한 봉변 때문에 재이는 며칠 동안 방에만 틀어박혀 있다. 하필 그런 이상한 커플을 만나서 모욕을 당하다니. 생각할수록 수치심과 자괴감이 일었다. 이제 파리 연인들의 키스를 도둑질하고 싶은 마음이 전혀 생기지 않는다.

낮잠을 자다가 TV를 보다가 인터넷 서핑을 하다가 다

운받은 영화를 보면서 며칠을 보냈다. 평소에는 거의 전화를 하지 않는 부모님과도 통화했다. 답답했지만, 서울에 있는 송 선배에게 투정을 부려봤자 통할 리도 없었다.

외출도 하지 않고 좁은 닭장 같은 방에서 먹고 뒹굴기만 하니 배는 임신 5개월 정도 되는 것처럼 불룩했다. 나쁜 자식들, 뭐 맛없게 생겼다구? 물에 팅팅 불은 바게트 같다구? 그들이 놀렸던 말이 떠오르자 분한 마음이 솟구쳤다. 샤워를 하고 나서 물에 젖은 몸을 거울에 비춰보다가 재이는 다시 중얼거렸다. 뭐…… 틀린 말은 아니네.

남자들은 이렇게 무료하게 혼자 있을 때 무얼 할까? 재이는 1년간 결혼생활을 함께 했던 최진봉이 생각났다. 신혼 3개월이 지나자 그와의 관계는 아주 뜸해졌다. 그러다 어느 날 재이가 퇴근 후 집에 들어섰을 때, 방에 혼자 앉아 있는 그의 모습을 보았다. 그는 혼자 PC 모니터를 보며 간절한 표정으로 몰두해 있었다. 봉그, 인터넷에 뭐 재미있는 거 났어? PC 화면은 보이지 않았지만, 탁자 밑에 슬쩍 손으로 가린 바지춤과 당황한 그의 얼굴에 오히려 재이가 당황했다.

포르노를 보는 남자의 심경 따위, 당시에는 생각하고 싶지도 않았다. 지금은 왠지 호기심이 생긴다. 재이는 작업

128

아이디어를 얻는다는 핑계로 멜로영화를 다운받아 보다가 서서히 장르를 포르노로 옮겼다. 처음엔 그런 자신이 환멸스러웠지만, 보는 것을 그만두고 싶지도 않았다. 다만 소리가 신경 쓰여서 이어폰을 끼고 봤다. 이 건물 1층은 임대를 많이 하려고 판자벽으로 막아 '스튜데뜨'라 불리는 작은 원룸들로 쪼개어 만들어서 방음이 젬병이다.

왼쪽 방에서는 새벽 5시면 모닝콜이 울리고, 욕실 물소리가 들리고 곧바로 남자가 현관문을 열고 출근한다. 밤이 늦어서야 현관문이 다시 열리는 소리가 들린다. 며칠에 한 번 정도 밤중에 남자가 전화하는 소리가 들린다. 중국어 악센트가 있는 프랑스어를 구사하는 남자였다.

문제는 오른쪽 방이다. 일주일에 서너 번 남자가 왔다. 그것도 자정이 넘은 시간에 와서 떠들다가 과격한 섹스를 하고 새벽이 되기 전에 떠난다. 영선은 그들이 남매일 거라 말했지만, 재이는 그들이 근친상간을 하는 건 아니라고 확신한다. 두 사람 목소리가 얼마나 큰지 조용히 해달라고 벽이라도 두들길까 마음먹을 때쯤이면 절정에 이른 교성이 뻔뻔스럽게 마구 흘러나온다. 소리로 미친 존재감을 드러내는 그들에게 분노를 느끼다가도 참는 것은, 재이 자신도 한국과의 시차 때문에 새벽에 가끔 통화를 하기 때문이었다. 그 소리가 혹시 이웃의 단잠을 깨우는 건 아닐까 조심스러웠다. 역지사지, 아니 톨레랑스라고 해두자. 하지만 너무도 생생하게 들려오는 그 소리가 불편한 건 사실이었다. 그때부터였을 것이다. 이어폰을 끼고 그 소리를 차단한 것은. 절정의 순간에 그들이 쏟아내는 거북한 소리. 그리고 섹스가 끝나고 간혹 그들이 큰 소리로 나누는 대화를 전혀 알아들을 수가 없는 이유이기도 하다. 처음 들어보는 그 언어는 아프리카 어느 부족의 말인 걸까?

양쪽 방의 거주자들을 한 번도 보지 못한 재이는 그저 가난한 이민자들을 상상할 뿐이다. 이 아파트에서 얼굴 모르는 사람들의 정체성을 알려주는 것은 또한 냄새다. 중국 음식 냄새가, 또는 아프리카 음식 냄새가, 인도의 커리 냄새가, 재이가 끓이는 김치찌개 냄새와 뒤섞여 늘 미로 같은 실내 복도에 고여 있다.

어찌 된 일인지 오른쪽 방의 애인은 요즘 거의 매일 찾아온다. 그런데 며칠 포르노만 주야장천 보다 보니 그것도 질렸다. 오히려 얇은 벽 너머의 침대 위에서 들려오는 그들의 생생한 섹스에 재이는 포르노보다 더 강한 흥분이 느껴졌다. 자는 척 숨을 죽이고 벽에다 귀를 바짝 댄다. 침대

스프링이 흔들리는 소리, 이불깃이 사부작대는 소리에다 두 사람이 얼마나 호들갑을 떠는지 벽이 흔들렸다. 구멍이라도 뚫어서 보고 싶은 호기심으로 몸과 마음이 달뜨기까지 했다.

곰곰 생각하니 재이가 섹스를 안 한 지도 어언 4년이 넘었다. 전에는 그래도 1년에 계간지 빈도 정도로는 했었는데. 오로지 귀로만 듣는 옆 방 남녀의 섹스가 중독성 있는지 남자가 오지 않는 날은 허전하기까지 했다. 그런 날은 재이도 포르노를 일부러 크게 틀어놓는다. 일종의 복수다. 조용하지만 여자 혼자 있는 게 분명한 그 방에서도 지은 죄가 있어서인지 찍소리하지 않는다. 아니 어쩌면 그쪽에서도 벽에 딱 붙어 교성이 충만한 재이의 방에 귀를 기울이고 있을지도 모른다.

*

무엇이 재이를 자극한 건지 모르겠다. 그것이 마약가루가 섞인 듯한 파리의 공기인지, 에로틱한 햇빛인지, 아니면 오른쪽 방의 소리 때문이었는지…… 재이는 아직도 기억하고 있는 최진봉의 이메일 주소로 8년 만에 메일 한 통

을 띄웠다. 정말 이럴 생각은 없었는데……. 그냥 안부를
묻고 파리에 와 있다는 근황과 사무적인 투로 전화번호를
남겼다. 기대하지 않았다면 백 프로 거짓말이겠지만 연락
이 와도 아무 대책이 없다.

한때는 함께 살았던 남자. 예술사를 공부하던 진봉을 만
난 것은 세바스티앙의 방에서였다. 세바스티앙 역시 예술
사 박사과정에 있는 프랑스 남자였는데, 진봉의 석사논문
준비를 도와주고 있었다. 당시 파리에 온 지 5개월 정도 된
재이는 어학코스를 밟으며 메이크업 아티스트 과정의 입
학을 알아보고 있는 중이었다. 그때 아르바이트로 재이에
게 프랑스어를 가르친 사람이 세바스티앙이었다. 처음 두
달간은 진봉을 만날 기회가 없었다. 아니 진봉을 세바스티
앙의 집에서 만났어도 그는 재이의 마음을 사로잡지 못했
다. 왜냐하면, 재이의 마음속에는 세바스티앙이 가득 들어
차 있었기 때문이었다.

세바스티앙은 마른 몸에 남자치고는 섬세한 용모를 갖
고 있었다. 밝은 갈색의 부드러운 머리칼 밑에 어느 때 보
면 녹색이고 어느 때 보면 연갈색인 신비한 눈을 가진 남
자였다. 빛에 따라 달라지는 그의 눈 색깔 때문에 매번 다
른 사람처럼 보이기도 했다.

그는 내성적이고 말이 없는 사람이었지만 나름대로 수줍은 미소로 사람 마음을 녹일 줄 아는 남자였다. 그의 눈도 재이의 가슴을 설레게 했지만, 재이를 가슴 저리게 하는 건 그의 손이었다. 손에도 표정이 있다. 그의 손은 새침해 보인다. 교재를 펼쳐놓고 마주 앉아 공부하다가도 눈앞의 녹색 체크무늬 식탁보 위에 무심코 얹힌 그의 흰 손을 보면 재이는 묘한 슬픔마저 느꼈다. 여자 손 치고 투박해서 마음에 들지 않는 자신의 손이 어느 때 보면 10센티도 안 되게 떨어져 있는 그의 손을 만지고 싶어서 쥐가 날 지경이었다.

세바스티앙은 친절하고 진지했지만, 약간 까칠했다. 그것도 매력이었다. 재이는 그런 그를 보는 것만으로도 행복했다. 진봉을 다시 만난 것은 13구 차이나타운에 있는 대형 중국마트에서였다. 통배추 코너에서 알이 찬 배추를 심혈을 기울여 고르고 있다가 집어들었을 때였다. 투박한 남자의 손이 동시에 그 배추를 움켜쥐었다. 고개를 들어 눈을 마주치니 그가 바로 진봉이었다.

"어, 안녕하세요? 먼저 가져가세요."

"아니에요. 먼저……. 근데 남자분이 웬 배추를 그렇게 많이?"

"전 김치 없으면 못 살거든요."

"어머, 그래요? 저도 그런데……."

두 사람은 마침 끼니때가 되어 근처 베트남 식당에 들러 쌀국수를 먹었다. 진봉은 파리에 온 지 얼마 되지 않은 재이에게 급한 일이나 남자 손이 필요한 일이 있으면 언제든 부르라고 친절하게 말했다. 재이는 그런 오빠 같은 진봉이 믿음직스러웠다. 그래서였을 것이다.

"저어, 이러면 어떨까요? 배추, 제게 주세요. 김치는 제가 담가서 나눠드릴게요. 바쁜데 에너지 낭비잖아요. 한국에서 올 때 갖고 온 정말 좋은 태양초 고춧가루가 있거든요. 저 고등학교 때부터 자취해서 웬만한 음식은 다 잘해요."

결혼에 이르게 된 두 사람의 시작은 따지고 보면, 그렇게 김치로 시작되었다. 김치를 나눠 먹게 된 사이가 된 두 사람은 부쩍 친밀해졌다. 김치를 담가주는 대신 재이는 전기나 싱크대 배관에 문제가 있거나 힘쓸 일이 생기면 진봉을 불렀다. 그러나 마로니에 가로수 잎이 떨어지고 이슬비가 내리는 가을이 되자 카페에 앉아 에스프레소 커피를 조금씩 홀짝이면서 세바스티앙을 그리워하곤 했다.

그러다 어느 날의 프렌치 레슨 시간에 식탁 위에 놓인

세바스티앙의 손을 자신도 모르게 잡았다. 그러지 않으면 가슴이 터질 것 같아서였다. 그는 놀라서인지 가만히 있었다. 그의 손은 의수처럼 매정하리만치 차갑게 굳어 있었다. 신비롭던 그의 눈빛은 그때는 암울한 회색빛으로 보였다. 절망으로 당황한 재이에게 그가 다정하게 단 한 번만이라도 키스를 해주면 얼마나 좋았을까. 아니 손이라도 꼼지락거려주었다면. 그러나 그런 일은 일어나지 않았다.

그날 밤 재이는 카페에서 맥주를 마시고 혼자 센강변을 걸었다. 그리고 진봉에게 전화했다.

"술 사줄게. 나올래요?"

아마도 취기 탓이었을까. 재이는 〈퐁네프의 연인들〉을 찍었던 그 유명한 센강의 퐁네프 다리 위에서 진봉의 입술에 키스했다. 타락하고 말 테다. 될 대로 되라지. 진봉이 꽤나 만만하게 여겨질 무렵이었다. 그러나 진봉은 따스하게 재이의 키스를 받아들여줬다.

"메르씨 보꾸······."

재이의 입에서 무심결에 흘러나온 말이었다. 키스한 남자에게 그런 사례의 인사를 하는 여자는 또 없을 것이다. 가장 빈번하게 쓰는 프랑스어라 입에 붙어버려 기계적으로 나온 말이지만, 재이는 부주의한 자신이 싫어서 화가 났다. 그 말을 했던 자신을 응징하듯 혓바닥을 입안에서 앞니로 꽉 물었다. 그러나 그런 재이의 마음을 눈치채지 못하는 진봉의 무심함이 고마운 건 사실이었다.

＊

착각이란 참 묘한 것이다. 그 무렵, 분장을 공부하는 전문학교에 입학한 재이는 자신을 둘러싼 젊은 프랑스 학생들을 보면서 자신이 한국인이라는 걸 가끔 잊곤 했다. 어떡하든 현지에 정착하기 위해 언어든 문화든 흡수해야 했던 심리적 모방심에서 비롯된 것인지 모르지만, 자신이 날씬하고 얼굴도 작고 어여쁜 프랑스 여자로 착각되었다. 그들과 함께 있으면 자연스레 동화되는 느낌이 들었다. 똥 묻은 개가 겨 묻은 개들 사이에 있으면 자신도 겨 묻은 개인 줄 아나보다. 그래서 진봉과 데이트를 할 때, 광장에서 자신을 기다리고 있는 그를 볼 때마다 속이 터졌다. 저 사람은 왜 저렇게 얼굴이 큰 걸까. 딱 6등신이네.

잘생긴 세바스티앙과 함께 셋이서 만날 때면 더 화가 났다. 짝은 분명 세비스티앙이어야 하는데……. 수줍은 건지 까칠한 건지 세바스티앙은 재이와 눈도 잘 못 맞췄다. 그날은 세바스티앙의 생일이어서 다 함께 공원으로 피크닉을 갔다. 재이는 닭을 튀기고 샌드위치를 만들고 드레싱을 따로 준비한 샐러드를 피크닉 가방에 가져갔다. 두 남자와 풀밭에서 점심을 먹으며 재이는 마네의 그림 〈풀밭 위의 점심〉을 떠올렸다. 자신이 벗지만 않았을 뿐이지, 진봉과 세바스티앙도 느긋하게 오후의 햇살을 받으며 그림 속 남자들 같은 포즈로 포만감을 즐기고 있었다. 그때 진봉이 화장실에 좀 다녀오겠다고 일어섰다.

세바스티앙과 단둘이 남은 재이는 한껏 가슴이 뛰었다. 재이는 연달아 와인잔을 비우며 세바스티앙을 바라보았다. 와인 두 잔에 분홍빛이 된 그는 재이의 눈길을 피하듯 눈을 내리깔고 풀밭의 토끼풀만 응시했다. 그의 신비한 눈동자를 빗살처럼 가지런한 긴 속눈썹이 살짝 덮고 있었다. 그걸 보며 재이는 또 가슴이 싸하게 아파왔다.

"으음…… 당신…… 속눈썹이 꼭 작은 머리빗 같아요."

그가 눈을 떠 잠깐 재이를 바라보더니 얼굴이 홍당무처럼 빨개졌다. 그러곤 얼른 눈을 다시 내리깔았다. 그의 속눈썹이 파르르 떨렸다. 재이는 마음의 갈등을 끊임없이 일으키다가 예의 바르게 물었다.

"저기…… 잠깐 키스해도 돼요?"

그의 얼굴이 더 빨개지더니 먼저 재이에게 다가왔다. 그리고 재이의 볼에 자신의 볼을 대고 쪽! 소리를 냈다. 키스가 아닌 이곳 사람들의 친밀한 볼 인사, 비주였다. 재이는 눈을 감은 채 그대로 있었다. 그냥 이대로 콱 죽었으면 좋겠다는 생각에……. 키스를 허락받는 등신. 아무리 내숭 없는 년이라 해도 외로워서 아주 돌았구나.

세바스티앙은 재이와 진봉이 잘 어울린다며 사진을 여러 컷 찍어주었다. 저녁이 되어 시내 레스토랑에 함께 식사하러 들어갈 때 재이는 깜짝 놀랐다. 키 크고 잘생긴 세바스티앙 옆에 작고 투박하게 생긴 동양 여자가 붙어 있는 게 번들거리는 유리문에 비쳤다. 자세히 보니 그게 바로 자신의 모습이었다. 인정하고 싶지 않았다. 아니 충격이었다. 파리에 산다고 파리지앵이 되는 건 아니구나. 뒤따라온 진봉이 유리문에 비쳤다. 세바스티앙의 말마따나 진봉과 자기라면 그럭저럭 잘 어울리는 한 쌍처럼 보였다. 재이는 다리에 힘이 풀렸다.

그날 두 남자와 마주하고 식사를 하는 레스토랑 식탁에서 재이는 울음을 삼키듯 스테이크를 목구멍으로 밀어넣었다. 두툼하고 뭉툭한 손으로 불안하게 고기를 써는 진봉의 손과 능숙하고 우아하게 포크와 나이프를 다루는 조각

같은 세바스티앙의 손. 흰 손가락의 세 번째 마디마다 금빛 털이 살짝 누워 있는 그 남자의 손은 오히려 조각보다 더 아름다웠다.

그날 밤, 재이는 진봉과 잤다.

그로부터 3개월 후에 재이는 진봉과 결혼했다. 애초에 재이가 김치를 담가 진봉에게 나눠주었던 것처럼 결혼생활도 재이에게 있어서는 나눔의 연속이었다. 육체의 쾌락을 나누고 마음의 평화를 나누는 것은 물론, 가장 중요한 경제권을 재이가 갖고 그에게 용돈과 생활비를 나눠주는 것이었다. 석사과정을 마치고 박사과정에 들어간 가난한 남편의 미래를 위해 재이는 학비와 재료비가 많이 드는 사립 분장 에꼴을 포기했다. 대신 면세점에서 돈을 벌었다. 남편 진봉에게 투자하는 것도 나쁘지 않다고 생각했다. 까짓 돈만 있으면 2년 과정인 자신의 공부는 언제 다시 해도 된다는 생각이었다. 아님 말고.

그러나 어느 무료한 일요일 밤, 그 갸륵한 자선의 마음은 배신을 당했다.

＊

"그러고 보니까 우리 아주 가까운 데 살고 있었네. 내가 그리로 갈까?"

이메일을 보냈던 진봉에게서 전화가 온 것은 나흘 후였다. 좀 황당했으나 그냥 자연스레 받아들이자고 생각했다.

"아니. 미라보 다리 알지?"

"그럼. 우리 집에서 다리만 건너면 너 사는 거긴데 뭘."

"그럼, 미라보 다리 딱 중간에서 볼까? 에펠탑이 정중앙으로 바라보이는 곳에서."

"그럴까?"

전화를 끊은 뒤 재이는 카메라를 챙기고 외출 준비를 했다. 만나면 뭐라고 첫인사를 할 것인가. 행복하니? 오랜만이네? 잘 살아? 재이는 피식 웃었다. 8년은 꽤 긴 세월이다. 배신감에 패닉상태가 되어 뒤도 돌아보지 않고 귀국해버린 재이가 이렇게 카메라까지 챙겨 가다니. 언젠가 진봉은 이렇게 말했던 적이 있었다. 자신은 낭만적 기질이 많은 사람이라 최후의 로맨티시스트로 남고 싶다고. 그게 뭔데, 라고 물었더니 그가 화집 하나를 꺼내 열어 그림을 보여주었다.

"이탈리아 낭만파 화가 프란체스코 아예스의 〈키스〉라는 그림이야. 가슴속에서 넘쳐나는 격정이 느껴지지 않니?"

마치 중세의 성벽 지하실 같은 곳에서 기사가 한 여인의 얼굴을 안고 격렬하게 입을 맞추는 그림이었다. 그게 진봉의 간접적인 사랑 고백처럼 느껴져서 재이는 기분이 좋았었다.

그런데 어느 날 아파트 뒤의 가로등 밑에서 진봉이 다른 이와 그림처럼 격정적으로 키스하는 장면을 보고야 말았다. 진봉에게 갈급하고도 격렬하게 키스를 퍼붓고 있는 상대를 알아본 재이는 그 자리에 주저앉고 말았다.

★

재이는 아파트를 나와 강변도로를 걸어 미라보 다리로 향했다. 가을이 깊어가는지 바닥에 떨어져 뒹구는 플라타너스 낙엽이 꼭 썩은 손처럼 보였다. 우울하게 안개비가 내리는 전형적인 파리 날씨다. 재이는 진봉에게 이렇게 물어볼 작정이나. 아식도 로맨티시스트야? 세바스티앙의 안부도 물어볼 것이다. 가능하다면 진봉에게 그를 불러내달라고 부탁할 작정이다. 그리고 요구하고 싶다. 두 사람을 미라보 다리 위에 세우고 에펠탑을 배경으로 그날 밤처럼 격정적인 키스신을 찍고 싶다고.

재이는 이번 책의 제목을 '파리, 낭만적 삶의 박물관'으로 고쳐야겠다고 생각한다. 아니면 '파리, 낭만적 삶은 박물관에나'로 하든가. 갑자기 픽, 웃음이 터진다. 흐릿한 하늘에 뾰족한 에펠탑의 실루엣이 보인다.

파라다이스 빔을
만나는 시간

민수 형, 이 섬에 들어온 지도 4년이 넘었네요. 형 떠난 지는 3년이 넘었고. 그때나 지금이나 이곳은 크게 달라진 게 없어요. 지평선 너머엔 바다가 살짝 보이는 황무지가 아직도 개발되는 중입니다. 구획된 황무지의 사잇길로 간혹 시내버스나 자동차가 오가곤 합니다. 형도 알다시피, 17층 거실 창에서 아래를 내려다보면 마치 저 끝단이 커다란 코발트색 조각보를 펼쳐놓은 듯하잖아요. 계절마다 다른 색의 조각보. 군데군데 야금야금 아파트가 올라가고 있지만, 여전히 이곳은 무한히 펼쳐진 하늘, 고적한 바람과 휘황한 햇빛이 넘치도록 풍요로운 곳이에요. 형, 이 좋은 게 다 공짜라고 우리가 얼마나 좋아했었는지 기억나죠? 그런 것들은 우리가 둥지를 튼 이곳 하늘도시, 이 아파트 단지의 33평 아파트를 분양받으며 덤으로 얻은 프리미엄이었으니까.

우리가 공항신도시인 이 섬으로 온 것은 국제공항이 가까웠기 때문이었잖아요. 내가 명예퇴직하면 함께 해외여행을 자주 가기로 당신과 약속했었잖아. 오래 살았던 번잡한 서울을 떠나 이곳 하늘도시로 옮겨온 후, 주말에 함께 자전거를 타고 앞서거니 뒤서거니 잘 조성된 공원이나 인적 없는 해안도로를 달릴 때면 참 잘한 일이다 싶었어. 마시란 해변에서 갓 꺼낸 염통처럼 선혈 낭자한 석양이 수평선 아래로 지는 순간엔 자전거를 멈추었죠. 숨이 멈출 거 같았으니까요. 해가 꼴딱 넘어갈 때까지 둘이 침묵하고 있다가 한참 지나 낙조를 바라보며 형이 묻곤 했죠. 좋아? 내가 대답했고요. 응, 좋아! 얼마만큼? 내가 금방 대답을 못 하면, 천국처럼? 하고 형이 또 물었죠. 천국을 가봤어야 알지. 속으로 그렇게 말했지만 나는 웃으며 고개를 크게 끄덕여주곤 했어요.

지금 생각하니 이 섬에서 우리에게 천국처럼 주어졌던 좋은 시간은 겨우 1년 남짓. 우리가 꿈꾸던 국제선 비행기 대신 당신 혼자 이 하늘도시에서 저 하늘로 떠나버리고 말았어요. 하늘도시 17층 아파트에 홀로 남겨진 나는 하늘을 바라보며, 그래도 당신이 그리 멀지 않은 곳으로 이사한 것 같아 다행이라고 생각하며 살고 있어요.

형, 당신이 그렇게 갑자기 떠나서 난 정말 당신이 원망스러웠어요. 야속한 사람. 20여 년간 교직에 몸담았던 내가 명퇴 신청을 하고 기다리던 겨울방학에 알게 된 당신의 발병. 언제부턴가 소화가 안 되고 속이 매스껍다던 당신. 수현아, 나 임신했나봐. 입덧하나봐. 식탁에서 느릿느릿 농담을 해대는 당신을 억지로 끌고 갔던 병원에서 마침내 들은 청천벽력 같은 소식. 간암 말기. 의학적으로 아무것도 할 수 없는 단계. 형은 고개를 숙이고 두 손으로 얼굴을 문지르더니 허허로운 눈길로 완강하게 말했죠. 병원 연명치료를 거부한다고.

그 황량하고 막막했던 내 마지막 겨울방학. 그리고 한 달 남짓한 당신의 마지막 삶의 여정. 그 겨울은 어찌나 눈도 자주 오고 추웠던지. 봄엔 꽃무늬 조각보, 여름엔 초록 조각보였던 땅의 풍경이 군데군데 눈 녹아 더럽고 때 탄 무명 조각보처럼 보이는 게 안타까웠어요. 죽음을 맞는 풍경에도 복이 있다면……. 그런 생각에 공연히 내가 미안해졌어요. 온종일 당신은 집에서 위와 아래를 바라보며 지냈으니까. 그나마 위로는 쾌청한 코발트빛 겨울 하늘을 가끔 볼 수 있었으니 다행이었지만.

선고를 받은 처음 일주일간은 당신이 방문을 걸어 잠그고 나오질 않아서 내 애를 태웠죠. 민수 형, 당신이 과거 운동권 출신이고 3년간의 수인 생활을 했다는 인생 경력을 알긴 하지만, 형은 참 독한 사람이었어요. 소용없는 짓인 줄은 알았지만 민간요법에 매달리며 안달을 떠는 내가 지쳐 나가떨어지자 당신은 초췌한 얼굴로 밖으로 나왔어요. 결국 하루하루 눈에 띄게 달라지는 당신의 병세를 받아들일 수밖에 없었어요. 우리에겐 종교가 없었지만, 당신과 나는 천국이나 극락 비슷한, 인간이 꿈꾸는 유토피아가 우주 어딘가에 존재할 거라 막연히 믿긴 했을 거야. 그렇죠, 민수 형? 지금은 그 생각이 참 위안이 된다, 형.

컨디션이 괜찮은 날엔 내가 당신을 차에 태우고 신도시의 카페를 찾거나, 황혼녘엔 바다를 보러 갔지요. 병세가 안 좋아진 그 무렵엔 전처럼 바다의 낙조를 봐도 천국처럼 좋냐고 물어오지 않았어요. 천국이란 단어는 죽음이란 단어처럼 금기어니까요. 나는 정말로 당신이 죽으리라는 생각이 들지는 않았어요. 마치 근거 없는 유언비어나 풍문처럼, 아니면 금방 진실이 드러날 악의적인 음모론처럼 느껴졌으니까.

당신과 나는 그런 시절을 거쳐왔던 세대였죠. 우리가 처음 만났던 인연은 내가 중학생 때 대학생이었던 당신이 우리 집 하숙생으로 들어왔던 때로 거슬러 올라가죠. 하숙집 어린 딸이었던 내 눈에 여섯 살이나 많은 당신은 진지하지만 한편 바람둥이처럼도 보였어요. 당신을 자주 만나러 온 여대생들 두엇 정도는 나도 기억하고 있었으니까. 당신의 빨랫감에서는 매운 최루탄 냄새가 나곤 했었죠. 말을 섞은 적이 거의 없이 당신이 갑자기 군에 입대하면서 우리의 인연은 끊어지는 듯했어요.

나는 당신이 다니던 대학에 신입생으로 입학을 하게 되었고, 교정에서 우연히 복학한 당신을 다시 만나게 되었어요. 그 당시 여학생들이 선배를 부르던 호칭인 '형'으로 당신을 부르며 어정쩡하게 가까워졌지만, 이렇게 인생을 함께하며 끝까지 당신의 마지막 시간까지 가게 될 줄은 몰랐어요. 끝까지 당신의 마지막까지…… 아아, 미안해요. 그렇게 말하면 안 되는데……. 난 끝까지 함께하지 못했잖아. 마지막 작별의 순간을 놓쳤잖아. 그걸 생각하면 난 당신이, 내가, 하늘이 너무 야속해. 아무리 가망이 없다 해도 당신이 그렇게 빨리 떠날 줄은 몰랐어요.

꿈도 예감도 징조도 없이 그날은 왔어요. 아니, 폭풍 같은 고통에 시달리던 당신의 병세가 며칠이 지나자 오히려 호전되는 느낌마저 들었었지요. 당신의 볼은 약간의 홍조마저 띠고, 입가엔 부드러운 미소가 감도는 듯했어요. 갑자기 금방 만든 고소한 잣죽이 먹고 싶다고 당신이 말했어요. 잣도 없고 마침 장을 본 지 오래라 자동차로 15분 거리의 마트까지 식료품을 사러 갔어요. 겨울 날씨치고 너무 따스하고 맑은 날이었고 바다는 더없이 잔잔하고 푸르렀어요. 뜬금없는 막연한 희망 같은 게 스멀거리더라고요. 아아, 기적이 일어나려나봐. 아니, 민수 형에겐 꼭 기적이 일어날 거야. 어떻게 살아온 인생인데. 기분이 좋아진 나는 마트에서도 욕심껏 과일과 고기와 채소를 고르고 사느라고 시간을 꽤 소비했어요. 그동안의 우울을 날려버리고 싶어 플라워숍에서 플로리스트가 추천해준 파스텔색 리시안셔스도 몇 묶음 샀답니다. '변치 않는 사랑'이란 꽃말을 가진 섬세하고 아름다운 꽃이에요.

집에 돌아왔을 때 당신은 병상에 반듯하게 누워 고개만 창 쪽으로 돌리고 있었어요. 꽃다발을 들고, 혀엉! 민수형! 나 왔어요! 당신을 불렀어요. 당신은 미동도 없더군요. 17층 창밖의 겨울 하늘을 응시하는 모습으로…… 눈을 반쯤 뜨고 아련한 눈빛으로 무언가를 바라보는 듯, 무언가를 골똘히 생각하는 듯. 그 눈빛을 난 영원히 잊지 못할 거예요. 작별 인사도 없이 떠난 당신의 죽음이 믿기지 않았어요. 겨우 두 시간 집을 비운 사이에 당신의 임종을 지키지 못해 눈물도 말도 한동안 나오지 않았어요. 어떻게 죽음이 그렇게 섬광처럼 기습할 수 있는 건가요? 당신이 베고 누웠던 베개, 오른쪽 뺨과 눈가가 닿았던 곳엔 마지막 순간에 당신이 흘린 눈물 자국이 촉촉하고도 선명했었는데! 형! 당신, 얼마나 외로웠어요……. 얼마나 두려웠어요.

당신이 떠나고 그 생각만 하면 나는 살아도 사는 느낌이 아니었어요. 당신이 떠난 후, 명퇴 신청은 이미 결정이 나서 방학이 끝난 뒤에도 난 학교로 돌아갈 수 없었어요. 대신 퇴직금이라는 목돈과 매달 연금이 들어왔어요. 시간과 돈이 준비되었어요. 그럼 뭐해. 아이도 없던 우리 부부가 준비하며 계획했던 두 사람만의 행복한 노후가 사라졌는걸. 남겨진 나는 뚜껑을 분실한 향수병처럼 삶의 향기도 휘발되고 의욕도 잃은 채 몇 계절을 흘려버리고 있었어요. 당신의 죽음에 대해 에필로그를 쓰지 못하니 애도는 머릿속에 흩어진 자음과 모음으로 떠돌 뿐이었어요. 물론 당신의 물건도 한동안 제대로 정리할 생각을 못하고 말이죠.

어느 날 당신의 방을 정리하게 되었어요. 당신의 유품을 옷방으로 쓰던 작은 방으로 옮기고 당신의 방에 세입자를 들이기로 했어요. 우울증 환자처럼 종일 말 한마디 안 하고 혼자 지내는 내가 안쓰러웠는지 친척의 부동산에서 참하고 싹싹한 스튜어디스 아가씨를 소개했어요.

당신은 깔끔한 성격답게 서랍에 약간의 현금이 예치된 통장과 도장, 몇몇 서류들을 파일별로 분류해놓고 서가와 컴퓨터와 앨범 등도 정리해놓았더군요. 그런데 맨 아래 서랍에 테이프로 꼼꼼하게 포장한 쇼핑백에 든 물건이 하나 있었어요. 아마도 무슨 상자 같은데, 크리넥스 티슈 상자보다 약간 작은 크기였어요.

다행히 밀봉한 포장지 위에 포스트잇이 한 장 붙어 있었어요. 익숙한 당신의 글씨체로 쓴 간단한 메모였죠. '쿠바에 가면 소피아 곤살레스, 이 사람에게 이걸 전해주길. Sofia Gonzales.' 그 이름 뒤에 전화번호인지 뭔지 낯선 숫자도 적혀 있었죠. 소피아 곤살레스? 곤잘레스로 발음해야 하는 거 아닌가? 소피아? 여자 이름이 분명한데, 한 번도 당신에게 들은 적 없는 이름이었어요.

쿠바에 가면……? 맞아요! 쿠바! 당신의 병이 발병하기 직전, 나의 명퇴 신청이 결정되면 기념 삼아 우리의 첫 해외 여행지로 아바나에 가려고 계획했던 게 생각났어요. 그때를 위해 미리 준비했던 걸까? 그런데 뜬금없이 이 상자는? 소피아란 여자는 누구일까? 내게 한 번도 얘기한 적 없는 그녀에게 당신이 유서로 남긴 부탁을 나는 어떻게 받아들여야 하나. 내겐 유서도 유언도 남기지 않고 갑자기 떠난 당신이란 사람을. 소피아란 여자보다 그 순간, 당신이 더 낯선 사람으로 여겨지더라고요.

다시 당신이 남긴 기록이나 컴퓨터 파일, 그리고 휴대전화를 열어 점검해보았어요. 우린 비교적 단순한 인생을 살았고, 서로가 비밀이 없다고 생각해서 상호신뢰의 증거로 우리가 결혼한 날짜를 비밀번호로 쓰고 있었잖아? 다 확인했지만, 소피아에 대한 단서는 없었어요. 다 지웠던 걸까? 강민수와 소피아 곤잘레스? 그건 생기를 잃고 살아가는 내게 뜬금없는 화두처럼 묘한 집중력으로 나를 사로잡고 생의 활기를 불어넣어주더군요. 생각해보니 사실 당신은 몇 년 전에 혼자 쿠바에 한 달간 다녀온 적이 있었죠. 혁명의 나라인 그곳은 당신 같은 청춘을 보낸 이에겐 매력적이었을 거예요. 게다가 그때 마침 당신의 옛 친구인 황 교수가 쿠바의 국립기관에서 한국어를 가르치고 있었어요. 당시엔 오바마 행정부가 쿠바와의 외교 관계를 정상화하겠다고 한 이후였는데, 쿠바의 경제 발전에 대한 기대로 황 교수가 장래에 몇 가지 사업 구상을 마련해 당신의 방문을 여러 차례 청했던 이유도 있었어요. 친척이 하던 부동산 사무실에 비정기적으로 출근하던 당신이 그마저도 그만두고 쉴 때여서 당신은 곧장 쿠바로 날아갔었죠.

쿠바 여행 어땠어? 귀국 후에 내가 물으면 참 묘한 나라라며, 나와 함께 다시 꼭 가보고 싶다고 했던 당신이었어요. 당신과 함께라면 그 여행이 의미가 있지만, 난 쿠바라는 나라에 큰 관심이 있진 않았어요. 그보다 더 멋지고 가보고 싶은 나라가 세상에 얼마나 많은데요. 하여튼 내가 함께 갈 쿠바에서 소피아라는 여자에게 물건을 전달하는 거였다면, 그리 위험한 관계의 여자는 아닐 거란 생각이 들더군요. 그리고 내게 메모와 함께 물건을 남긴 건, 당신 사후에 저 물건은 사실 내가 맘대로 해도 된다는 암묵적인 동의를 당신이 한 거라는 생각도 들고요. 그런 합리화를 하니 결심이 섰어요. 당신에겐 좀 미안했지만, 쇼핑백 포장을 뜯기 시작했어요. 도대체 내용물이 뭔지나 보자. 에어캡으로 한 번 더 꼼꼼하게 포장한 것마저 뜯으니 과연 상자가 하나 나오더군요. 격자무늬를 묘하게 짜 맞춘 아름다운 나무 상자였어요. 그런데 어떻게 여는지 도무지 모르겠더군요. 잠금장치는 달리지 않았고, 아주 매끈한 나무의 이음새나 접합 부분을 분리하려 해도 열리지 않았어요. 흔들어보았어요. 부피는 크지 않으나 적당한 무게감으로 뭔가가 흔들리는 느낌이 왔어요. 서랍에 넣어도, 밀쳐두고 잊어버리려고 해도, 며칠 못 가 다시 내 신경은 상자로 향했어요. 아무리 열려고 해도 열리지 않는 비밀상자. 너 참 요물이구나. 상자가, 아니 당신이 얄밉고 원망스러운 생각에 갑자기 열 받은 적이 여러 번이었어요. 망치를 가져와서 힘껏 깨부수려고 하기도 했죠. 그러고 있는 나 자신이 너무 우습고 비참해서 포기하고, 그 요물을 가지고 바다로 나가 던져버리려다가도 몇 번이나 발길을 돌렸어요.

일말의 기대를 안고 결국 일면식도 없는 황 교수에게 이메일을 보내 소피아 곤잘레스라는 여자를 아느냐고 물어보았답니다. 황 교수의 지인일지도 모를 소피아란 여자에게, 황 교수의 부탁으로 당신이 뭔가 전해줄 가능성을 염두에 두고 말이죠. 그는 뒤늦게 당신의 별세에 애도를 표하며, 그 이름을 듣고 즉시 떠오르는 사람은 없지만 수년간 자신이 가르친 학생들이나 현지의 정보력 좋은 지인들에게 알아볼 수도 있다는 메일을 보내왔어요. 그리고 또 얼마 전부터 여행업을 시작했으니 기분전환 삼아 쿠바에 오면 민수를 대하듯 여행에 불편함 없이 성심껏 잘해주겠다는 내용도 덧붙였어요. 뜨거운 쿠바의 열정과 낭만이 내 삶에 활기를 줄 거라고 했어요. 그리고 쿠바는 겨울이 여행 최적기라며 이 계절을 놓치지 말라는 당부도 덧붙였어요.

겨울을 재촉하는 을씨년스러운 늦가을 비가 추적이고 미세먼지가 하늘을 연일 뒤덮는 날이 이어지자 나는 쿠바로 날아가기로 했어요. 겨울이 시작되고 있었고, 무엇보다 혼란과 슬픔의 긴 터널에서 빠져나올 계기가 필요했어요. 나도 살아야겠다는 생각이 들었어요. 내 마음의 더러운 의혹을 카리브해의 바닷물로 맑게 씻어내고 싶었어요. 그렇게 난 당신이 남긴 비밀상자를 들고 미지의 여인을 찾아 홀로 지구 반대편으로 급히 떠났던 거랍니다.

황 교수가 항공권과 호텔 예약 등을 도와줘서 무사히 쿠바에 입국했고, 아바나 시내에 있는 호텔에 짐을 풀었어요. 아무런 정보 없이 급히 떠난 건 그곳에 황 교수가 없었다면 엄두도 못 낼 일이었죠. 하지만 그는 몹시도 바빠 보였어요. 당신도 알다시피, 황 교수는 그동안 해외 여러 국가에 파견되어 한국어를 가르치는 일을 했었잖아요. 이제 그 일을 그만두고 사업을 시작했다고 하더군요. 휴대폰을 두 개나 들고 있었는데, 시가 냄새 가득한 호텔 카페에서 커피를 마시는 동안 벨이나 알람이 자주 울렸어요. 계속 두 개의 폰을 열어 메시지를 확인하느라 중요한 내 얘기를 건성으로 듣는 듯하더군요. 그래서 메모지를 꺼내 보여주며 유품 얘기를 꺼냈어요.

"소피아 곤잘레스, 옆에 적힌 이 숫자는 전화번호인 거 같은데, 제가 스페인어는 전혀 못해서…….."

"스페인어 발음으로는 곤살레스입니다. 쿠바에 아주 많은 성씨입니다. 우리나라 김, 이, 박처럼요. 그러니까 소피아 곤살레스에게 민수가 전해달라고 남긴 유품이 있다?"

"혹시 황 교수님은 남편에게서 들어서 아는 게 없으신가요?"

"강민수, 그 친구 입이야 워낙 무거운 거 아시잖아요. 걔, 그래서 감방 갔던 놈이고요. 유품이 뭔데요?"

"그게……. 저도 몰라요. 뭐가 들었는지, 나무 상자가 열리지 않아요."

"그건 어니 있어요?"

"룸에요…….."

나는 이 바쁜 남자가 당장 룸에 올라가서 그걸 열어보자고 할까봐 사실 겁이 났어요. 나도 모르는 무엇이, 원하지 않는 무엇이 툭 튀어나올까봐, 그 상자가 판도라의 상자처럼 두려웠거든요. 열 수만 있다면, 그가 아닌 내가 먼저 살짝 열어보고 싶었거든요.

"그 상자야 나중 문제고……. 주인을 우선 찾아봐야 할 거 같아서요."

사실 주인을 찾아서 만나고 싶은 마음이 썩 내키지도 않았지만요.

"아 그래요? 그러죠 뭐. 이 전화번호로 당장 전화해보죠."

그는 말릴 새도 없이 메모지를 보고 전화를 걸었어요. 가슴이 뛰어서 얼음이 든 차가운 모히또 한 모금을 급히 마셨어요. 전화를 연거푸 했지만 안 받는 거 같더군요.

"이거 집 전화인데, 휴대폰 번호는 없어요?"

내가 고개를 흔들자 그는 장난기 어린 묘한 웃음을 머금는 듯하더니 농담처럼 말했어요.

"숨겨둔 애인 같은데요?"

갑자기 달콤했던 모히또의 취기가 얼굴로 훅 올라왔어요. 얼굴이 빨개진 나를 보며 그가 다시 정색하듯 말했어요.

"에이, 농담입니다. 민수 그 자식 그럴 위인도 못 돼요. 두 분 금슬이 오죽 좋았습니까. 아마 불쌍한 쿠바 할머니에게 유로화나 몇 푼 넣어 보냈을 겁니다. 가만있자…….

지난번에 쿠바 왔을 때, 까사 주인 할머니들 이름이 뭐였더라? 아무튼 그건 제가 알아보겠습니다. 신경 쓰지 마시고 오셨으니 이곳을 즐기셔야죠. 여기 제가 일정표를 좀 출력해왔어요."

그가 건네준 일정표를 살펴보고 있는데, 그의 휴대폰이 울리더군요.

"아, 회장님. 죄송합니다. 제가 지금은 좀 바빠서요. 여부가 있겠습니까. 이따 저녁에 뵙겠습니다. 그 일은 호세에게 다시 확인해보겠습니다."

잠깐 내 눈치를 보더니 간단히 통화를 마친 그가 아바나 구시가지를 잠시 안내해주겠다고 했어요. 호텔 밖은 뜨겁고 강렬한 열대의 태양이 내리쬐었지만 관광객들로 가득했어요. 아바나의 명동이라는 여행자의 거리, 오비스포 거리가 호텔 근처였거든요. 거리 입구, 헤밍웨이가 늘 들렀다는 술집인 '라 플로리디타'를 지나 기념품 가게가 늘어선 골목과 살사 리듬이 넘치는 카페와 식당 들을 지나쳤어요. 거리 끝의 아르마스 광장이나 대성당 같은 유적을 둘러보고 나서야 아바나의 중심이라 할 수 있는 중앙공원의 벤치에 겨우 앉을 수 있었어요. 속성반의 요점 정리를 하듯 관광지도에 표시를 하며 황 교수의 빠른 걸음을 쫓아

둘러보았던 게 한 시간 남짓 흘렀더군요.

공원 벤치에선 랜드마크인 카피톨리오의 둥근 돔과 화려한 건축양식의 아바나 대극장이 보이고, 광장 한쪽에는 화려한 색의 올드카들이 늘어서 있는 게 보였어요. 광장 다른 곳에는 행색이 초라한 현지인들이 길게 줄을 서 있었고요. 공원 벤치에는 젊은 사람들이 폰을 꺼내 열심히 들여다보고 있었어요. 나중에 들으니 쿠바에선 인터넷 사용이 허가되지 않는데, 그 공원이 무료인터넷이 허락되는 지정된 장소라는 걸 알게 되었어요.

"한 선생님, 오늘은 제가 바빠서 중요한 곳만 콕 집어서 맛보기로 급히 한 바퀴 돌았어요. 참 좁죠? 어휴, 그래도 더워서 힘드신가보네. 중요한 건 여기 올드 아바나에 다 있어요. 앞으로 차분하게 둘러보시고 주변을 좀 더 넓혀서 돌아보셔도 되고요."

이름 모르는 거대한 나무 그늘에서 생수로 목을 축이고 목덜미에 흐르는 땀을 닦으며 좀 쉬니 시원해지더군요.

"자동차를 렌트할 수 있을까요?"

"렌터카요? 거의 불가능하다고 보시면 됩니다. 택시 타세요. 노란 택시로요. 저도 아직 차 없어요. 이 나라는 차를 구매하는 게 엄청 까다롭거든요. 쿠바에 대해 예습 좀 하고 오셨어요? 그동안 해외여행은 많이 하셨나?"

"아뇨. 여긴 급히 오느라⋯⋯. 여행 책자 하나는 챙겨왔지만."

"걱정할 필요는 없어요. 그냥 관광지 루트로만 다니면 다른 나라랑 똑같아요. 돈만 있으면 다 돼요. 시내 주변에서만 멀리 벗어나지 않으면 안전해요. 저쪽 길로 가면 산책하기 좋은 차 없는 프라도 거리가 나와요. 거기서 좀 더 바다 쪽으로 걸으면 말레콘 비치가 나오구요. 석양이 죽여주죠. 해가 지면 호텔로 돌아오세요. 하긴 몇 미터마다 경찰들이 감시하니까 치안은 걱정 안 하셔도 되지만. 제가 틈나는 대로 전화드릴게요. 문제 있으면 제게 전화하세요. 번호 두 개 다 저장하셨죠?"

당신도 다 아는 아바나의 관광지를 내가 설명할 필요는 없겠죠. 하지만 내게는 도시 자체가 꼭 무대 세팅 같았어요. 빛과 그늘이 극명하게 구분되는 무대. 황 교수의 빠른 걸음을 놓칠세라 앞만 보고 잰걸음으로 다닌 곳, 그런 관광지나 유적지가 조명이 비친 곳이라면, 그 옆의 골목과 집들은 그늘에 가려져 있는 듯한 무대. 그 그늘에서 맨발의 아이들이 뛰놀고 폐허가 된 건물 귀퉁이에 사람이 사는지 빨래가 걸려 있었어요. 빛의 세계로만 나를 안내하려는 황 교수의 배려를 나는 이해할 수 있었어요. 그러나 그는 결과적으로 나를 방치했어요.

그는 다음날도 그다음 날도 오지 않고 연락도 없었어요. 급기야 내가 두 번이나 전화를 거니 그가 받았어요. 사업차 너무 바빠서 연락을 못 드려 죄송하다고. 비자 연장 때문에 회장님을 모시고 멕시코에 가 있다고. 이틀만 더 기다려달라고 하더군요. 그리고 갑자기 생각난 듯이 소피아의 전화번호로는 통화가 전혀 되지 않고, 자신의 폰으로 회신 전화가 오지도 않았다고.

황 교수가 쿠바에 없는 동안 나는 혼자 구시가지인 아바나 비에하의 혁명박물관과 국립현대미술관을 관람했고, 호텔 앞의 노란 택시를 타고 베다도 구역에 있는 혁명광장을 방문하기도 했어요. 비교적 안전한 관광지를 다니다 보니 혼자서도 다닐 만하더군요. 3년 전 당신도 분명히 거쳐 갔을 장소라 생각하니 기분이 이상했어요. 호텔로 돌아오는 길에 그늘진 아바나 뒷골목으로 점점 발걸음을 옮겨봤어요. 귀가하는 여인들이나 골목에 나앉아 폰을 들여다보는 젊은 여자들을 볼 때면, 소피아 곤살레스? 속으로 조용히 호명해보았답니다. 그러면 이상하게 소피아 로렌의 얼굴이 떠오르더군요. 내가 알고 있는 소피아라면 그저 소피아 로렌밖에 없어서.

사양이 비치는 프라도 거리의 기념품과 예술품을 구경하다 나도 모르게 핏물이 스며든 듯한 서쪽 하늘을 보며 걷다 보니 바다에 다다랐어요. 수평선 위 하늘이 점점 더 붉어지자 사람들이 자꾸 모여들기 시작했어요. 긴 방파제 위에는 연인들이 앉거나 누워 있었어요. 황혼의 하늘을 배경으로 키스하거나 포옹하는 연인들의 실루엣……. 좀 인적이 드문 곳에서는 낚싯대를 드리운 낚시꾼의 정지화면 같은 실루엣. 소년들과 소녀들은 음악에 맞춰 몸을 흔들고, 뭐라 외치며 꽃이나 맥주가 든 바구니를 들고 파는 장사꾼들. 끊임없이 스페인어로 말을 붙이며 집요하게 따라붙는 남자들. 관광객 남자들에게 교태 어린 몸짓으로 다가가는 젊은 여자들. 선글라스를 낀 채 나는 그들을 관찰하고 있었죠. 간혹 큰 파도가 방파제를 때리면 물보라를 일으키며 바닷물이 넘어오기도 했어요. 갑자기 맞은 물벼락에 환호성을 지르는 소리가 곳곳에서 들려오기도 했죠.

당신도 나처럼 여기 이 방파제에 몸을 기대고 저 바다와 석양을 보았겠죠. 우리가 자주 보았던 마시란 해변의 석양이 겹치면서 당신 얼굴이 떠올랐어요. 그런데 그 얼굴은 당신의 마지막 모습이었어요. 당신 서가에서 챙겨온 붉은 표지의 책,《체 게바라 평전》의 화보 사진에 나왔던 체의 모습과 또 겹쳐졌어요. '두 눈을 뜨고 죽은 체의 모습'이란 캡션을 달고 있는 그의 얼굴 사진과 말이에요. 섬뜩하게 아름다운 죽은 자의 텅 빈 눈동자. 나는 그 사진을 처음 보았을 때 세상을 떠나던 날의 당신을 떠올리며 전율을 느꼈어요. 뇌에 너무 강렬하게 각인되었는지 당신을 떠올리면 자꾸 그 모습이 나타나요.

그때 누군가가 나의 등을 두드렸어요.

놀라서 돌아보니, 하늘색 야구모자를 쓴 다갈색 피부의 젊은 남자가 무언가를 불쑥 내밀었어요. 작은 나무 상자였어요. 노을에 홀려 있다가 뭐지? 하는 눈빛으로 내가 바라보자 그가 사람 좋은 미소를 지으며 영어로 말했어요.

"시크릿 박스! 텐 쿡(CUC)!"

그는 기념품을 파는 잡상인이었어요.

"핸드메이드 시크릿 박스! 아이 엠 아티스트."

그가 땅에 내려놓았던 커다란 플라스틱 가방을 벌려 상자들을 보여주었죠.

"노 땡큐!"

고개를 젓자 그가 내 손에 상자를 건네주며 열어보라 했어요. 열리지 않았어요. 내가 어깨를 으쓱하자 그가 웃으며 가방 속에서 상자들을 꺼내 다양한 방법으로 여는 걸 보여주었죠.

"텐 쿡! 플리즈! 아이 엠 헝그리. 마이 키즈 베리 헝그리!"

아! 불현듯 열리지 않는 당신의 상자가 떠올랐어요. 나는 갑자기 마음이 급해졌어요. 난 그에게 만약 내가 가진 시크릿 박스를 열어줄 수 있다면 당신의 상자 다섯 개를 사겠노라고 말했어요. 그에게 내 호텔로 함께 가면 상자를 보여주겠다고 말하고 앞장서서 걸어갔어요. 그는 나를 따라왔어요. 호텔 앞에서 그가 문지기를 보더니 쭈뼛거리며 들어오지 않겠다고 했어요. 1층 카페에서 커피 한잔하고 있으면 내가 룸에서 상자를 가져오겠다고 말해도 그는 호텔 문 앞에서 기다리고 있겠다고 말했어요. 내가 호텔방에 들어갔을 때 마침 황 교수에게서 전화가 왔어요. 소피아의 전화번호로 전화하니 계속 받지 않아서, 그 번호로 주소를 알아냈으니 한번 방문해보겠느냐고 하더군요. 좀 생각해보겠다고 말했어요. 그는 멕시코 여행사에서 일을 하나 맡은 게 있어서 아바나로 돌아가는 게 좀 늦어질 거 같아 미안하다고 했어요.

전화를 끊고 상자가 든 가방을 들고 호텔 입구로 내려갔는데 그가 보이지 않았어요. 호텔 문지기에게 물어보니 마침 경찰이 그를 데려갔다는 거예요. 왜요? 내가 물으니 덩치 큰 그가 우람한 어깨를 으쓱하더니 말했어요. 히네떼로는 엄격히 단속하고 출입금지니까요. 히네떼로? 나는 그 현지어가 무얼 뜻하는지 알 수 없었어요. 하지만 왠지 나 때문에 비밀상자 상인이 큰 낭패를 본 거 같아 너무 마음이 무거웠어요. 상자를 열 욕심에 데려와 그의 물건 다섯 개를 사주겠다는 약속도 못 지켰는데 경찰에게 걸려 끌려갔다니. 급히 호텔 주변을 돌아보았지만 그를 찾을 수는 없었어요. 룸으로 돌아와서, 그 남자가 상자를 여는 시범을 보였던 걸 기억해내 당신의 상자를 열려고 시도했지만 열리지 않았어요. 나는 침대 위로 상자를 집어 던져버렸어요.

다음날도 그다음 날도 나는 배낭에 상자를 넣고 석양 무렵의 말레콘 해변을 서성였어요. 혹시 그를 만날 수 있을까 하고. 그러나 하늘색 야구모자 남자는 나타나지 않았어요. 오히려 은밀하게 다가와 집요하게 유혹하고 흥정하려는 매춘부 같은 남자들을 떼버리느라 급히 호텔로 달려가 피해야 했어요. 호텔로 들어가는 내 뒷모습을 비밀스레 계속 응시하는 남자들……

기분 나쁘고 두렵기도 해서 당장 그 호텔을 떠나고 싶었어요. 주변 관광지도 이미 다 둘러보았고요. 나는 황 교수

에게 전화했어요. 그를 믿고 왔는데, 정작 그는 관광철 대
목을 맞아서인지 나를 호텔에 방치하고는 코빼기도 보이
지 않으니 말이죠.

"황 교수님, 히네떼로가 뭐죠?"

"아 그건요. 외국인에게 물건을 강매하거나 금품을 뜯는
삐끼나 돈 있는 여행자를 상대로 매춘을 하는 사람들이에
요. 말레콘에 자주 출몰하죠. 당했어요?"

왜 그리 얄밉던지 전화를 끊어버렸어요.

디아나는 아바나 대학을 졸업한 스물넷 흑인 아가씨예
요. 황 교수가 바쁜 자기 대신 가이드로 급파한 친구죠. 캐
리어를 끌고 엘리베이터에서 내린 내가 호텔 커피숍 입구
를 보니 마침 서서 대화하다 헤어지는 두 젊은 여자가 보
이더군요. 등이 깊게 파인 녹색 원피스를 입은 연갈색 피
부의 호리호리한 여자가 몸을 돌려 호텔 출입문을 향해 걸
어가고 있었어요. 남은 한 여자가 내 쪽으로 돌아서더니
단박에 홀로 서 있는 동양 여자인 나를 보고 한국인처럼
고개 숙여 인사를 하더군요. 내게 걸어오는 동안 그녀는
하얀 이를 드러내 환하게 웃으면서 손에 든 무언가를 흔들
며 다가왔어요. 건강하고 서글서글한 인상이었어요.

"안녕하세요. 디아나입니다. 방금 숙소 열쇠를 받았어요."

황 교수에게 한국어를 배웠다며, 한국말도 제법 구사하는 친구였어요. 물론 영어도 잘하고요. 영어와 한국어를 섞어 쓰니 소통엔 전혀 문제가 없었어요. 이곳 소녀들처럼 한국 드라마와 K-POP에 빠져 한국어를 배우기 시작했는데, TOPIK이라는 한국어능력시험에서 자격증을 딴 후 코리안 드림을 실현하고 싶어 했어요. 게다가 이 쿠바 아가씨는 독실한 프로테스탄트라는데, 행동이 신중하고 무척 예의 발라서 한국의 모범생을 보는 거 같더라고요.

그날 호텔을 떠나 어떤 아파트로 숙소를 옮겼는데, 아바나 최고의 부촌인 미라마르에 있는 전망 좋은 고급 아파트였어요. 실내 인테리어를 끝낸 지 얼마 안 됐는지 새집 냄새가 살짝 풍겼어요. 최고급 가구와 전기제품도 다 갖춰져 있었어요. 사실 호텔보다 더 고급스러웠어요. 디아나의 설명에 의하면 갑자기 호텔을 바꾸려니 방이 없고, 괜찮은 까사를 알아보는 중이라며 이틀만 임시로 머물 수 있다고 했어요. 내게는 손님방으로 쓰는 현관 앞 욕실 딸린 문간방을 쓰라고 했는데, 거기엔 호텔 트윈룸처럼 침대가 두 개 있었어요. 중문을 열고 들어가면 널찍한 거실과 부엌, 잠겨 있는 방들이 있는 거 같았어요. 주인이 3일 후에는 돌아올 거라며, 되도록 중문을 열고 들어가지 말라는 부탁을 받았대요.

낮에 디아나와 함께 돌아다니다 저녁을 먹고 들어와 잠만 자면 되니 중문 안을 살필 겨를도 없을 텐데. 밤에 그 크고 화려한 빈집에 혼자 있는 게 난 싫었어요. 디아나에게 내 옆 침대에서 자면 안 되겠냐고 조심스레 물어보았는데, 그녀는 기다렸다는 듯이 너무 좋아하며 승낙했어요. 디아나는 세상에 태어나 이런 좋은 집에서 자보는 게 처음이라더군요. 방 두 칸짜리 자기네 집은 할머니와 큰고모, 아버지와 애인, 아버지 애인의 아들이 함께 살고 있다고 해요. 게다가 2년 전에 이혼해서 나갔던 어머니가 새 남자친구의 집에 들어가기 전에 잠시 일주일만 신세를 지겠다고 들어와 있대요.

"혁명 후 쿠바는 집이 개인 소유가 아니에요. 주택난이 심각해요. 게다가 보통 두세 번 이혼하기 때문에 복잡한 가족 구성원이 할 수 없이 같이 사는 경우가 많아요. 우리 집은 천장이 높은 덕에 중간에 층을 나눠 복층으로 위에 방을 하나 더 만들었는데, 천장이 무너질까봐 위험하고 항상 불안해요. 우리 세대는 결혼하려 해도 집이 없어서 결혼도 못하고 연애만 해요. 그래서 동거하는 경우가 많은

데, 이상한 가족들이 모여 사는 집에 젊은 커플이 들어와 동거하게 되니 갈등이 심해지고 계속 헤어지고 만나고 하는 거예요. 그래서 애인이 아침에 다르고 저녁에 달라요. 아이를 낳아도 쿠바 남자는 무책임해서 아빠의 성(姓)만 주고 엄마가 키우는 경우가 많아요. 임신만 했다 하면 도망가는 남자들이 많아요. 그래서 여기는 임신 중절이 불법이 아니고 성행하고 있어요."

"디아나는 애인 있어요?"

"아뇨, 지금은 없어요. 당장 먹고 살기도 너무 힘든데요. 정말 사는 게 너무 스트레스예요. 그래도 저는 참 다행이에요. 요즘 한국 관광객들이 넘치니 황 교수님이 이런 일거리라도 가끔 주셔서요. 관광객 팁이 훨씬 쏠쏠하거든요."

"그럼 젊은 사람들은 사랑을 어디서 나눠요? 호텔?"

"우린 호텔 못 들어가요. 돈도 없고요."

"우리나란 몇 시간씩 연인들이 방을 빌리는 모텔이라는 게 있는데……."

"저도 한국 드라마에서 봤어요. 그런데 한국 젊은 사람들은 다들 모던하고 예쁜 자기 방이 있던데요. 독립했거나 가족이 함께 살아도 말이죠. 사람들도 너무 잘생기고……. 모두 예쁜 사랑을 하고, 너무 행복해 보여요. 너무 부러워요. 저런 삶도 있구나! 전 서울이라는 도시에 꼭 가보고 싶어요. 너무도 깨끗하고 반짝거리고 길거리의 사람들도 너무 아름다워요. 우리 쿠바 젊은 사람들은 맥주 한 캔 들고 주로 말레콘에서 데이트해요. 여기도 까사 달낄레르(Casa d'alquiler)라는 까사가 있는데요. 방을 한 시간이나 두 시간 정도 빌려 잠깐 사랑을 나눌 수 있는 곳이죠."

"그래요? 다 사랑하고 살게 돼 있구나. 그런 곳은 얼마 정도 하나? 한 시간 빌리는 데?"

순간 디아나의 얼굴이 붉게 달아오른 거처럼 느껴졌어요. 아마 착각이었을 거예요. 그녀의 얼굴색이 아니라 그녀가 몹시 부끄러워한다는 느낌 때문에요. 나도 참 주책이죠.

"저어, 전 잘 몰라요. 친구들 얘기를 들어보면 시간당 5쿡 정도 되는 거 같기도 하고……. 너무 비싸죠? 우리 또래가 월급으로 버는 돈이 평균 20쿡에서 30쿡이에요."

"아! 그저 궁금해서……. 미안해요, 디아나."

"괜찮아요. 저는 하느님이 제게 보내시는 운명의 남자가 아니면 결혼하지 않을 거예요. 그러려면 부끄럽지 않게 살아야 해요. 그리고 꿈을 이루기 전에는 딴생각 안 해요."

"꿈이 뭔데?"

"쿠바를 탈출하는 거예요."

디아나의 반짝이는 눈빛을 보며 그녀가 어쩌면, 처녀일까…… 하고 생각했어요.

그녀와 나는 부엌 냉장고에 든 생수 한 병과 크리스탈 맥주 두 캔을 꺼내 홀짝홀짝 마시며 그렇게 밤늦도록 이야기를 나눴죠.

함께 밤을 보낸 나와 그녀는 다음날 헤밍웨이가 살던 저택과 《노인과 바다》의 배경이 된 꼬히마르 마을을 둘러보기로 했어요. 아침에 늦게 일어나서 커피라도 한 잔 끓여 먹을까 하고 부엌으로 가봤어요. 에스프레소 머신도 있고 싱크대 찬장에는 한국 라면과 즉석 조리 식품들, 홍삼액과 이름 모를 약재들도 잔뜩 들어 있었어요. 유리장에는 온갖 양주와 와인과 럼주병이 가득했고요.

"여긴 누구의 집인가요? 황 교수님네?"

"아뇨. 그럴 리가요."

디아나가 웃었어요.

"그럼 어제 디아나에게 열쇠를 준 모델 같은 아가씨네 집?"

"설마요. 까르멘은 황 교수님 심부름으로 나를 만난 거예요."

"까르멘? 오오, 이름이 잘 어울리네. 그런데 나는 예전엔

까르멘이 남자 이름인 줄 알았어요."

사실 그랬어요. 비제의 오페라에서 까르멘이라는 집시 여인의 이름을 알기 전에는요. Carmen. 영어식 스펠링만 보면 무슨 카레이서가 생각나기도 했으니까요.

"디아나! 소피아 곤살레스 알아요?"

내가 갑자기 생각나서 물으니 디아나도 황당할밖에요.

"모르겠는데요."

"나, 그 여자를 찾으러 왔어요."

"정말로요?"

"물론 쿠바 여행도 겸사겸사……."

"그 여잔 누군데요?"

"글쎄요……."

나는 왠지 쉽게 설명할 수 없는 그 상황이 우스워서 킥 킥 웃었어요. 소피아라면 왕년의 이탈리아 여배우, 눈도 코도, 특히 입이 시원스레 큰 육체파 여배우의 얼굴만 뜬 금없이 떠오르기도 해서…….

"소피아 곤살레스라……. 쿠바에선 흔한 성에 인기 있는 이름이네요. 소피아란 이름의 어원은 베리 와이즈(very wise)하다는 뜻이에요."

꼬히마르 마을에 다녀오는 길에 크루즈가 정박한 아바

나 항 근처에 있는 산호세 기념품 시장에 들렀어요. 디아나에게 비밀상자 얘기를 했더니, 내가 그걸 선물용으로 찾는다고 생각했는지 당장 아바나에서 가장 큰 그곳을 안내했어요. 그곳엔 화가들이 직접 그린 그림들과 가죽 공예와 목공예품과 각종 수공예품을 팔고 있었어요. 마침 비밀상자를 파는 곳을 몇 군데 발견했어요. 당신의 상자를 가져오지 않았지만, 상인들이 여러 종류의 상자를 열어 보이는 걸 보니 감이 잡혔어요. 장신구나 결혼반지를 넣는 용도로 쓸 작은 상자 두 개를 샀어요.

그날 밤에 숙소에 돌아와서 당신이 남긴 상자를 꺼내 여는 걸 시도해보았어요. 생각보다 잘되지 않았어요. 보다 못한 디아나가 여러 차례 힘껏 모서리를 밀고 당기며 돌리자 나무 상자가 퍼즐처럼 분해되며 열리더군요. 오랫동안 사용하지 않아서 나무가 미세하게 뒤틀려 있어 열기 힘들었던 거라고 디아나가 말했어요.

아! 봉투에 넣은 편지 한 통과 빨간 우단 보석 상자가 나왔어요. 천천히 열었더니 아쿠아마린으로 만든 묵주 팔찌가 나왔어요. 그리고 다른 보석함에는 순금 십자가 목걸이가 나왔어요. 디아나가 옆에서 "오오! 뷰티풀!" 찬탄을 쏟아냈어요. 당신과 소피아 곤살레스와 이 성물의 의미가 도대체 뭔지 난 감을 잡을 수가 없었어요. 기분이 묘하고 복잡하더군요. 봉투를 열어볼 엄두가 나지 않았어요. 디아나가 잠든 후, 새벽에 떨리는 손으로 편지를 꺼냈어요. 편지는 당신의 손글씨로, 한국어로 쓰여 있었어요. 당신도 알다시피 내용이 이렇게……. 기억나요? 날짜를 보니 당신이 발병 한 달 전에 쓴 편지였어요.

소피아에게

이제 이 편지를 이해할 만큼 너의 한국어 실력이 많이 늘었기를! 아마 나는 3개월 후쯤이면 내 아내와 함께 쿠바로 가게 될 거야. 그때 이것을 전해줄 수 있었으면 해. 내가 평생 사랑하는 아내에겐 미안하지만, 아마 나 혼자 몰래 너를 잠깐 만나 봐야겠지? 어쩌면 그게 마지막이 될 거야. 쿠바라는 나라는 일생에 세 번이나 올 만큼 가까운 나라가 아니니까. 우리가 처음 만났던 저녁의 말레콘 해변. 너는 내가 본 어떤 여자보다도 여리고 깨지기 쉽고 아름답고 위험한 어린 창녀였지. 군더더기 없는 호리병 같은 몸과 매끄럽게 빛나는 벌꿀색의 피부와 깊고 그윽한 눈을 가진 가난한 물라토 여자. 밤의 해변에서 그런 히네떼라들을 볼 때마다 혁명은 실패한 거라는 생각이 들곤 했지. 그래서 나는 대신에 20쿡

씩 줄 테니 히네떼라 짓을 하지 말라 했고, 너는 잘 따라주
었어. 난 너의 아름다움과 재능을 지켜주고 싶었어.

가끔 오후의 햇빛을 받으며 말레콘에서 너를 만나는 게 나
는 행복했어. 그날…… 내가 아바나를 떠나기 전 마지막
날, 너의 손목에 찬 묵주를 꺼내 햇빛에 비춰보다 방파제를
때리는 파도에 그 묵주가 쓸려간 그날. 밤새도록 울던 네
모습이 줄곧 나를 괴롭혔어. 혁명 전에 아주 부자였다는 너
의 할머니가 소녀 시절에 첫영성체 기념 선물로 받았다는,
행운을 가져다준다는, 카리브해 물빛을 닮은 아쿠아마린
묵주 팔찌. 60년이 넘은 물건이었지만 그 소중한 것이 오후
의 햇빛 속에서 얼마나 아름답게 빛나던지! 우리는 놀이처
럼 자주 그걸 빼서 햇빛에 비춰봤었지. 하늘과 바다와 푸른
보석이 같은 색으로 빛났어. 맑고 뜨거운 햇살이 꿀처럼 너
의 목덜미와 팔뚝을 흐르고 상쾌한 바람 한 줄기가 머리칼
을 날리는 그런 순간이면, 온 세상이 반짝여서 참 좋았어.
너는 그 순간을 파라다이스 빔을 만나는 순간이라 했지. 할
머니가 가르쳐주었다며.

그런데 이제 그걸 잃었으니 네 인생에서 행운은 사라졌다
고, 한없이 울던 너의 모습……. 그 모습이 떠오르면 미안
하고 너무 마음이 아파 나도 모든 신에게 기도하곤 했어.

네게서 제발 행운을 빼앗아가지 말아달라고. 다행히 너를 다시 만나면 주려고 아쿠아마린 묵주 팔찌와 십자가 목걸이를 주문했어. 네게 행운을 돌려주고 네가 늘 행복하길 바라는 마음에서야.

멕시코에서 돌아온 황 교수가 미안하다며 '라 과리다'라는 아바나 최고의 레스토랑에서 저녁을 샀어요. 천장이 아주 높고 작은 액자들이 벽면을 장식한 그곳에서 최고의 랍스터 요리를 먹었어요. 한국에 비하면 생각보다 비싸지 않더라고요. 식사 후엔 택시를 타고 자리를 옮겨 말레콘을 최고의 조망으로 내려다볼 수 있는 나시오날 호텔의 정원 카페로 갔어요. 언덕 위 넓은 정원에서 나는 피냐꼴라다를, 그는 다이끼리를 마셨어요. 말레콘 해변과 가까운 탁자에서 시원한 밤바람을 맞으며 앉아 있으니 정말 좋았어요. 말레콘 거리에는 올드카가 대열을 이루고 일제히 경적을 울리며 지나갔어요. 황 교수가 그 모습을 보며 말했어요.

"아이구 양키들! 요즘 미국 사람들이 정말 많이 몰려와요. 어디 미국놈들뿐입니까. 물 들어올 때 노 젓는다고, 쿠바 경제가 지금 장밋빛 미래를 약속하는 거 같으니까 돈 냄새 맡고 대어들이 이 카리브해의 작은 섬나라로 마구 밀려

들고 있어요. 돈 있는 한국 사람들도 마지막 투자처다 싶은 지 엄청 몰려요. 제가 전에 민수에게 사업 준비해보자고 불렀는데, 만약 안 죽었다면, 혹시 제가 다시 꼬셨다면 여기서 같이 사업을 했을까요? 갑자기 가다니. 자식 참……. 하긴 걘 어차피 이런 판에선 체질상 못 버텼을 겁니다."

그렇죠. 당신은 평생 직장 생활을 한 적도 없었고 돈 버는 재주도 없었죠. 그나마 제일 오랫동안 부동산에서 몇 년 일하면서도 적성에 맞지 않아 힘들어했었죠.

"참 내일 회장님과 서울서 오신 VIP들 모시고 렌터카로 비날레스에 갈 건데, 한 자리가 비어요. 한 선생님도 내일 같이 가실래요? 아니면 모레 제가 바라데로로 모셔갈 수 있어요. 올인클루시브 호텔에서 이틀 푹 쉬시면 제가 다시 모시러 갈게요."

VIP들 자리에 당연히 한 자리 끼어서 가는 게 좋을 리가 없죠. 바라데로가 쿠바에서 가장 유명한 카리브해의 관광지이고, 그 환상적인 물빛은 말레콘과는 비교가 안 된다는 그의 말에 마음이 흔들렸어요.

"사실 회장님이 돈만 많은 속물이에요. 옛날에 중국에서 사업을 해서 성공한 분이랍니다. 그 돈으로 제주도 땅 수십만 평을 평당 2만 원에 샀는데 그게 요즘 평당 60만 원으로 뛰었다네요. 서울에도 집과 건물이 몇 채나 되고. 한국에서 부동산 값이 뛰어서 부자가 된 건데 소문에 자산이 몇 조는 될 거라 해요.

중국 같은 사회주의 국가에서 성공한 경험이 있으니까 여기서도 잘하실 텐데, 역시 다르더라고요. 5월에 여기 오셨을 때, 부촌인 미라마르에 있는 아파트를 보자마자 바로 5억을 미국 마이애미에 있는 주인한테 쏴주고 이틀 안에 집을 사더라고요. 그리고 바로 최고급으로 인테리어하고 한국 가시고 안 계시는 동안엔 외국인들에게 렌트하려고 준비를 마쳤어요. 한 선생님이 임시로 묵으셨던 거기 말입니다.

그런데 이분 나이가 육십대 중반인데, 매일 동충하초, 산삼, 인삼, 온갖 약초를 전기 약탕기로 달여 먹고 공진단에 비아그라를 먹고 매일 밤 여자 나오는 술집, 사실 우리나라 텐프로보다 더 이쁜 여자들이 나와요. 거기 가서 정말 마음에 들면 아가씨에게 3000쿡을 그 자리에서 찔러주는 사람이에요. 여기서 3000쿡이면 3000달러. 여기 웬만한 사람들 월급 10년 치예요. 술값 20만 원은 껌이죠. 원래 텐프로급 여자들은 한 번 나가면 80쿡이 기본이고, 말레콘 창녀는 30쿡 정도인데요. 이분이 여자들 팁 주고 데리고 나가서 자고 하루에 수천 불 뿌린다고 아바나에 소문이 자자해요. 그러니 젊은 아가씨들 눈이 환장하게 휙 돌아가죠. 뭐 의자왕과 삼천궁녀죠. 하지만 회장님이 눈독을 들인 아가씨는 따로 있어요.

그런데 그 영감님 참 불쌍해요. 돈은 그렇게 많은데 이혼하고, 자식들은 아버지로 여기지도 않으니 늘 울분과 스트레스와 고독감 때문에 돈으로 모든 걸 처바르는 것 같아요. 중국에 20년 왔다 갔다 했지만, 외국어라곤 길거리 중국어 쥐 꼬랑지만큼 할 뿐, 오로지 대화라고는 성과 섹스와 여자, 음담패설이에요. 그런데 이 회장님의 음담패설은 입에서만 끝나는 게 아니라 그 자리에서 바로 실현되거나 잠자리까지 해야 하는데, 거기에 제가 불려가서 음담패설을 스페인어로 통역해야 했어요. 변태죠, 변태. 밤중에 전화 오면 아주 죽을 맛이라니까요. 그래서 좀 거리를 두면 이 양반이 또 삐져요. 민수가 보면 저 사는 거 욕하겠죠."

그러게요. 당신은 황 교수를 천박한 자본주의자라며 욕했을지 모르죠. 황 교수가 다이끼리 몇 잔에 취했는지 자조적인 톤으로 말하자 나는 위로 삼아 말했죠.

"그래도 황 교수님은 외국어도 잘하시고 해외 경험도 많고 현실감각도 있으시니 성공하실 거예요. 능력이 있으시잖아요."

내 말에 금방 그의 기분이 좋아졌어요.

"그래야죠. 그동안 멕시코 여행사 일을 받아서 했는데, 이제 여기서 카페 자리도 알아보고 있고 까사도 운영하려고요. 방 여섯 개짜리 까사를 월 1500쿡에 임대했어요. 요즘 인테리어 공사 중이고요. 이 나라는 집에서 인터넷이 안 되는 게 문제인데, 아바나 리브레 호텔 옆이라 다행히 무료 와이파이가 잡혀요. 운이 좋은 거죠. 한국의 공유기를 이용하면 수십 명이 동시에 인터넷을 이용할 수 있으니."

그는 정말 돈독이 올랐는지 사업 얘기 아니면 아무 생각이 없는 사람 같았어요. 자리를 파할 무렵이 되어서야 그가 생각났다는 듯이 말했어요.

"참, 소피아 곤살레스라는 여자는 그 전화번호로 찾을 수 없었어요. 전화번호가 등록된 주소로 찾아가봤지만, 그 이름과는 전혀 상관없는 노부부가 살고 있었어요. 그러니 더 이상 신경 쓰지 마세요. 참 그런데 그 상자엔 뭐가 들어 있었이요?"

"그냥…… 돈이 조금 들어 있더라고요."

"거봐요. 그럴 거 같더라니!"

왠지 모르게 나도 긴장이 풀리며 묘한 안도감이 들더군요.

그러나 바라데로의 올인클루시브 호텔의 전용 해변에 앉아 바다를 바라보면서 갑자기 터진 눈물을 어떻게 설명해야 할지……. 먹고 자는 시간을 빼고 해변에 나가 바다만 바라보며 지냈어요. 과연 내가 보았던 세상 그 어떤 바다의 물빛 중에서도 가장 아름다운 물빛이었어요. 거대한 아쿠아마린이었어요. 주인에게 전해지지 못한 묵주 팔찌의 빛나는 아쿠아마린을, 두 사람이 그랬듯 나도 햇빛에 비춰보았어요. 갑자기 점화되듯 코끝이 찡해졌어요. 그러곤 눈물이 툭 터져나왔어요. 나중엔 걷잡을 수 없이 통곡이 계속 터져나왔어요. 노을이 지고 어두워질 때까지 바다의 파도처럼 몰아치는 내 몸의 슬픔을 다 짜내듯이요. 당신이 죽고 1년이나 되었는데 처음으로 터진 통곡이었어요.

파라다이스 빔이라고요? 내게 그 말을 가르쳐준 건 당신이었어요. 마시란 해변의 낙조를 바라보며 형이 묻곤 했잖아요. 좋아? 응, 좋아! 내가 대답했고. 얼마만큼? 천국처럼? 형이 또 물었죠. 내가 금방 대답을 못하면 당신이 말했죠. 생에서 만나는 이런 빛나는 순간을 파라다이스 빔이라고 한대, 수현아.

그 말이 갑자기 끔찍했어요. 살아서도 천국을 순간순간 느낄 수 있었던 그 신비했던 마법의 언어가 쿠바의 어린 창녀로부터 당신을 통해 나에게까지 옮겨온 성병처럼 역겨워지기까지 했어요.

강민수! 도대체 너는 누구고 나는 무엇인지! 타인의 평화와 자유를 위해 당신은 나의 평화와 자유를 파괴했어요. 당신의 인생은 명분이 있어 정의로웠는지 모르나 난 도대체 무엇인지, 누구인지! 나는 묵묵히 생활을 위해, 당신을 먹여 살리기 위해 살아온, 그저 당신 인생과 생활의 희생자이자 피해자! 분노와 질투를 연료 삼아 이틀을 꼬박 내 몸에 갇혔던 눈물을 다 태워 날렸어요. 슬픔은 가슴에 응어리를 지게 하지만 분노는 슬픔을 태워버리더군요.

민수 형, 놀랐나요? 내가 이토록 속물이어서……?

쿠바에서 한국으로 돌아온 지 다시 2년이 흘렀어요. 지금은 슬픔과 분노조차도 다 태운 듯해요. 작은방에 세든 승무원인 지나 씨와 잘 지내고 있고 그녀가 비행이 없는 날엔 함께 짧은 여행도 하는 사이예요. 그녀의 애인이 자고 가는 날엔 밤에 함께 와인을 마시며 어울리기도 하고요. 난 일주일에 몇 번은 다문화 가정의 아이들과 엄마들을 위해 한국어도 가르치고 있어요. 문득 도시의 휘황함이 그리울 땐 공항철도를 타고 홍대 앞에 가기도 하고, 여행자들로 붐비는 국제공항 터미널로 기분전환을 하러 가기도 해요. 예전의 동료 교사들이 가끔 섬으로 놀러오기도 해요. 이 섬이 섬이지만 두 개의 멋진 대교로 연결되었듯 사람들과의 관계도 연이 끊기지 않게 소중히 잘 유지하고 있어요.

강민수 없는 한수현은 이제 그럭저럭 잘 지내고 있어요. 쿠바에서 돌아오자마자 혼자 자전거를 타기 시작했어요. 이 하늘도시의 황량함이 오히려 혼자인 내게는 많은 위로가 되었어요. 당신과 다니던 코스보다 더 멀리 가요. 해가 뉘엿뉘엿 질 때마다 인천대교 초입까지 달리며 레일바이크장, 옛 염전, 캠핑장과 공원들을 달려요. 대교의 탑에 불빛이 들어올 때까지……. 이제는 당신과 소피아를 떠올리지 않고도 파라다이스 빔을 만나요. 페달을 밟으며 내 몸에 전해지는 리드미컬한 삶의 에너지가 자연을 만나는 어느 순간, 오르가슴처럼 느껴지는 순간이 있어요. 파라다이스 빔이 마구 쏟아지는 느낌. 그때는 공기가 가벼워지고 빛의 입자마저 세세하게 느껴져요. 아! 혼자라도 행복하다. 아니 혼자라서 더 행복하다. 내 존재의 기쁨을 오롯이 느끼게 되는 그런 순간……. 그래요. 삶이라는 건 참 오묘해요.

자 이제 당신에게 놀라운, 아니 어쩌면 내게도 의외였던 소식을 알려줄까 해요. 사실은 보름 전부터 알고 있었던 건데요. 당신이 살아 있다면 어떤 반응을 보일지 궁금해요. 그냥 궁금하다는 거지, 난 이제 괜찮아요. 삶이 오묘하며 신비하다는 걸 이해하고 있으니까요.

보름 전에 미국에서 온 이메일 한 통을 전문으로 소개할게요.

안녕하세요, Mrs. 강.

나는 지금 미국 New York에 사는 Sofia Lee입니다.

쿠바계 미국인입니다.

당신은 나를 모르겠지만 나는 Mrs. 강을 아바나에서 본 적이 잇어요.

나는 Diana의 친구, Mr. Hwang의 옛 학생, 그리고 Minsu의 친구입니다.

당신이 나를 찾는다는 거 Mr. Hwang에게 들엇어요.

나는 만나고 십지 안앗어요.

나는 또 나쁜 인생 사는 나쁜 여자 Carmen.

Minsu에게 미안햇다요.

당신 안 만나고 시퍼 안 만난다 Mr. Hwang에게 말햇어요.

Diana가 나중에 비밀상자 말해주엇어요.

나 Carmen 돈 마니 벌어서 쿠바 탈출했어요.

미국에서 좋은 Korean-American 만나 결혼했어요.

마니 행복해요. 한 달 후에 신혼여행 한국으로 가요.

Minsu 좋은 사람입니다. Minsu는 paradise에 잇을 겁니다.

당신도 좋은 사람입니다.

내 한국어 엉망이지만 진심입니다.

혹시 가능하다면 한국에서 우리 만날 수 잇나요?

감사합니다.

From Sofia Gonzales Lee

형, 오랜만에 묵주와 십자가를 꺼내봅니다. 뒤늦게라도 당신의 유언을 지키게 되어 다행입니다.

---

* 이 소설의 배경 중 일부 영종도 부분은《The 수필: 2019 빛나는 수필가 60》에 수록된 최순희의 수필 〈바다를 건널 때〉가 도움이 되었음을 밝힘.

플로리다 프로젝트

어두컴컴한 기내. 모니터 화면 속 새파란 하늘의 구름은 솜사탕처럼 포근하다. 서연은 〈플로리다 프로젝트〉란 제목이 끌려서 영화를 골랐는데, 옆 좌석 모니터를 흘깃 보니 엄마도 마침 이 영화를 보고 있다. 아무래도 플로리다니까. 모녀의 비행 목적지는 플로리다주의 올랜도다. 올랜도가 디즈니랜드로 유명한 도시라는 건 잘 알고 있다. 하지만 엄마와 함께 이 도시로 뜬금없이 가게 될 줄이야. 이틀 선까지도 몰랐다.

서연은 요즘 인생 최대의 혼란을 겪고 있다. 어쨌거나 갑자기 결정된 플로리다행이 한국과 거리를 두고 상황을 객관적으로 정리할 시간과 계기가 되어줄 거다. 정신을 바짝 차리고 냉정하게 처리해야 한다. 시급히 해결해야 할 프로젝트 같은 이 사안을 정말 플로리다에서 끝내고 싶다. 서연은 영화 제목을 보자 갑자기 이 사안에도 '플로리다 프로젝트'란 이름을 붙이고 싶어졌다.

서연은 영화를 보며 디즈니랜드 근처의 보라색 모텔 건물 '매직 캐슬'에 살고 있는 여섯 살의 어린 여자애 무니와 또래 친구들의 개구진 장난에 웃음을 짓는다. 그러나 뒤로 갈수록 가난하고 철없어 보이는 싱글맘 핼리가 결국 매춘을 하며 생활을 버티다가 무니와 헤어지게 되는 잔인한 현실이 펼쳐지자 작게 한숨을 쉰다. 예쁜 그림책을 펼쳤는데 내용은 잔혹동화인 것 같은 느낌이다. 무니의 젊은 엄마 핼리는 아마 내 나이쯤일까. 여자가 아이를 홀로 키우며 삶을 버틴다는 건 미국이나 한국이나 비슷한 걸까.

서연이 어릴 때 가장 좋아했던 디즈니 애니메이션 영화는 〈인어공주〉였다. 원작과 달리 인어공주가 왕자와 사랑을 맺게 되는 행복한 결말이었다. 모든 동화가 그렇듯, 여자가 애 낳고 지지고 볶는 후일담은 나오지 않는다.

★

현주는 호텔 창 아래 펼쳐진 야외수영장을 내려다본다. 아몬드형의 풀이 거대한 청옥처럼 빛난다. 그 옆에는 서양배 모양의 온수풀이 있다. 야자수 아래 선베드에는 두 여자가 누워 있을 뿐. 잘 가꿔진 정원 너머로 아스라한 지평선이 보인다. 거대한 궁륭천장인 쾌청한 하늘에는 양떼 무리 같은 뭉게구름이 떠 있다. 미세먼지에 찌든 서울의 낮은 회색 하늘과는 정말 다르구나. 이렇게 넓은 대지와 높은 하늘 밑에 내가 와 있구나. 아무리 생각해도 신기하다. 내 평생에 이렇게 미국 땅을 밟게 되다니.

사흘 전에 친구 미경이 전화했을 때도 믿거나 말거나였다.

"너 공짜로 미국 가지 않을래?"

"공짜? 왜? 그게 뭔데?"

"나도 잘 몰라. 그냥 묻지도 따지지도 말고 가면 돼."

여고 동창인 미경은 현주와 사는 처지가 다르다. 남편이 명망 높은 대학교수다. 요컨대 미경의 말은 이랬다. 남편이 무슨 프라이빗 세미나에 초대받아 올랜도에 갔었다. 그 세미나 성과가 좋아 급히 한 번 더 하게 되어 남편의 인맥들을 다시 초청하는데, 두 사람이 사정상 갑작스레 불참하게 돼 대타로 가는 거다. 항공편과 숙박이 모두 무료인데, 며칠 머물며 세미나 당일에만 의무적으로 참석하면 된다.

세미나 후에 미국 여행을 더 하고 싶다면 비행기 일정을 연장하면 된다.

"아유, 내가 마침 얼굴에 좀 손댔더니……. 가고 싶어도 못 가. 서연이도 데리고 가서 미국 구경하고 와. 모레 출발이야. 너 이런 기회 흔치 않다. 내가 너 끔찍이 생각하는 거 알지? 내가 너를 30년간 챙기는 절친 아니니."

미경의 생색내는 전화에 이어 담당자가 연락을 했다. 여권을 보내라. ESTA 비자를 빨리 받아라. 콩 볶듯 몰아치더니 하루 만에 비행기 티켓이 이메일로 왔다. 그게 화요일. 그리고 다음날인 수요일, 미국행 비행기에 탑승했다. 중간에 애틀랜타에서 환승, 비행시간으로 꼬박 열여덟 시간이 걸리는 3박 5일의 올랜도 일정. 세미나가 끝나면 귀국을 하든, 날짜를 연기해서 여행을 하든 맘대로 하면 된다.

아무리 공짜 여행이라도 갑자기 하루 만에 미국 여행을 결정할 수 있는 사람을 구하는 게 쉽진 않았겠지. 현주로서도 쉽지는 않은 일이었다. 고객들에게 양해를 구하고 방문 날짜를 조정한 결과, 일주일 정도 말미를 얻어났다. 요즘 웬일인지 집에서 쉬며 얼굴이 편치 않아 보이는 딸까지 데려갈 수 있으니 더 좋았다.

올랜도에 와보니 현주 모녀 말고도 한국인들 몇 사람이

이미 도착해 있었다. 인솔 담당자는 영어가 완벽한 수지라는 젊은 여자였다. 그녀는 내일까지 자유시간이고 그다음 날 세미나에 참석하면 옵션은 끝난다고 말했다. 세미나 전까지 다닐 수 있는 개인 관광지 추천은 디즈니랜드와 유니버셜 스튜디오와 쇼핑몰. 쇼핑의 천국인 올랜도는 쇼핑몰들이 산재해 있다 한다. 세미나 참가자 단체 카카오톡에 박이라는 남자가 밴을 렌트했다며 원하는 일정을 실비로 서비스하겠다고 제안했다.

고풍스런 4성급 호텔에 딸과 자신에게 각각 방 하나씩이 배정되었다. 시차 때문에 몸은 피곤하지만 혼자 맥없이 방에 있을 수만은 없지 않은가. 딸과 방을 같이 쓸 줄 알고 함께 사용할 화장품을 썼는데, 딸의 캐리어에 들어 있나보다.

현주는 딸의 방문을 노크했다. 서연은 문을 열어주고는 다시 침대 속으로 들어갔다.

"서연아, 어쩔 거야? 미국까지 왔는데 어디라도 가봐야 하지 않을까? 디즈니랜드라도 가볼까?"

"디즈니랜드라도……? 라도?"

서연이 픽 웃었다.

"돈이 얼만데? 어차피 너무 넓어서 하루이틀에 다 보지도 못하는데."

"그럼 유니버셜? 쇼핑몰?"

"유니버셜 입장료가 1인당 170불이야. 엄마 달러 얼마나 있는데?"

현주가 잠깐 '어어' 하고 입을 벌리다가 다물었다.

"그럼 아이쇼핑이라도 할까?"

"몰라. 나 피곤해. 공짜 좋아하다 미끼에 걸린 거 같아."

서연이 다시 시트를 뒤집어썼다.

현주는 서연의 캐리어에서 화장품 파우치를 뒤져 스킨과 로션을 찍어 발랐다. 그러다 생리대가 든 작은 파우치 안에 삐죽 나온 뭔가가 눈에 띄었다. 하얀 임신테스트기였다. 살짝 꺼내 보니 네모 창 안에 두 개의 선이 선명했다.

★

조식을 먹는 뷔페식당에서 세미나에 참석하는 일행들이 한 테이블에 앉아 있는 게 보인다. 박이라는 남자가 네 명의 여자에게 둘러싸여 뭔가 열변을 토하고 있었다. 중년의 여자 셋과 젊은 여자가 보인다. 피부나 행색을 보니 생활의 윤택함이 느껴지는 사람들이다. 다소 살집이 있는 젊은 여자는 서연의 또래로 보인다. 서연을 바라보는 눈빛이 왠지 순하지 않다. 서연은 그들을 피해 다른 테이블을 잡는다. 엄마는 작은 접시에 산만큼 음식을 쌓아 들고 온다. 서연은 그런 엄마가 왠지 창피해 엄마에게 일행들을 등지고 앉게 한다.

"전쟁 났어? 금방 굶어 죽어?"

서연은 '천천히 여러 번 가져다 먹지'라고 말하려고 했는데, 말이 그렇게 퉁명스레 튀어나왔다.

"영어도 못하는데 자꾸 얼찐거리는 것보다 한 번에 먹는 게 편해. 넌 왜 쥐똥만큼 먹어? 조식도 공짠데 많이 먹어 둬."

또 공짜타령.

"그냥. 속이 좀 안 편해."

"왜? 메슥거려?"

엄마가 눈을 동그랗게 뜨고 묻는다.

"메슥거리긴. 위장이 아니라 마음을 말하는 거야."

서연은 엄마에게 들켰나 싶어 눙친다. 하긴 편하지 않은 건 마음이지 몸은 아니다. 몸은 멀쩡하다.

"그나저나 엄만 어쩔 거야? 다들 일정을 늘려 더 여행한다는데."

"글쎄, 생전 처음 이렇게 미국 땅을 밟았는데 방에만 있다 가긴 너무 아깝잖아."

"어딜 가고 싶은데?"

"으음. 내일 세미나 끝나면 당장 모레 새벽에 귀국하긴 그렇잖아. 비행기 값만 250만 원에 여기 하루 호텔비만 30만 원이래. 하긴 이것만 해도 호사했다만. 살아 있는 공짜 비행기표가 아깝다. 방은 어디 싼 민박에 묵고 기차나 버스 타고 며칠 여행하면 어떨까?"

"그럼 며칠 연장할까?"

"돈이 문제지 뭐. 우리 같은 사람은 공짜로 기회를 줘도 돈 없어 꼼짝달싹 못하니 참…… 넌 어쩌고 싶은데? 일 안 나가도 돼?"

"당분간 안 나가도 돼. 엄마는?"

"나도 뭐……."

서연이 잠시 무언가를 생각했다.

"이것도 기회지. 기회를 놓치는 건 바보지."

"돈이 얼마나 들까?"

"돈 돈 좀 하지 마. 내가 좀 마련해볼 수 있을 거 같아. 가까운 여행지로는 부자들 별장으로 유명한 마이애미가 있고, 헤밍웨이의 집이 있는 키웨스트도 가는 길이 끝내준대. 마이애미에선 쿠바까지 비행기로 한 시간밖에 안 걸려. 왕복 30만 원이면 쿠바에 갔다 올 수도 있다구. 거긴 현지인처럼 요령껏 지내면 무지 싸게 지낼 수가 있어. 뭐 미국은 넓고 갈 데는 많아. 뉴욕에 갈 수도 있어. 근데 뉴욕은 너무 비싸지."

"그래. 언제 또 미국엘 오겠냐. 빚을 내서라도 구경하는 게 맞는지도 몰라."

말은 그렇게 하지만 엄마의 얼굴이 어두워진다. 돈 때문이겠지. 서연은 태어나 엄마와 함께하는 첫 여행, 그것도 첫 해외여행이란 기회를 망치고 싶진 않다.

식사가 끝났는지 일행들과 박이 일어서는 게 보인다. 박은 서연과 눈을 마주치더니 서연의 테이블로 걸어왔다. 일행들도 우르르 몰려왔다. 서연은 고개를 숙이고 접시 위 소시지를 자르는 데 몰두하는 시늉을 했다.

박이 엄마와 서연에게 물었다.

"어! 여기 모녀분. 여행 계획이 어떠신지? 내가 아주 쾌적한 7인승 밴을 렌트했어요. 우리 일행이 일곱이잖아요. 네 분은 이미 함께하기로 오케이 했어요."

"어디를 가시려고요?"

"오늘 올랜도 둘러보고 내일 세미나 끝나면 마이애미와 키웨스트를 거쳐 템파, 그리고 올랜도로 다시 와서 아바나

행 비행기를 타고 쿠바로 갈까 해요."

"박 사장님이 마침 파리에서 여행사를 하신다잖아요. 우린 급히 오느라 국제운전면허증도 못 만들어 와서 걱정했는데, 정말 운이 좋아요. 경비도 엄청 싸게 실비만 받으시네요. 여기 내 돈으로 여행 오면 돈이 얼만데요. 돈이 문제가 아니죠. 우리야 미국도 몇 번 오고 여행도 많이 했지만, 공산국가 쿠바 같은 덴 언제 가보겠어요. 박 사장님 같은 베테랑 가이드와 일행이 있을 때 다녀오면 좋지요. 같이 가시죠. 보아하니 우리 모녀랑 나이대도 비슷한 거 같은데."

모녀 팀의 엄마가 나서서 말한다. 얼굴에 지방을 얼마나 넣었는지 부자연스레 빵빵한 여자는 나이가 몇이나 되는지 가늠하기 쉽지 않다. 엄마 옆의 딸은 휴대폰만 만지작거리고 있다. 조식 행차에도 샤넬 백을 걸치고 온 또 다른 중년의 여자가 엄마에게 묻는다.

"오늘은 뭐 하세요? 우린 몰에 가보려구요. 세상에! 올랜도가 미국에서 알아주는 쇼핑의 천국이라잖아요. 쇼핑몰에 가보니 명품들이 3분의 1도 안 되는 가격이지 뭐예요. 수천만 원 버는 거예요. 마이애미에도 몰이 많대요."

"아 그렇구나. 근데 저희 애가 속이 안 좋대요. 좀 쉬어야 할 거 같아서 오늘은 좀 그래요. 다녀오세요."

엄마가 서연을 핑계로 변명을 하며 얼버무린다.

"그러세요. 그럼 내일 세미나에서 봐요."

일행들이 목례를 한 뒤 문 쪽으로 걸어가는 걸 보고 박이 말한다.

"여행 함께하시죠. 잘해드릴게."

"경비는 어느 정도인데요?"

"일단 하신다 하면 총 경비는 n분의 1로 나눠야 하니, 세부적인 건 산출해서 단체톡에 올릴게요."

"네에, 근데 대충……."

서연이 문자 박이 서연 옆의 의자에 앉는다.

"일단 렌트한 밴이 오신 분들 수준에 맞는 최고로 좋은 밴인데, 렌트비와 보험료, 기름값…… 근데 다시 올랜도로 와서 반납을 해야 해요. 다른 도시에서 반납하면 요금이 폭탄이더라고요. 최소 4박 정도 하고 오면 1인당 1천불 정도. 차량 관련 비용 들고요. 운전은 내가 그냥 서비스로 혼자 다 해주는 거 별개로 치고요. 호텔은 이 정도 급으로 삽고. 뭐 숙식비는 개인 경비로 하시고. 쿠바행은 또 그때 가서 산출할 거고요."

엄마의 눈이 휘둥그레진다.

"생각보다 너무 비싸네."

"김현주 님. 미국 온 비행기 값이 공짠데요. 사실 남보다 미국 여행 반값에 하시는 거죠. 거기다 제가 거의 봉사 차원으로 가이드와 기사 서비스를 하는데……."

자존심 상한 얼굴로 서연이 말을 끊었다.

"좀 생각해보고 알려드릴게요."

"그러세요. 근데 내일 세미나 전까지 알려주셔야 해요. 저도 호텔 등 예약을 확정해야 하니까요."

박이 나가자 엄마가 고개를 흔들었다.

"애, 배보다 배꼽이 더 크다. 4박 5일 여행에 너랑 나랑 다 합치면 300도 넘는 돈이야. 저 사람들은 저게 싸다니, 돈을 얼마나 가져온 거야?"

"쇼핑몰 가서 쇼핑해서 수천만 원을 벌었다잖아."

서연과 엄마가 마주 보며 피식, 웃었다.

★

오전부터 세미나 일정이 잡혀 있는 날이다. 본사 건물로 밴을 타고 갔다. 담당자 수지가 안내한 세미나 행사장에는 벌써 많은 사람들이 앉아 있었다. 동양인은 현주네 일행

말고는 거의 보이지 않았고, 전 세계에서 모인 200명 정도 되는 다양한 인종들이 앉아 있었다. 테이블과 의자가 정렬된 무거운 분위기의 세미나 행사장을 상상했는데, 무대와 관람석이 있는 콘서트장 분위기였다. 전광판과 대형 모니터엔 계속 홍보 영상이 뜨고 강사가 연설을 하고 있었다. 지급받은 헤드폰에서는 강사의 말이 우리말로 친근하게 동시통역되고 있었다. 강사는 어디선가 많이 본 듯한 잘생긴 용모의 중년 남자였다. 한때 쫄딱 망했던 자신이 우연히 이 사업을 알게 되어 지금은 일주일이 멀다 하고 세계를 누비며 산다고 한다. 농담을 섞어 말할 때마다 사람들이 박수를 치며 환호했다. 부흥회 같은 분위기다. 미국에서는 세미나도 이렇게 흥겹게 하는구나. 이 회사는 항노화 산업으로 세계적인 입지를 다지고 있는, 스킨케어나 건강식품을 취급하는 글로벌 네트워크 회사. 말하자면 글로벌 다단계 회사다. 대부분의 청중들은 각 단계의 리더들인 거 같았다. 맨 첫 단계인 옥부터 마지막 최고 단계인 다이아몬드까지. 그래…… 다단계 사업뿐 아니라, 이 세상은 보이지 않는 사다리로 이뤄진 계급이란 게 존재하지.

현주는 강사의 강연 중 우리말로 통역된 '쫄딱 망했을 때'라는 말에 귀가 번쩍 뜨였다. 그래. 쫄딱 망했을 때……

그때 난 이혼했고 지금껏 생계를 위해 얼마나 고군분투했던가. 지금은 인터넷 인력업체에 소속된 가사도우미로, 공짜 여행이라지만 사실 일당을 포기하고 온 것이다.

수지는 국제 클라이언트와 회사 내 최고 직급자 파트너들을 위한 프라이빗 행사이니 사진촬영을 하면 안 된다고 했다. 한국과 일본 시장 진출을 위한 글로벌 마케팅을 염두에 두어서인지, 급히 이번에 구색을 맞춰 한국인들을 초대한 듯했다. 수지의 말로는 사업자등록 등 전혀 부담을 가질 필요가 없다고 했다. 편하게 사업 설명도 듣고 제품 체험도 하고 본사도 구경하고, 마음에 들면 입소문이나 내달라는 취지인 거 같았다. 아님 말고. 이 글로벌한 통 큰 회사가 그리 쪼잔하진 않다는 얘기였다.

제품에 대한 설명과 시음, 시식이 있은 후에는 영상으로 창업자 부부의 성공 스토리를 감상했다. 회장은 미국의 전형적인 가난한 목장 일꾼의 가정에서 8남매 중 여섯째로 태어나 끼니 걱정을 하며 어린 시절을 보냈다고 한다. 마치 전쟁 후 한국 사람들의 고생담을 듣는 거 같아 친근하게 느껴졌다. 중산층의 똑똑한 아내와 결혼한 뒤 인생이 달라졌고, 부부는 의기투합해서 모험과 도전을 두려워하지 않았다. 인상 좋은 노부부는 열정적이었고, 그들의 스토리는 신뢰할 만했다. 기업의 이윤으로는 아프리카의 굶주린 아이들을 구조하고 학교 설립 사업을 한다. 기부도 많이 하는 선량한 기업이라고 했다.

현주는 어쩐지 무척 고마운 생각이 들었다. 자본주의 세상의 종주국이라고 할 만한 미국의 한 기업 세미나에 자신이 참석하고 있는 게 꿈같았다. 하지만 한편으로는 의아했다. 그런 호의의 저의는 뭘까? 난 여기 투자할 돈도 인맥도 없는 사람인데. 도대체 왜? 줄기세포로 만든 주름살 크림이라도 한 통 사야 하는 거 아닐까. 아무리 부자라도 돈을 함부로 쓰는 사람을 보진 못했다. 강남 부자들의 집에 가서 도우미 일을 하며 느낀 것은, 그들이 돈에 더 지독한 경우가 많다는 거다.

오랜만에 필기를 하며 강연을 들으니 학창 시절로 돌아간 듯 젊어진 기분이었다. 옆에 앉은 서연은 계속 휴대폰 화면을 들여다보며 뭔가를 검색하느라 정신이 없다. 아침 조식 때 일행들이 모두 모인 자리에서 박이 여행 일정과 총 경비를 말했을 때, 현주와 서연은 입을 벌리며 난색을 표했다. 다른 사람들은 이 정도는 최소 경비라며, 현주 모녀가 빠져도 상관없다고 했다. 형편과 취향이 맞지 않으면 서로 불편한 법이라는 그들의 말에 현주 모녀는 왠지 처참

한 기분이 들었다.

서연이 필기 노트에 재빨리 뭔가를 써서 보여준다.

'대박! 마이애미 내일 11시 40분 비행기 55달러. 콜? 어째? 빨리 결제?!'

'비행기가 그렇게 싸? O.K.'

강연은 무르익어가는데 현주와 서연은 필담을 나누었다.

'오케이! 가즈아!'

'호텔은?'

'검색 중. 엄마! 우리도 여행할 수 있어!'

그렇게 싼 비행기가 있었다니. 왜 그 생각을 못했을까? 차 없이는 꼼짝할 수 없는 넓은 감옥이 바로 미국이라 생각해서였을까. 올랜도에서는 거의 호텔방 안에만 처박혀 있었다. 어제 오후에 겨우 산책 겸 저녁을 먹으러 나가보았다. 양명한 대기와 초록이 무성한 녹지대. 먼 지평선과 넓은 도로. 대저택이 드문드문 보이는 동네엔 걸어다니는 사람이 한 명도 보이지 않았다. 더군다나 박 사장이 제안한 비싼 렌터카 경비에 놀라 여행은커녕 내일 당장 한국으로 돌아가야겠거니, 자포자기하고 있었다.

하지만 철딱서니 없는 욕망일까. 일주일에 세 번 나가는 가사도우미 일을 미리 양해를 구하고 연기해놓긴 했지만,

내 주제에 미국 여행이라니. 그래도 이대로 돌아가긴 싫다. 서연이 무슨 프로젝트를 한다고 하니 돈을 좀 벌 수 있을 것 같은데, 못 이기는 척 여행을 가고 싶다. 요즘 서연의 신상에 뭔가 변화가 있는 듯한데 호텔방을 따로 쓰다 보니 얘기할 기회도 없었다. 아직 입덧은 없는 거 같아 다행이다. 얼마 전에 본 임신테스트기의 두 줄이 자꾸 떠오른다. 엄마로서 먼저 얘기를 꺼내기도 그렇다. 임신을 했으니 6년 사귄 정석과 이제 둘이 어찌 되는 건가. 만년 취업준비생인 정석과 결혼을 할 수 있을 것인가. 헤어지라고 할까. 생애 처음으로 딸과 단둘이 여행하게 되면 속마음을 얘기할 기회도 될 수 있으려나.

★

1년 내내 온화한 기후를 자랑하는 미국 부자들의 낙원 마이애미. 중심가인 베이사이드 마켓 플레이스 뒷골목에 위치한 레밍튼 호텔. 서연은 앱을 깔아 공항에서 호텔까지 우버 택시를 아주 싸게 이용했다. 그러나 최고의 위치지만 가격이 싼 이 낡은 호텔을 급히 예약한 건 실수였다. 사실 하룻밤에 80달러도 넘는 호텔이니 아주 싼 곳도 아니다.

영어와 스페인어를 구사하는, 리셉션에 앉은 주인 남자의 얼굴은 너무 창백하고 무표정해서 섬뜩하다. 위압적인 기계음을 내는 로봇처럼 목소리도 기분 나쁘다.

락스를 들이부었는지 독한 냄새가 나는 객실과 복도에서는 숨 쉬기가 힘들었다. 1970년대에나 만들었음 직한 수도꼭지가 달린 세면대는 물이 내려가지 않았다. 화장실 문은 제대로 닫히지 않고 수건도 없다. 생수병도 놓여 있지 않은 낡은 테이블 위에 게스트를 위한 안내문이 놓여 있다. 첫 번째 항목에 이 호텔이 '논 스모킹', '드러그 프리 빌딩'임을 명시하며 어길 시에는 150달러의 비용을 물어야 한다고 적혀 있었다. 이 주의사항이 왠지 이 호텔이 약쟁이들이 드나드는 소굴임을 알려주는 것 같다. 게다가 최악은, 화장실에서 골프공만 한 바퀴벌레를 본 것이다.

서연은 호텔예약 앱을 계속 검색하고 있다. 엄마도 잠을 못 이루는지 뒤척인다.

"엄마. 미안. 내일 호텔을 다른 데로 옮길까봐."

"여기 돈 다 지불했다며? 환불될까? 여기도 괜찮은데. 우리가 너무 과분한 4성급 호텔에 머물다 와서…… 그래도 오늘 크루즈도 타고, 요트 구경도 하고. 세계적인 유명 연예인들과 미국 부자들 별장도 보고 눈 호강했어. 트럼프

대통령 별장도 플로리다 어디라며."

"요트도 있고 별장도 있으면 행복할까?"

"그런 게 있어봐야 알지. 참 우리 내일은 시티투어로 마이애미 비치랑 리틀 쿠바 타운에 가본다 했니? 모레는 키웨스트에 있는 헤밍웨이 집에 간다 했지? 헤밍웨이, 내가 정말 좋아하는 작가야. 중학생 때 《노인과 바다》, 그 소설 읽고 내가 작가가 되기로 결심했잖니."

서연은 오랜만에 소녀처럼 설레어 하는 엄마의 모습을 보는 것 같다. 그래. 엄마의 꿈이 한때는 작가라 했었지. 엄마가 잠이 깬 말똥한 눈으로 서연에게 조심스레 묻는다.

"근데 너 괜찮아?"

"뭐가?"

"나, 다 알어."

서연이 깜짝 놀란다.

"뭘……?"

"있잖아…… 나, 봤어."

서연은 얼굴이 화끈해졌다.

"정석이는 뭐래?"

"아 그거……. 아직 얘기 안 했어. 고민 중이야."

"결혼할 거야? 아니 결혼해야지."

"결혼, 뭐 아무나 하나."

"하긴. 걔, 속없이 착해빠졌는데 뭐 먹고 살지 걱정이다."

"신경 꺼."

서연은 휴대폰을 내려놓고 얼른 침대 스탠드 등을 껐다.

잠시 후 엄마가 가늘게 코 고는 소리가 들려왔다. 서연은 다시 휴대폰을 들었다. 폰의 희미한 푸른빛에 피로에 지친 엄마의 얼굴이 떠 보인다. 한국은 이제 한낮의 시간. 서연은 노란 카카오톡 아이콘에 검지를 가까이 대고 한참을 망설인다. 손가락이 떨린다. 아아, 이렇게 혼란스럽고 외로울지 정말 몰랐다.

★

현주가 눈을 뜬 것은 전화벨 소리 때문이었다.

"어머니, 정석이에요."

"어어, 웬일로?"

"요즘 서연이가 전화를 안 받아요. 톡 해도 답이 없고."

침대 옆을 보니 비어 있다. 화장실에서 샤워 물줄기 소리가 요란하게 들린다.

"서연이 지금 일어나서 샤워 중이야."

"지금이 몇 신데 일어나요?"

"응? 아침 7시 반이네."

"네? 밤 8시가 넘었는데⋯⋯."

"아참! 여기 미국이야."

"미국이요?"

"응 그렇게 됐어. 너네 싸웠니?"

"아뇨. 싸우긴요. 이상하게 요즘 연락이 없어서 걱정했어요. 전화도 안 받고."

"걔가 좀 예민할 때지."

"무슨 일 있어요?"

"곧 얘기할 거야. 너 이제부터 어깨가 무겁게 생겼어. 서연이한테 잘해!"

"아 네에⋯⋯."

정석 특유의 뒷목을 문지르며 사람 좋게 웃는 모습이 떠오른다. 그 모습이 떠오르자 현주는 거침없이 질러본다.

"언제까지 결혼도 안 하고 지낼 거니. 서연이는 혼수 준비에 들어갔다. 요즘은 애도 혼수라더라."

"네에? 그러니까 그게 저어⋯⋯."

너무 나갔나? 현주는 뜨끔했다.

"서연이보고 연락하라 할게. 끊자."

나도 주책이지. 서연이가 아직 말도 안 한 거 같은데. 하지만 그럴 만도 하지. 내 딸이 너무 아까워. 서연이 날씬하고 키 크지, 예쁘고 똑똑하지. 방송국 예능작가로 아직 큰 돈은 못 벌어도 정석이보다는 낫지.

서연이 머리카락을 수건으로 털며 화장실에서 나왔다.

"정석이가 나한테 전화했더라. 너랑 연락이 안 된다며. 왜…… 너네 싸웠니?"

"아냐."

"내가 정석이보고 좀 잘하라고 했다. 책임감 좀 느끼게."

"엄마! 혹시 무슨 얘기 했어?"

"결혼 빨리 하라 했지. 요즘엔 애도 혼수라며. 혼수부터 먼저 하게 생겼잖니. 걔가 눈치로 알아들었겠지 뭐."

갑자기 서연이 머리카락을 털던 수건을 탁자에 내팽개치며 소리를 질렀다.

"내가 신경 끄라 했잖아! 엄마가 왜 나서! 정말 도움이 안 돼! 부모가 내 인생에 정말 도움이 안 돼!"

서연이 급히 원피스를 챙겨 입더니 방을 박차고 나갔다. 현주는 잠시 정신이 멍했다. 내가 그렇게 잘못했나? 정말 도움이 안 돼! 부모가 내 인생에 정말 도움이 안 돼! 그 말이 계속 가슴을 쳤다. 남편은 서연에게 도움이 안 됐을지언정, 자신은 남편과 이혼한 후 딸이 아홉 살이었을 때부터 20년 가까이 죽을 고생 하지 않았던가. 요즘 같은 시대라면 제깟 게 태어났을까.

현주는 설움이 복받쳤다. 그 애가 잉태되던 순간이 떠올랐다. 졸업 후에 선배의 소개로 철학과 복학생이던 남편과 사귀기 시작한 지 몇 달이 채 안 되었던 시절. 그의 자취방에 놀러 갔던 여름날 오후. 날은 푹푹 찌는데 그의 방엔 고장 난 선풍기가 고개를 푹 꺾고 있었다. 덥다며 옷을 하나씩 벗던 그가 현주의 재킷을 벗기고…… 부끄러워 고개를 숙인 현주의 눈에 소매 없는 원피스의 네크라인 밑 가슴골로 땀이 줄줄 흘러내리는 게 보였다. 부채질을 해주던 그의 손길이 원피스의 앞 단추를 조심스레 열고…… 그러곤 정신이 아득해지며 어느새 두 사람은 나신이 되어 있었다.

그때 그의 방 툇마루에 주인집 아주머니와 동네 아주머니 두 사람이 앉아 콩을 까기 시작했다. 방 안에 아무도 없는 줄로 안 세 아주머니는 자기들끼리 남편과의 밤일을 떠벌리며 수다 삼매경에 빠져 있었나. 그는 현주가 오면 신발을 방 안에 들이곤 했다. 바람 한 점 들지 않게 꼭 닫힌 방문 앞 장판 바닥에 굽이 닳은 현주의 구두가 가지런히 누워 있었다.

"소리 좀 죽여. 근디 이 방에 학생 읎어?"

동네 아주머니의 말에 주인아주머니가 대답했다.

"나갔지. 신발 없잖아. 원체 샌님이야. 글고 들으면 어뗘. 이런 얘기 다 예습해둬야 혀. 교육적인 차원으루다가."

세 여인의 웃음이 왁자하게 쏟아졌다. 그 웃음소리와 동시에, 수줍던 그의 손길은 점점 거칠어졌다. 현주는 신음이 새어나오려는 것을 억지로 참았다. 들킨다면 그의 체면이 뭐가 될 것이며 자신은 어떻게 얼굴을 들겠는가. 가끔 그가 손가락을 입술에 대고 쉬잇, 했다. 아주머니들의 수다는 한 번씩 왁자한 웃음이 일 때마다 기름을 끼얹은 듯 활활 타올랐다. 한번 불붙은 몸도 식을 줄 모르고 타올랐다. 어찌나 수다스럽고 웃음소리가 시끄러운지, 셋의 웃음소리가 합창으로 들릴 땐 신음소리를 내도 소리가 묻힐 지경이었다. 방문을 사이에 두고 두 소리가 협연을 하는 거 같았다. 그러다 어느 순간, 별안간 참을 수 없는 아픔과 함께 묵직하고 벅찬 감각이 몸을 뚫었다. 그가 현주의 입을 틀어막았다. 신음 대신 뜨거운 눈물이 현주의 눈가로 흘러내렸다.

정신이 들고 보니 차렵이불에 붉은 핏자국이 보였다. 그가 미안하다며 현주를 안아주었다. 현주는 며칠 동안 멍했다. 그렇게나 준비 없이 어처구니없게 순결을 잃게 될 줄 몰랐다. 순결을 잃었다는 무거운 죄의식이 가슴을 짓누른 것도 오래지 않아 새로운 걱정이 들었다. 그 걱정은 곧 현실이 되었다. 적중률 백 프로. 단 한 번의 섹스에 임신을 한 거였다. 사랑에 대한 확신이 서기도 전에 두려움과 눈물의 밤들을 보내고, 현주는 가난한 시골 농가 출신의 전망 없는 철학도와 결혼을 결심했다. 그나마 다행이라면, 국문과를 졸업한 자신이 반년 전부터 작은 출판사의 편집사원으로 돈을 벌고 있다는 것이었다.

그 시대는 왜 그랬을까. 불과 30년 전이었다. 순결을 잃고 임신했다고, 연애 한 번 못 해보고 스물넷에 확신 없는 결혼을 하다니. 잔인하지만, 냉정하게 말하면 서연이야말로 현주의 인생에 도움이 안 되는 존재였는지 모른다. 남편과의 결혼은 실패로 끝났다. IMF 시절, 있는 재산을 다 털어먹은 남편과 이혼했다. 현주는 학습지 교사부터, 더 나이 들어서는 식당 서빙에 가사도우미까지 가리지 않고 생계를 위해 애쓰며 살았다. 요즘 전남편은 정선 카지노 근처에서 얼쩡거리는 인생을 살고 있다고 딸에게 들은 적 있다.

★

마이애미에서 미국 최남단의 섬 키웨스트로 달리는 오버시즈 하이웨이(Overseas Highway). 세계 최고의 환상적인 드라이브 코스로 알려진 이 길은 바다를 양편으로 가르며 시원스레 뻗어 있다. 왼편이 대서양, 오른편이 멕시코만이라 그럴까. 좌우의 물빛이 다르다. 멕시코만 쪽 물빛은 푸른색에 우유를 탄 듯 유백색이 섞여 있어 부드러운 옥빛이다. 사십여 개의 섬을 다리로 연결한 바닷길을 세 시간 반이나 달리지만 전혀 지루하지 않다. 여행사 직원이 20달러를 더 주면 VIP석을 주겠다고 해서 적은 돈으로 호사를 누리게 되었다. 2층짜리 관광버스의 위층 맨 앞 좌석에 앉았다. 거칠 것 없는 전면 통유리 차창으로 높고 넓은 시야가 확보되었다. 침묵 중이던 엄마가 핸드폰을 꺼내 열심히 사진을 찍었다. 서연도 가끔 핸드폰을 꺼내 찍었다. 날씨도 투명하게 맑아 좋은 사진이 여러 장 나왔다. 하늘과 바다의 푸른색과 흰 길의 수직선 구도가 멋진 기하학적 추상화 같다.

20달러 추가로 세 시간 반의 VIP 대접이라니. 괜찮다. 푸른 소실점으로 거침없이 빨려들어가는 질주를 느끼며 서연은 생각한다. 인생이 이렇게 내내 거침없이 직선으로만 달릴 수 있다면. 잠시나마 숨통이 트이는 거 같다. 어제 서연이 엄마에게 화를 내며 방을 박차고 나온 이후 모녀 사이의 분위기가 서먹해졌다. 엄마에게 미안한 마음이 들었다. 불쌍한 엄마. 사실 엄마에게 무슨 잘못이 있겠는가. 몇 번이나 엄마에게 고백하고 싶었다.

어제 문자로 서연의 통장에 일금 천만 원이 입금되었다고 떴다. 서연에게는 목돈이다. 이 정도 돈이면 고생만 한 엄마에게 지금이라도 좀 더 멋진 여행을 시켜줄 수 있다. 생전 처음 호강을 시켜줄 수도 있다. 하지만 두렵다. 어째야하는 걸까. 분노가 치솟기도 한다. 도대체 나를 뭐로 보고! 아무리 요즘 인기가 좀 떨어졌다고는 하지만, 왕년의 아이돌 스타에 지금은 입담으로 TV 예능에서 잘나가는 L이 얼마나 사람을 우습게 봤으면 고작 천만 원을…….

정말 후회가 되는 건, 지난 1월 중순도 넘어 신년 단합대회 회식에서 거의 혼절하듯 술에 취하지 말았어야 했다는 것이다. L을 따라가지 말았어야 했다. 하지만 그는 방송일로 2년이나 보아온 친근한 사람이었다. 쓸 만한 아이디어와 아이템을 주겠다는 그의 말. 특히 표정이 풍부한 그의 눈빛을 외면했어야 했다. 침대에서 그가 완력으로 옷을 벗길 때 끝까지 저항했어야 했다. 믿어줘. 너에게 정말 좋은 감정이 있어서야. 그 말을 믿지 않았어야 했다. 물론 그 말을 다 믿지는 않았다. 그러나 저항의 흔적으로 온몸에 멍 자국이 생겼을 때, 사진이라도 찍어뒀어야 했다. 아니 이 럴 줄 알았다면, 그날 바로 병원으로 달려가 증거를 남겼 어야 했다.

아무 일도 없었던 듯 구는 L의 얼굴을 보면 온몸으로 바 퀴벌레들이 기어다니는 것처럼 소름 끼쳤다. 혼자 울며 속 만 끓이다가 열흘이 지나버렸는데, 갑자기 한 여검사의 고 백으로 세상이 뒤집어졌다. 여러 분야에서 여자들이 서연 처럼 당한 일들을 폭로했다. 서연도 몇 번이나 용기를 내 려 했지만 자신이 없었다. L에게 메일을 쓰다가 임시저장 만 하고 보내질 못했다. 미투 폭로를 한 여자들이 쓴 글이 나 기사를 찾아 읽었다. L과 그 일이 있고 나서부터, 정석 과의 잠자리를 피했다.

그러다 생리를 한 달 거르고 불안하던 차에 지난주에 임 신 사실을 알았다. 테스트기에 뜬 두 개의 선명한 선은 그 때의 그 일이 나쁜 꿈이 아니라 엄연한 현실임을 일깨워 주었다. 임신 사실을 안 날, 정석을 만나 술을 먹고 자포자 기의 심정으로 잤다. 그게 그와 마지막으로 섹스한 날이었 다. 그리고 정석과 연락하지 않았다. 서연은 창녀가 된 느 낌에 자신이 너무나 역겨워졌다. 더 큰 문제는 L에게 당한 그 전날, 정석과도 잤다는 것이다.

며칠을 고민하다, 어제 두 개의 선이 선명한 임신테스트기 사진을 L에게 카톡으로 전송했다. L이 서연의 혼란을 아는 듯 조롱하는 톡을 보내왔다.

"바보 같은 짓 하지 말고. 어머니랑 미국 갔으면 잊어버리고 즐겁게 여행이나 하고 와. 이런 꽃뱀 수법은 너무 진부해. 정서연 작가님, 예능작가가 그렇게 창의력이 없어요? 그게 내 아이라는 걸 증명해봐. 당장 친자 확인할 방법이 없다고 그렇게 나오면 내가 섭섭하지. 난 서연 씨 그렇게 안 봤는데."

그 후 한 시간도 채 되지 않아 서연의 계좌에 입금 문자가 떴다. 그리고 곧이어 카톡이 이어졌다.

"어머니 좋은 거 보여드리고 맛있는 거 대접해드려~ 난 연습생 때 엄마가 암으로 돌아가셔서 서연 씨 어머니가 남 같지 않아. 나쁜 생각 먹지 말고 일단 서울 와서 만나서 얘기하자구~ 우리 처음 서로를 알았던 날, 순간적이지만 강렬한 감정을 공유했었잖아. 난 그걸 믿어."

서연은 답장하지 않았다. 미국으로 오는 기내에서 미투 고백을 결심했던 결기를 잊고 싶지 않았다. 그러나 '한 방송작가의 미투 고백'이란 제목을 써놓곤 며칠 동안 한 글자도 더 쓰지 못했다. 한국을 떠나 미국에 가면 생각이 명확하게 정리될 줄 알았다. 오로지 진실만을 담아 고백하고 위선과 권력을 폭로하면 마음이 자유로워질 줄 알았다. 그러나 미국에 온 후, 마음이 조금씩 더 흔들렸다. 욕망 때문일까. 내 삶을 오로지 무균상태로 진공 속에 둘 자신이 없어. 아니 나는 그렇게 깨끗한 인간이 아닌 거 같아. 오히려 미국이란 나라는 돈의 위력으로 서연을 끊임없이 유혹했다. 돈 많은 일행과 비교당하는 가난한 모녀의 신세. 여행을 하고 싶지만 돈이 없어 눈치만 보며 주눅 든 엄마를 볼 때마다 조롱당하는 기분. 가난이 익숙해서 두렵지는 않지만…… 그건 냄새나고 낡은 신발 같은 것. 어쩔 수 없이 신고 다니긴 하지만 당장이라도 벗어버리고 쾌적하고 디자인도 예쁜 새 신발을 신고 싶은 욕망. 서연은 자신 안에서 자라는 욕망의 싹을 냉정하게 자를 수 없었다. 오늘도 새벽이 되도록 노트북 앞에 앉아서 커서만 바라보았다.

며칠 전, S에게 문자를 보낸 것은 자신의 그런 속물성을 자르고 최초의 결심에 쐐기를 박기 위해서였다. L이 전에 라디오 방송을 맡았을 때 구성작가 S를 성추행한 전력이 있다는 소문을 들은 적이 있었다. S는 서연도 알고 있는 작가다. 보름 전에 그녀를 만나 소주 한잔하며 얘기를 나누었다. 서연은 자신의 심경을 에둘러 표현했다. 대화는 약간 겉돌았지만 심증으로 그녀도 동병상련이라는 느낌이 왔다. 올랜도에서 그녀에게 문자를 보냈다. 그녀와 둘이 뜻을 함께하면 덜 외로울 거 같았다.

하지만 서연이 S에게 보냈던 문자가 어제 페이스북에서 떠돌고 있었다.

'개나 소나! 너도 나도! 미친 거 아니에요? 상상력이 너무 뛰어난 건지 뭔지. 사람을 뭐로 보고. 물귀신 작전도 아니고'라는 제목 밑에는 캡처된 서연의 문자 이미지가 딸려 있었다.

"S 선배. 우리가 함께 공유한 L의 추악한 실상을 두려워하지 말아요. 진실을 향해 용기를 가지고 한 발자국씩 내딛기를……. 우리 손잡고 함께 연대해요."

서연은 뒤통수를 강하게 맞은 듯 배신감이 밀려들었다. 그녀는 비열하고 잔인했지만, 그나마 보여준 마지막 친절이라면 서연의 이름을 지운 거라고나 할까. 게다가 실명이 아닌 L이라는 이니셜만 보고 사람들이 그를 떠올릴 순 없을 것이다. 그래도 서연은 치를 떨었다. L보다 S가 더 미웠다.

한 시간 후면 키웨스트에 도착한다고 가이드가 안내했

다. 엄마는 차창으로 고개를 돌리고 상념에 잠겨 있다. 엄마에게 기대어 실컷 울 수 있다면. 하지만 누구에게조차 말할 수 없는 고통…… 서연은 살면서 한 번도 자살을 생각해본 적이 없었다. 그러나 인간이 어떤 식으로도 헤어나올 수 없는 어둠의 늪이 어떤 인생에는 닥친다는 생각이 든다. 내가 자살을 택하는 게 아니라 자살의 운명이 어느 순간 나를 택한다는. 창밖의 바다는 비현실적인 물빛으로 빛난다. 저 플로리다 키웨스트의 바다로 걸어 들어가면 편안히 눈을 감을 수 있을 것만 같다. 어린 시절 그토록이나 좋아했던 디즈니랜드 인어공주의 세계로 건너갈 수 있을지도 모른다.

"근데 너 괜찮니?"

엄마가 고개를 돌리며 걱정스레 묻는다.

★

키웨스트 섬을 도는 트롤리를 타고 헤밍웨이의 집에 내렸다. 야자수와 울창한 나무들로 둘러싸인 올리브 빛깔의 덧창이 달린 저택 안에는 그가 두 번째 부인 폴린과 살았던 한때의 살림이 고스란히 전시되어 있다. 전시품들이 많아서 붐비는 관람객들 사이로는 찬찬히 볼 수가 없었다. 유럽에서 가져온 아기자기한 그릇들과 예쁜 타일들과 가구들. 네 명의 아내의 사진과 아이들의 사진이 걸려 있는 게 인상적이다. 헤밍웨이의 젊은 시절 사진과 초상화도 있다.

"이 남자 젊을 땐 정말 꽃미남이다. 늙으니까 좀 느끼해졌지만. 저 좋은 인물에, 사냥에 낚시에, 술에 여자에, 노벨문학상에 저택에. 참 복도 많지."

"복은 무슨. 평생 마초로 살다 권총자살한 불쌍한 인간이지. 헤밍웨이가 여자였다면 저렇게 성공했겠어? 피츠제럴드가 그랬다잖아. 헤밍웨이는 큰 책을 하나 내놓을 때마다 새 부인이 필요했다고."

"그런데 그런 마초 기질이 사실 자기의 연약함을 위장했던 거라는 말도 있어. 헤밍웨이 엄마가 아들이 어릴 때 여자아기 모자와 여자 옷을 입혀 키웠대. 드레스 입고 찍은 어린 시절 사진을 인터넷에서 본 적이 있어."

서연이 폴린이 낳은 두 아들의 사진 중에 흰 고양이를 안고 있는 작은 아이의 사진을 가리킨다.

"엄마, 여기 얘 있잖아. 이 집에서 태어나서 자란 그레고리라는 아들인데, 아빠의 인생을 닮아서 결혼과 이혼을 네

번이나 하고 다 늙어서 여자로 성전환수술 하고 이름도 글
로리아로 바꿨대. 그런데 나체로 마이애미 거리를 다니다
체포됐는데 여자 감방에서 죽었어. 그레고리가 그렇게 된
건 헤밍웨이 때문이야. 아버지에게 인정받고 사랑받기를
간절히 원했는데, 헤밍웨이는 세 번째 부인 마사 겔혼을
만나자마자 처자식을 버리고 쿠바로 가서 살아. 아내와 아
들의 생계를 위해 어떤 책임도 지지 않아서 법원으로부터
양육권을 박탈당했대. 정말 무책임한 인간이야! 하긴 가
계가 다 이상해. 헤밍웨이 아버지도 자살했잖아. 정신병자
들……."

　서연이 경멸과 분노가 섞인 미묘한 표정으로 빠르게 말
했다. 그 옆모습이 낯설어 현주는 딸을 잠깐 응시했다. 부
부가 쓰던 2층 방으로 가보니 흰 레이스보를 덮은 침대 위
에 고양이 두 마리가 마치 주인인 듯 누워 있었다. 얘네들
이 발가락이 여섯 개인 유전병이 내려오는 후손 고양이들
이구나. 현주는 다가가 고양이를 쓰다듬었다. 윤이 자르르
흐르는 고양이들은 사람들이 귀찮다는 듯 무심한 표정이
었다.

　정원에는 헤밍웨이가 애지중지했던 고양이들과 그 후
손 고양이들의 무덤이 모여 있었다. 수영장과 헤밍웨이가

작업실로 썼던 별채까지 둘러보고 나서 현주는 정원의 빈 의자에 앉았다. 물병을 꺼내 물을 마시며 서연을 기다린다. 아까 별채에서 휴대폰 벨이 울리자 서연이 전화를 받고 오겠다며 갑자기 사라졌기 때문이다.

현주는 더 이상 서연을 모른 척할 수는 없다고 생각한다. 서연은 일하는 엄마 때문에 어릴 때부터 독립적인 아이였다. 딸은 열 살 이후로 엄마에게 도움을 청하는 일이 거의 없었다. 여행 내내 늘 노트북을 열고 고민하는 서연의 모습을 보고 처음엔 일하느라 그런가보다 했다. 휴대폰을 들고 심각한 표정을 지을 땐 무슨 프로젝트를 한다더니 그것 때문에 그런가보다 했다. 서연이 아침에 잠깐 잠이 든 사이 노트북이 열려 있었기에 점검해봤다.

'플로리다 프로젝트'란 파일이 보였다. 파일을 여니 '한 방송작가의 미투 고백'이란 제목이 눈에 뜨였다. 그러나 내용은 아무것도 보이지 않았다. 대신 검색창에 '미투 2차 피해'란 검색어가 떠 있었다. 그동안의 검색어를 확인해보니 한 남자 연예인의 이름과 '미투' '무고죄' '명예훼손' '임신중절' '유전자 검사' '2차 피해' '자살'이란 검색어 입력 흔적이 남아 있었다. 그제야 퍼즐 조각을 맞추는 게 그리 어렵지 않았다. 아아, 그런 일이 있었구나. 짐작이 맞다면,

죽음을 생각할 만큼 딸의 마음은 끔찍한 지옥일 텐데……
딸은 입을 다물고 있었구나. 내내 혼란에 빠졌던 현주가
망설이다 아까 버스 안에서 그 문제로 조심스레 딸과 대화
를 시도했지만, 딸은 무시했다. 자존심 때문일까. 자괴감
때문일까. 현주는 꿈에 그리던 헤밍웨이의 집에 왔건만 체
한 듯 가슴이 답답하다.

30년 전 생각이 난다. 그때 그 일이 일어나지 않았다면,
빨간 펜을 들고 교정을 보던 막내 편집자는 작가가 되었
을지도 모른다. 하지만 그 일이 일어나고 현주는 출판사를
나왔고, 대신에 '빨간펜'이라는 학습지 교사가 되었다. 아
버지뻘이었던 사장은 여자들만 있었던 편집부 직원들을
데리고 연극이나 음악회 등에 데리고 가기도 했고 자주 저
녁을 사주기도 했다. 막내인 현주는 그런 문화적인 분위기
가 좋았다.

그러다 어느 회식 날, 점점 술자리가 무르익게 되자 어
쩌다 사장 옆자리에 현주가 불려 앉게 되었다. 정신없이
취한 사장은 직원들이 있는 자리인데도 현주에게 키스를
퍼부었다. 뿌리쳐도 왁살스런 그의 손아귀에 잡힌 얼굴은
마치 단두대 틀에 단단히 고정된 거 같았다. 차라리 단칼
에 머리를 베이는 게 낫지. 처음엔 얼결에 당한 키스에 놀

랄 틈도 없이, 키스란 게 원래 이런 거였나 싶어 당황했다. 술에 마취되어 감각이 없어선지 그는 현주의 혀를 세게 빨아대고 고기 씹듯 이로 잘근잘근 씹었다. 부끄러움도 분노도 들어찰 겨를이 없었다. 술기운으로 무감각해진 현주의 혀에 가해지는 낯선 물리적 폭력만이 있었다. 그저 가위눌린 꿈만 같았다. 그의 손아귀에서 벗어나 보니 직원들은 어느새 두 사람만 두고 모두 도망가버렸고, 기사가 차를 대령했다며 모시러 왔다.

자동차 뒷좌석에서도 그의 손에 꼭 붙들린 현주의 손은 그녀의 것이 아니라 사장의 손인 거 같았다. 그가 왁살스레 쥔 현주의 손은 그가 원하는 곳에 가 있었다. 흥분한 그가 더듬더듬 영어로 말했다. 오늘 밤 너는 나의 여자여야 한다. 나와 함께 세상 끝 낙원으로 가자. 술에 취하면 영어로 말하는 게 그의 버릇이었는데, 늙은 기사가 영어를 못 알아듣는다고 생각한 듯했다. 현주는 그때도 거절을 완곡한 영어로 문법에 맞춰 구사하느라 애를 썼다. 지금 생각하면 그런 멍청한 년이 있나 싶다. 기사에게 동네를 여러 번 말해서 겨우 집에 들어갔다.

아침에 일어나니 혀가 탱탱 부어올라 말은커녕 침을 삼키는 것도 고역이었다. 회사에 출근하지 않았다. 사장의 얼굴을 보는 것도, 편집부 언니들을 보는 것도 두려웠다. 무엇보다 부은 혀 때문에 숨을 쉬려면 입을 열고 있어야 했다. 고통스러웠지만, 치료를 어느 병원에 가서 해야 할지도 몰랐다. 키스가 아니라 혀를 뽑는 고문을 당하다 온 거 같았다. 걱정하는 어머니에게 종이에 편도선이 부어서 말을 못한다고 써서 보여주고는 머리끝까지 이불을 뒤집어쓰고 울었다. 이틀 후, 사장이 미안하다며 회사에 나오라고 전화했다. 사장실로 현주를 부른 그는 필름이 끊겨서 전혀 기억이 안 난다면서 자기가 무슨 잘못을 했다면 정말 미안하다고 사과했다. 평소의 교양 있는 사장과 만취한 사장의 모습이 이리 다르다니. 정신없이 폭음한 그는 왜 그리 광포했을까. 무슨 분노와 억압이 있어서 그리 폭력적이었을까.

그렇게 두 달이 흘렀다. 어느 날 사장이 사과의 의미로 밥을 사겠다고 했다. 완곡하게 사양하니 소설가 K 선생도 함께하는 식사 자리라고 했다. K 선생은 습작생 현주가 좋아하던 인기 작가였다. 퇴근 후 약속한 식당으로 가보니 사장 혼자 현주를 기다리고 있었다. 그 당시의 경양식집은 밀실처럼 꾸며져 있었는데, 그 방에서 온갖 추행을 당했다. 떠올리고 싶지도 않다.

그 무렵은 남편과 결혼 얘기가 있던 때였다. 남편에게 출판사를 그만두겠다고 하니 펄쩍 뛰었다. 자기가 졸업할 때까지만이라도 다녀야 하지 않겠냐고. 남편이 얄미웠지만, 이유를 말하긴 싫었다. 현주는 사표를 썼다. 그리고 편집자와 작가의 꿈도 버렸다. 작가들도 그리 대단해 보이지 않았다. 사장만큼은 아니었지만, 선망하던 작가들도 술자리에서 실망스러웠던 적이 여러 번 있었기 때문이다.

어릴 때부터 글재주가 있던 서연을 말렸지만, 제 뜻대로 문창과에 입학했다. 서연이 대학에 들어간 후, 사들이는 문학책들 중에는 그 출판사 책들도 있었다. 그사이 출판사는 큰 출판사로 발전해 있었고, 살펴보니 발행인도 바뀌어 있었다. 사장의 이름을 검색해보니 그는 이미 5년 전에 저세상 사람이 되어 있었다.

한 작가 지망생의 인생을 송두리째 바꿔놓은 남자는 흙으로 돌아간 지 오래고, 지금 현주는 소녀 시절에 작가의 꿈을 심어줬던 헤밍웨이의 집에 앉아 있다. 현주의 피를 이어받은 딸이 방송작가가 되고, 자신의 전철을 그대로 밟고 있는 게 순간 소름이 돋았다. 헤밍웨이가 사랑했던 여섯 발가락 고양이의 피를 대대로 물려받은 고양이들이 정원 여기저기를 어슬렁거리며 다닌다. 고양이 털을 밝은 햇살이 빗질하듯 쓰다듬고 있었다.

서연은 왜 아직 돌아오지 않을까. 맑은 햇빛을 보며 딸 생각을 하니 금세 눈물이 고였다. 혼자 얼마나 두렵고 수치스럽고 외로웠을까. 엄마에게 부은 혀를 들키지 않으려 했던 자신의 옛날 모습을 떠올리며, 현주는 서연의 침묵을 아프게 이해했다. 뱃속의 아이는 어쩌나. 정석은 또 어쩌고. 기내에서 보았던 영화 〈플로리다 프로젝트〉의 가난하고 젊은 싱글맘처럼 서연이 살아가야 하나. 아니면 아이를 낳을 때까지, 그놈을 악착같이 괴롭히고 협박해서 돈이라도 왕창 뜯어내며 복수해야 하나.

너무 분해서 치가 떨렸다. 요즘 화제로 떠오른 '미투'를 외쳐야 하나. 그놈을 세상에 다 까발려서 생매장시켜야 하나. 그리고 아이를 지우고 새 출발 해야 하나. 새 출발? 현주는 저도 모르게 한숨이 나왔다. 그래 봤자 서연에겐 온통 상처뿐인 출발일 텐데. 그래도 출발은 빠를수록 좋지 않을까. 그 생각을 하자 화염이 일듯, 가슴속에 분노가 다시 솟구친다. 제목만 있고 서연이 내용을 쓰지 못한 여백에 차라리 내가 쓸까. 그러다 현주는 씁쓸해졌다. 내가 무슨 다 늦게 그런 글로 데뷔를 하나. 온갖 생각들이 갈피를 잡을 수 없다.

228

가만히 보니 이 집의 길 건너편에 뜬금없이 흰 등대가 보인다. 현주는 바다도 아닌 주택가에 있는 그 등대가 마치 하나의 상징처럼 느껴진다. 왠지 길을 찾을 수 있을 거 같은 희망이 든다. 서연이 돌아오면 당장 이야기를 해봐야겠다. 당사자인 서연의 의중이 궁금했다. 이럴 때일수록 내가 씩씩하게 길을 터줘야 해.

　야! 정서연! 뭘 원해? 사과야? 보상이야? 미투야? 확실히 노선을 정해. 너 뭘 선택할래?

　그게 무엇이든 가능하면 빨리 끝내라고 하고 싶다. 오래 거기 함몰되지 말고 네 인생을 찾아가. 계속하면 산티아고 노인처럼 다 잃고 말거야! 목숨 바쳐 싸워봤자 네 손엔 청새치 뼈만 남을 거야. 무엇보다 중요한 건 넌 노인이 아니야! 넌 젊어. 구질구질하고 하찮은 가치에 목숨을 걸 필요 없어.

　현주의 가슴이 젖먹이 서연을 생각만 해도 젖이 돌던 때처럼, 서연을 향한 애틋한 사랑으로 짜르르 차올랐다. 서연이 오면 가만히 꼭 안아주고 싶다. 갑자기 조바심이 났다. 꼭 해주고 싶은 말이 목구멍을 간질였다. 현주는 일어서며 기침을 터트리듯 말했다.

　"서연아, 네 잘못이 아니야! 그러니 당당하게 살아. 엄만 무조건 널 응원할 거야!"

그 말은 현주도 평생 듣고 싶었던 말이었다.

카이로스의
머리카락

그들이 함께 여행한 것은 15년 만이었다. 인생 자체가 여행이라 한다면 사실 그들이 함께한 여행은 25년이나 되었다. 새삼스레 여행을 함께 갈 생각을 한 건, 은혼식이라 칭하는 기념비적인 이벤트 때문이었을까. 살아보니, 긴 인생에서 좀 더 의미 있는 시간은 여행이 아닐까 싶었다. 사실 3월에 결혼 25주년 기념일을 맞을 때까지도, 그녀는 여행은 생각도 하지 못했다. 딸애가 가을에 결혼을 앞두고 있었고 아들은 입영 날짜를 받아둔 시점이었다. 곧 가족 구성원이 두 사람만 남는 인생이 시작될 것이었다. 그런 생각을 하면 그녀는 좀 낯설고 막막한 심정이 되었다. 어쩌면 그들에게 이 여행은 MT 같은 건지도 몰랐다.

4월 초에 마침 그녀의 이메일로 가끔 여행안내 메일을 보내주는 한 여행 동호회 카페로부터 메일이 왔다. 저렴하게 여행할 수 있다고 소문이 나서 예전에 가입만 해놨던 카페였다. 7월 초에 있을 12박 13일의 발칸 9개국 여행자 모집을 알리는 메일이었다. 13일간 발칸반도의 아홉 나라를 도는 패키지 상품이 예상보다 저렴했다. 그녀가 그 상품을 택한 것은 그곳만 여행하면 북구를 제외한 유럽을 전부 마스터한다는 점 때문이었다. 무엇보다 여행 일정이 빡빡하다는 점이 마음에 들었다.

남편의 몫까지 여행 경비를 지불하며 그녀는 생각했다. 혼자 여행하는 것도 나이가 드니 힘들고, 포터와 포토그래퍼의 수고비로도 그 정도는 지불해야 할 거다. 게다가 멤버십이 돈독해진다면야. 성공적인 여행이 된다면, 나이 들면서 그와 함께 못 가본 곳을 여행하리라. 그녀는 아직 가보지 못한 아프리카나 중남미 대륙을 떠올렸다.

여행을 다녀오고 2주가 넘었을 때 남편이 그녀의 외장하드에 여행 사진을 옮겨주었다.

7월의 발칸반도는 이상고온으로 40도를 기록했다. 거의 매일 국경을 넘어가야 했다. 관광버스를 하루에 열 시간

넘게 탄 적도 있었다. 가이드가 '5.6.7.8.9 작전'이라 부른 일정은 살인적이었다. 5시 모닝콜, 6시 조식, 7시 출발, 8시 석식, 9시 호텔 입실. 매일 짐을 풀고 싸고 겨우 네 시간 정도 눈을 붙였다.

그렇게 매일 달리니 나중엔 눈앞의 관광지와 유적을 봐도 멍했다. 도무지 실감이 없고 감동이 되지 않았다. 기껏 하루에 한두 곳 관광지만 보는데, 잠시 사진 찍을 시간도 넉넉하지 않았다. 폭염 속에서 지친 그녀는 휴대폰으로 사진 찍기를 포기했다. 그는 그 와중에도 커다란 렌즈를 장착한 무거운 카메라를 들고 한 컷이라도 더 찍으려고 셔터를 부지런히 눌렀다. 마치 그녀가 모델이라도 되는 듯 성가시게 굴었다. 그래서 그녀가 손사래를 치는 모습도 많이 찍혔다. 하지만 그의 Canon 5D Mark2 DSLR 카메라로 담은 발칸반도는 사진 속에서 더 선명하게 빛났다. 사진 속에서 그녀도 빛나 보였다. 카메라의 마술일까. 5000컷 중 그녀의 독사진은 1000컷에 육박했다. 그들 부부가 다정하게 웃으며 찍은 사진도 200장이 넘었다. 하지만 사진이 재현해낸 촘촘한 시간의 기록은 모래처럼 그녀의 손아귀를 빠져나갈 것이다. 결국 그녀가 움켜쥘 수 있는 건 무얼까. 그녀는 미래의 기억, 혹은 기억의 미래를 생각하고 슬픔에 젖었다.

슬라이드 쇼로 설정된 사진 이미지가 흐르고 있다. 나라별, 도시별로 정리되지 않은 사진들은 거기서 거기인 비슷한 유적과 풍경 때문인지 헷갈린다. 서른한 명이 함께한 단체 관광여행이라 그들의 사진 속에는 간혹 일행 중의 한두 명이 잡티처럼 끼어 있다. 일행들로부터 셀카의 여왕으로 추대된 '집시여인'이 셀카봉을 쭉 뽑아들고 촬영 삼매경에 빠진 모습, 고압적인 자세가 한결같은 카페지기 '몽블랑', 배불뚝이 '소쩍새', 여자 밝히는 '단백질'……. 주어진 시간에 경쟁적으로 관광지의 포토존에서 촬영해야 하니 그럴 수밖에.

여행의 예약과 결제는 카페지기를 통해서 해야 했다. 싱글들을 위한 카페였으므로 여행 그룹에 부부가 들어가서 민폐를 끼치는 건 아닐까, 그녀는 걱정이 되었다. 여행을 가는 건 싱글이 아니어도 된다고 카페지기는 말했다. 출발 당일 밤 비행기를 타기 위해 공항의 모임 장소로 갔을 때 덩치 좋은 육십대 초반의 남자가 "윤슬 님?" 하고 그녀를 불렀다. 초면이었지만 그녀는 그의 매서운 작은 눈과 거만해 보이는 표정을 보며 그가 보통은 아닌 사내라고 느꼈다. 그의 앞에서 주의사항을 듣는 카페 회원들은 모두 굳은 얼굴이었다. 예상과 달리 사십대와 오십대가 대부분이었다. 더러 육십대도 있는 듯했다. 싱글들이라고 해서 이삼십대 여자들을 기대했던 남편이 입술을 삐죽 내밀었다.

카페지기 '몽블랑'이 일장 연설을 끝내자 교주처럼 명령했다.

"모두 일렬횡대로 서세요! 여기 모르는 분들도 있으니 한 사람씩 옮기면서 서로 자기 닉을 소개하세요."

그녀와 남편은 그들과 인사했다.

"안녕하세요. 윤슬입니다."

그녀가 닉을 소개하며 인사하고 그가 덧붙였다.

"안녕하세요. 윤슬 님 동행입니다."

카페에 가입하지 않은 그는 눈치가 보였는지 남편이라 하지 않고 동행이라 소개했다. 몽블랑은 다시 소리쳤다.

"모두 원을 그리고 서서 옆 사람 손을 잡으세요!"

그녀는 옆에 선 땅딸막한 배불뚝이 남자의 손을 잡고 싶지 않았다. "자아, 다 잡으셨죠?" 몽블랑이 다시 확인했다. 할 수 없이 옆 남자의 축축한 손을 잡았다. 그녀와 남편은 모르는 사람들의 손을 잡고 앞뒤로 흔들며 그들의 강령 같은 것을 복창했다. 잘 기억나진 않지만 "우리는 교양인이다", "우리는 예절 바르다", "우리는 타인을 배려하는 문화인이다" 등등.

"아, 여기 물이 왜 이러냐."

남편이 이 말을 하지 않았어도, 그녀 또한 일행들의 면면을 보고 기운이 빠졌다. 여행은 뭐니 뭐니 해도 사람 아닌가. 살뜰한 아내로부터 관리받지 못한 티가 나는, 배 나오고 제멋대로인 나이 든 독신 남자들. 그런 남자들보다 수적으로 더 많은 여자들은 어떤가. 성형과 시술로 나이를 감추고 있지만 그로 인해 부자연스러워 보이는 부류와, 여자로서 모든 걸 내려놓았다는 듯이 염색도 안 하고 화장기도 없는 부스스한 몰골의 여자들로 나뉘었다. 그나마 여행사 측에서 모객된 아홉 명이 합류할 것이며, 거기 두 커플이 포함돼 있다는 말에 내심 기대를 걸었다.

사진을 보니 어디서나 셀카봉을 쭉 내밀며 "스마일! 김치! 찰칵!" 하며 포즈를 취하던 '짐시여인'의 모습이 꽤 많이 들어 있다. 머리를 와인색으로 염색하고, 무슨 시술을 했는지 피부에 주름이 하나도 없고 입술은 홀렁 뒤집혀 벌에 쏘인 듯 탱탱 부은 여자는 나이를 짐작할 수 없었다(나중에 그녀가 고백하기로는 환갑이라고 했다). 소녀풍의 옷을 입고 있었지만, 걸걸한 목소리를 들으면 왠지 기분이 묘했다. 목소리를 성형할 순 없나보다. 그래도 화합이 될 듯 안 되는, 정상인 듯 정상 아닌 카페의 분위기에 감초 역할을 하며 분위기를 띄웠다.

중국의 배불뚝이 스님 포대화상을 닮은 '소쩍새'. 늘 허허 웃음을 달고 있지만 천방지축인 중늙은이. 그는 어느 마을의 식수원인 샘물에 맨발로 들어가 반바지까지 적시며 첨벙대고 놀아서 눈살을 찌푸리게 했다. 남편의 사진 속에서 그는 반바지가 젖은 채 브이 자를 그리며 웃고 있다.

'단백질'은 사십대 초중반의 사내로 키가 작은 근육질 남자다. 그는 젊고 아름다운 슬라브족 미녀만 보이면 전라도 억양의 짧은 영어로 함께 사진 찍기를 종용했다. "포토 투게더 잉?" 대부분의 여자들은 웃으며 함께 찍는다. 사진을 함께 찍을 때 그의 손은 서슴없이 튜브톱 원피스를 입은 여자의 드러난 어깨나 허리에 걸쳐 있어서 보는 그녀가 다 불안했다. 그렇지 않을 경우엔 무례한 도촬도 서슴지 않았다. 도촬하는 그의 모습을 남편이 다시 도촬한 사진도 있다. 우연히 그의 뒤에 있다가 탱크톱을 입은 구릿빛 미녀의 가슴께를 핸드폰으로 줌인해서 찍는 걸 그녀도 본 적이 있었다.

크로아티아의 두브로브니크 관광을 마치고 배를 타고

근처 로크룸섬의 누드비치를 지날 때였다. 갯바위에 누워 선탠을 하거나 돌아다니는 벌거숭이들이 언뜻 군집 원숭이들처럼 보였다. 일행들은 누드 남녀들을 찍으려고 모두 뱃전으로 몰려 난리법석을 떨었다. 찍은 사진들을 서로 비교해보며 노골적으로 품평을 하는 나이 든 남녀들의 모습이야말로 옷을 입은 원숭이들처럼 보였다. 그녀는 속으로 한숨을 쉬었다. 그녀도 슬그머니 핸드폰을 꺼내 줌을 당겨 사진 몇 컷을 찍었지만.

여자들은 여자친구와 함께 온 경우가 있지만 대부분의 남자들은 이 여행에서 누군가를 만나기를 기대하고 있는 게 역력했다. 며칠 지나자 남자들의 관심을 받는 젊은 여자들이 눈에 들어왔다. 집중적으로 관심을 받는 1번 여자와 2번 여자가 누군지 드러났으며, 남자들 사이의 모종의 긴장감도 전해져왔다. 〈짝〉이라는 없어진 TV 프로그램이 생각났다. 나이 든 여자들 중에도 몇몇은 짝을 구하는 의도를 숨기진 못하는 거 같았다. 딱 봐도 누군가의 관심을 받고 싶어서 온몸이 준비 완료 단계에 있는 여자들. 얼굴을 무기로 쓰기 위해 리모델링하거나 가슴 확대술을 단행한 듯한 여자들을 그녀는 유심히 보았다. 나이 들어서도 짝짓기를 위해 전력투구하다니. 혼자 산다는 건 참 피곤한 일이구나.

그런 생각이 들자 25년 지기 친구, 아니 연애 기간까지 합해 30년 지기 친구와 함께하는 여행이 제법 편하게 느껴졌다. 우정이나 육친애에 가까운 감정은 불필요한 감정소모와 에너지 낭비를 막아준다.

"사진작가이신가봐요."

꽃자주색 바지에 코발트블루 스트라이프 셔츠를 받쳐 입고 DSLR 카메라를 들고 사진을 찍어대는 남편을 보고 1번 여자가 말을 붙였다. 삼십대 중반의 직장인처럼 보이는 차도녀 스타일의 여자.

"거기 서보세요. 한 장 찍어드릴게요. 그림 좋네요."

남편은 한 장뿐 아니라 여러 장을 찍는다. 그러자 주변의 여자들이 저도요, 하며 몰려들었다. 너무 멋지세요. 여자들이 남편을 향해 엄지를 치켜 올린다. 저녁식사 자리에서 같은 테이블에 앉은 1번 여자는 그녀에게 말을 붙였다.

"너무 좋으시겠어요."

"뭐가요?"

"사진작가분이 남편이시니 계속 사진도 찍어주시고. 또 정말 자상한 분인 거 같아요."

"사진작가는 무슨. 원래 사진 찍는 거 좋아해요."

그녀는 남편을 일별하며 덧붙였다.

"뭐 예술 계통이긴 하지만."

"멋있어요, 예술 하시는 분이라 패션 감각도 남다르시고."

그녀가 극히 싫어하는 남편의 원색 패션을 두고 하는 말이다. 한국 남자치고는 몹시 튀는 남편의 패션이다. 하지만 그건 엄연히 남편의 취향이다. 예를 들어 보라색 양복을 입은 남편과 동행하는 게 부담스럽지만, 그녀는 그의 패션 감각을 존중해준다.

"이런 남편을 만날 수 있다면 저도 결혼하고 싶은데. 두 분 너무 잘 어울리세요."

여자의 립서비스에 기분이 좋아진 남편이 응수한다.

"남자분들께 인기가 많으신 거 같던데요."

"여기서 인기 많으면 뭐해요. 다 찌질남들인데. 저 한국에 남친 있다고 말해도……."

여기 분위기를 파악한다면 1번 인기녀가 생략한 말의 뒤끝을 짐작할 수 있다.

남편은 생래적으로 친화력을 타고난 사람이다. 신혼 때 음식을 만들다 고춧가루나 참기름이 떨어지면 낯모르는 이웃에 가서 얻어오는 사람이다. 남편 덕에 사람들에게 이러저러한 도움을 가끔 받기도 한다. 하지만 세상에 공짜는 없는 법. 남편은 오지랖이 넓고 누구에게나 해결사로 통하는 인물이다. 그러니 구두 굽이 닳을 대로 닳아도 잇속이 없는 팔자를 타고났다.

"이번에 함께한 부부 커플들은 어쩜 다 그러신지. 싱글들 염장 지르시는 분들이더라고요."

1번 여자의 말에 옆에 있던 룸메이트 여자가 속삭인다.

"신혼부부 커플도 얼마나 닭살 돋는지. 재혼인 거 같은데 말이죠."

"신혼부부래요? 어쩐지!"

그제야 그녀는 일행 중의 한 커플에게 눈길이 갔다.

그 커플은 첫날부터 일행과 떨어져 2인용 식탁에 앉았다. 두 사람은 말을 나누지 않아도 항상 맥주를 시켜놓고 마시면서 조용한 눈길을 주고받았다. 여자는 작고 통통하며 뱅 스타일의 머리에 헤어밴드를 하고 항상 핫팬츠를 입었다. 남자도 반바지 패션인데 항상 야구캡을 쓰고 있었다. 남자들 중 가장 키가 크고 관리가 잘된 균형 잡힌 몸 때문에 젊어 보이는 스타일이었다. 그런데 어쩌다 그가 땀을 닦느라고 모자를 벗은 적이 있었는데…… 정수리가 허전했다. 모자의 위력이 새삼스러웠다. 가만히 보니 모자 캡으로 그늘진 얼굴에도 나잇살이 보였다. 반면에 여자는 전체적으로 동글동글한 귀염성 있는 인상으로 어려 보였다.

붙임성 있는 남편이 얻어온 정보에 의하면 그는 남편보다 한 살 적은 나이고 스물네 살짜리 아들이 있다고 한다.

"아들을 데리고 젊은 여자한테 새장가를 든 거야. 여자는 초혼이고."

"그래? 어쩐지 오래 삭은 부부 냄새가 안 나. 그 남자, 여자 사진을 엄청 찍더라구. 이뻐 죽겠다는 듯이."

"나는 뭐 손가락에 쥐나도록 당신 사진 안 찍나."

"누가 찍어달래? 당신은 달라. 다른 여자도 찍잖아."

다른 점이 또 있다. 그 여자는 셀카봉을 들고 틈만 나면 자기 남편과 얼굴을 딱 붙이고 사진을 찍는다. 젊은 애들이나 하는 짓이다.

"근데 뭐하는 사람들이래?"

"슬쩍 물어봤는데 말을 돌리더라구. 둘 다 영어는 아주 잘하던데."

그 커플은 물 위의 기름처럼 일행과 따로 노는 면이 있었다. 다만 사람들이 상점에서 물건을 살 때나 식당에서 주문을 할 때는 적극적으로 나서서 영어로 도와주었다.

며칠이 지나자 짝짓기 게임을 하듯 끼리끼리 소그룹이 형성되었다. 4인용 식탁에서 편히 식사하려면 그와 그녀도 어딘가로 붙어야 했다. 그때 남편과 협상을 맺은 한 커플이 그녀와 인사를 트고 지내게 되었다. 일종의 품앗이였다. 부부 사진을 찍을 때 두 부부가 서로 찍어주기로 했단다. 반바지 커플은 셀카봉을 들고 다니니까 자체 해결할 테니. 남편은 틈만 나면 그의 카메라로 그 부부의 사진을 찍어줬다. 잘 찍어서 보내드리겠다고 하며 서로의 명함을 교환했다. 남자의 키가 워낙 작아 부인과 도토리 키 재기를 하는 듯 고만고만했다. 그래서인지 두 사람은 꽤나 다정해 보였다. 도토리처럼 자그마하고 야무진 인상 때문에 남자가 교육공무원이나 세무공무원이 아닐까 그녀는 생각했다. 남편 말로는 그보다 네 살 많은 남자는 회사에서 기술직으로 정년퇴임하고, 지금은 중소기업에 임원으로 재취업해 있단다. 공교롭게 성씨도 도씨라 당사자들에겐 미안했지만, 남편과 얘기할 때면 그녀는 도토리라는 애칭으로 그들을 불렀다. 여자는 조용하고 남편 옆에서 다소곳했다. 평범하고 무난한 결혼생활을 하는 안정된 커플로 보였다. 그 부부와 함께 사진도 찍고 자유 시간에 카페에 앉아 차도 마셨다. 자식들 이야기와 생활 이야기가 주로 오 갔다. 처음에는 예의를 차리고 체면을 차리느라 더 이상의 깊은 대화가 이뤄지진 않았다. 그러나 자연스럽게 일행들의 뒷담화가 주제가 되었다.

며칠간 도토리 커플과 친해지다 보니 이 부부도 재미있는 사람들이었다. 부부는 닮는다더니 둘 다 말이 느렸다. 도토리 씨는 말이 없는 듯했으나, 일단 말을 하면 약간 더 듬거리지만 느리게, 끝까지, 조근조근, 할 말을 다 했다. '이은애(연애) 결혼' '증말' '낭중에' '숭내' '했걸랑요' 이런 경기 사투리를 쓰며 아줌마처럼 말을 했다. 성질 급한 남편은 답답해 죽으려 하는 눈치였지만, 도토리 씨가 말이 막힐 때마다 그녀가 끼어들어 단어를 던져주면 그가 반갑게 받아 말을 이어나가는 게 재미있었다. 그러면 도토리 씨도 어라, 내 맘을 어찌 그리 잘 아시는지? 하는 눈빛으로 그녀를 신기하게 바라보았다. 어느 때부턴지 말수 적은 도토리 부인은 그녀에게 넌지시 말을 놓았다.

"자긴 화장실 안 가도 돼?"

가만 보니 도토리 부인이 대뜸 처음 말을 건 것도 화장실에서였다.

"어디 사세요?"

"네? 서울인데……."

"그니까 동네가……?"

　힘든 여행 일정이라 버스 안에서 역사에 대한 가이드의
설명이 이어지면 모두 졸기 일쑤였다. 그녀도 수첩에 메
모하다 어느새 볼펜을 떨어뜨리곤 했다. 유럽의 화약고 발
칸. 종교와 민족 간의 갈등으로 유고연방에서 분리 독립하
면서 전쟁과 내전을 치르며 아직도 불씨를 간직하고 있는
나라들. 보스니아의 사라예보나 세르비아의 베오그라드
도심에는 총탄 자국으로 가득한 건물이 내전의 상흔을 그
대로 보여준다. 상처를 간직한 채 일상을 살아가는 도시의
카페에는 눈부신 붉은 여름꽃들이 장식되어 있다. 7월의
발칸은 어디나 꽃천지였다. 집집마다 산호빛 지붕들도 꽃
처럼 화려한데, 창마다 핏빛 페튜니아 화분이 걸리고, 흐
드러지게 핀 밝은 보랏빛 부겐빌리아 꽃울타리가 장관이
다. 유도화가 핀 골목의 창틀, 포탄으로 무너진 건물 벽엔
만개한 주홍빛 능소화가 타고 오른다. 화려한 꽃들은 한
시절 지나면 시들겠지만, 역사에서 끊임없이 반복되는 인
간의 갈등은 숙명인가.

　그녀는 버스 창으로 바위산과 호수, 평원과 초원을 바

라보다 옆에서 끄덕이며 졸고 있는 남편을 바라본다. 한때 이 남자가 운전하는 차를 타고 매년 여름 바캉스 철만 되면 어린 아이들을 태우고 유럽을 누비고 다녔었지. 당시에 내전이 한창이던 발칸반도만 제외하고서. 장롱 속 앨범에 누렇게 변색된 그때의 사진들은 한 가족의 역사를 증거하고 있을 것이다.

불가리아 벨리코투르노보에서 흑해 연안 네세바르로 가는 길은 끝없는 해바라기 꽃밭이었다. 작열하는 태양 아래 샤워 헤드처럼 일제히 고개를 숙이고 있는 노란 해바라기꽃 평원을 지나며 그녀는 20여 년 전을 떠올렸다. 7월이면 유럽 어디를 달려도 노란 물결치는 해바라기 바다를 만날 수 있었다.

반바지 커플이 합세한 건 여행 일정 중반을 지나 베오그라드 근교의 호텔에 묵었을 때였다. 근방이 대학가여서 값싸고 좋은 맥주집이 많다고 하여 도토리 씨 커플과 짐을 풀고 로비에서 만나 밖에서 맥주 한잔하기로 했다. 그때 마침 반바지 커플이 내려왔다.

"우리 맥주 할 건데 함께 가실래요?"

"어머, 저희도 그럴 건데."

누군가 그렇게 제안하자 그들도 흔쾌히 응했다.

맥주 마니아인 반바지 커플의 추천으로 주문한 맥주가 한 병씩 돌자 조금씩 분위기가 편해졌다. 이야기는 자연스레 일행들의 뒷담화로 이어졌다. 각자 가지고 있는 일행들의 정보를 꿰맞춰서 이야기를 엮어내자 그 사람들이 신비로우면서도 생생한 캐릭터가 되었다. 아니, 여행의 피로를 잊은 듯 모두의 얼굴에서 생동감이 넘쳐났다.

"소쩍새라는 분, 혹시 스님 아니에요?"

"펜션 한다고 들었는데요?"

"무슨 스님이 그렇게 철이 없어요?"

"어디 TV 프로에 친구가 나오는데 자기도 좀 나온다고 자랑하던데요. 어제 한국에서 방영했는데 여기 와서 못 봤다고."

"소쩍새 님이라고 치면 인터넷에도 나온댔어요."

도토리 씨 부인이 얼른 휴대폰으로 검색했다.

"어머! 여기 이분 맞죠? 근데 스님인 듯 아닌 듯."

젊을 때 사진인지 지금의 '소쩍새'보다는 더 젊은 남자가 잿빛 누비옷을 입고 있는 사진이었다.

"이거 승복인가? 어째 땡중스러운데요."

"오오 이거 정말 미스터리인데? 우리 내일 회담에서 다시 토론하자구요."

반바지 남편이 점점 흥미 있는 얼굴로 끼어들었다.

"그어봐. 원래 뒷다마가 재미있는 거걸랑요. 낼 안 오믄 그쪽도 뒷다마 까인다구."

도토리 씨가 반바지 부부에게 천천히 꼭꼭 씹듯이 야무지게 말하자 모두가 웃었다.

"카페 회원들이라고는 하지만 서로 뜻이 안 맞아 룸메이트끼리 싸우고 따로 놀고 하던데요. 부동산 한다는 대박나요 님과 친구라는 명품녀도 따로 돌던데."

반바지 씨가 물었다.

"명품녀는 왜 명품녀랍니까?"

"자그레브에서 숨 쉴 틈 없이 가이드 따라 시내 관광할 때 겨우 20분 자유시간 줬잖아요. 그때 어머, 여기도 프라다 매장이 있네 하면서 들어가더니 5분 만에 백 두 개를 낚아 오더라고요."

"우리 올 때 환승했던 도하 공항에서도 쌍으로 된 굵은 링 모양 순금 팔찌 세트를 사더라고요. 450 줬다고 하던데."

"500유로짜리를 아예 봉투째로 들고 다니면서 뽑아 쓰잖아요. 청담동에 있다는 건물 자랑도 하고. 함께 온 부동산 친구가 원래 친구가 아니라 아마도 부동산을 소개해주면서 친분이 생긴 거 같아요."

"참 재미있는 분들 많아요."

"그런데 이복순 씨는 누구죠?"

"그러게. 어제 카페지기가 복도마다 이복순 씨, 이복순 씨 하며 고함을 치고 다니던데. 어휴 그 남자 목소리 기차 화통이잖아요."

죽이 잘 맞아 실컷 웃고 떠들다가 잠시 침묵이 이어졌다. 갑자기 수다의 리듬이 깨졌다.

"우리 집사람인데요. 사실……."

남편이 그녀의 눈치를 보며 말했다. 그녀가 고개를 살짝 흔들었다. 무슨 이름이 그렇게 촌스러워? 그녀는 그들이 그렇게 생각할 거라 지레 짐작했다. 유교적인 집안의 종갓집 할아버지가 지어준 이름이다. 복되고 순하게 살라고. 카페 회원들이 그녀의 본명 대신 '윤슬'이라는 순우리말 닉네임으로 부르는 것이 단 하나 마음에 드는 점이었는데. 어색한 분위기를 깨려고 도토리 씨가 화제를 돌렸다.

"어휴! 난 그 카페지기 몽블랑인지 만년필인지 증말 맘에 안 들어. 자기 사조직도 아니고."

"사람들도 불만이 많고 안 좋아하는 거 같아요."

"완전 재수 없어요."

결국 남편이 어젯밤 일을 이야기했다. 여태 그런 적이 없었는데 어제 호텔 체크인할 때 가이드가 열쇠를 받으면 여권을 제출하라고 했다. 가이드는 여행사 측 고객에게 열쇠를 나눠주고, 카페 회원들의 열쇠는 카페지기가 한꺼번에 받아서 나눠주었다. 엘리베이터가 없는 호텔이라 짐을 옮기느라 로비는 어수선하고 떠들썩했다. 남편이 가족 대표로 여권 하나면 된다며 자신 있게 자신의 여권만 열쇠와 바꿔왔다.

객실에 들어와 욕실을 들락거리며 씻고 있는데 복도가 시끄러웠다. 잠시 후 문을 힘껏 두드리는 소리가 나서 나가보니 몽블랑이 서 있었다.

"이복순이 누구야? 이복순이 여권 내놔요. 이복순 찾느라고 엘리베이터도 없는 객실을 다 찾아다녔어. 아까 여권 달라고 했어요, 안 했어요!"

숨을 씩씩대며 다짜고짜 시비조다.

"하나만 줘도 되잖아요. 부부인데."

남편의 말에 몽블랑의 목소리가 더 커졌다.

"당신이 뭘 알아. 달라면 주는 거지."

"개런티로 객실당 하나만 맡겨도 되지 뭘. 여행 한두 번

해보나."

"당신이 여행을 나만큼 해봤어? 무식하게 어디서 아는 척을 해!"

몽블랑의 목에 핏대가 섰다. 기가 막히는지 남편의 얼굴이 일그러졌다. 몽블랑의 눈이 만년필촉처럼 세모꼴로 날카로워졌다. 당사자인 그녀가 여권을 주며 중간에서 머리를 조아리며 빌었다.

"네, 저희가 잘 몰라서 그랬어요. 죄송합니다."

그가 그녀를 아래위로 훑으며 봐준다는 듯이 나갔다.

"나 못 참아. 인터넷에 올릴 거야."

그녀는 남편에게 달래듯 말했다.

"가만있어. 저런 사람 건드려봤자 우리만 피 본다."

둘 다 기분이 잡쳐서 멍하니 있는데 10분 후 갑자기 문을 발로 차는 소리가 들렸다.

남편이 나가자 몽블랑이 기관차처럼 가슴을 들이밀며 대들었다. 생각해보니 부아가 났던 모양이었다.

"야! 내가 니 종이야? 노예야? 어! 어! 왜 내가 니들 여권 심부름까지 해야 하는데?"

남편은 질리는지 멍하니 서 있었다. 그녀가 머리를 또 조아렸다.

"저희가 일부러 그런 게 아니라 뭘 몰라서 그런 거니까 이해해주세요. 여행을 많이 안 다녀봐서요."

몽블랑은 그들을 째려보더니 나갔다. 내일부터는 덥고 엔진 소리 나는 버스 뒤쪽으로 좌석이 밀릴 걸 생각하니 그녀는 기분이 영 찝찝했다. 몽블랑은 서른한 명의 좌석권을 가지고 있는 사람이었다.

남편이 억울한 듯 말했다.

"사실 우리는 프랑스에 오래 살아서 유럽 구석구석을 자동차로 안 다녀본 데가 없는 사람들이거든요. 발칸만 빼고요. 그 당시에 여기는 늘 전쟁 중이어서요."

"어머, 그래요? 우리도 여행은 뒤지는 편이 아닐걸요."

여행을 오면 사람들은 여행 경력이 자신의 인생 경력이라도 되는듯 자랑하게 된다. 도토리 씨네도 딸이 유학하고 있는 미국을 자주 드나드느라 비행기를 많이 탄다고 했다.

"아 그래요? 사실 저희는 호주에 꽤 있었는데, 7년 전부터 1년에 한두 차례는 부부가 꼭 함께 긴 여행을 하기로 했거든요."

반바지 커플의 말에 남편이 반색을 했다.

"아아, 그럼 신혼이 아니라 결혼한 지 7년이나 되셨어요?"

반바지 여자가 눈을 동그랗게 뜨고 말했다.

"어머 저흰 결혼한 지 24년이나 됐는걸요."

그 커플을 제외한 나머지 부부가 풋, 하고 웃음을 터트렸다.

도토리 부인이 말했다.

"본인들만 모르는 소문이에요. 남편이 전처 아들을 데리고 스무 살 정도 젊은 여자와 재혼."

"오오, 그런 헛소문이? 작년에 여행 갔을 때도 그런 소릴 들었는데."

반바지 남편이 아내를 향해 사랑스런 미소를 날렸다.

남편이 끼어들었다.

"젊고 이쁜 부인이랑 사시니 오늘 맥주 쏘세요."

"아니 그럼 나이가 어떻게 되는 거야?"

남편의 나이가 제일 많은 도토리 부인이 나섰다.

"학번이 어떻게 되시는데요?"

그녀가 묻자 도토리 부인은 눈을 내리깔며 말했다.

"난 사실 대학은 안 나오고…… 직장 다니다 이이를 만났어요."

그녀는 자신의 사려 깊지 못한 질문에 몰래 혀를 깨물었다.

"무슨 상관입니까, 형수님. 제일 맏형님 부인이시니 형수님은 당연히 큰동서이신데."

남편이 도토리 씨 부부를 보며 너스레를 떨었다. 세 여자가 나이를 밝혔다. 의외로 도토리 부인이 막내다. 그녀보다 두 살 어리다. 반바지 부인은 그녀보다 한 살이 어리다. 도긴개긴. 다들 오십을 훌쩍 넘긴 나이다.

"그런데 어쩜 그렇게 동안이세요?"

미모로는 한 수 밀리는 참담함을 드러내지 않으면서도 순수한 칭찬으로 들리기를 바라며 반바지 부인에게 그녀는 말했다.

"제가 정말 아껴서 그런가봅니다. 우리 집사람 컴퓨터공학 전공했거든요. 정말 능력 있는 고급 인력인데, 지금은 저만 바라보고 살죠."

"아이고! 오글거려. 내일부터 이 커플 탈퇴시키죠, 형님!"

남편의 말에 도토리 씨는 천천히 말했다.

"거어 설라무네, 너무 애끼면 똥 된다는 소리가 있어요."

분위기가 잠깐 썰렁해졌다.

남편이 자신의 명함을 건네며 반바지 씨에게 물었다.

"아참! 늦었지만…… 근데 지금 무슨 일을 하세요?"

"아, 제가 여행할 때 만난 분들에게 명함을 돌린 적이 없는데……. 한국 가면 다시 만나지 않을 텐데, 서로 불편하잖아요."

"묻지마 관광도 아닌데요, 뭘."

도토리 씨가 작은 소리로 말했다.

지나친 겸손인지, 배려인지 잘난 척인지……. 그녀는 반바지 부부가 특권의식을 가진 사람들이라 생각했다. 반바지 씨는 어쩌면 대기업에 근무하는 임원일까. 남편이 어떤 명함을 줬는지 모르겠다. 남편에겐 명함이 여러 개 있다.

반바지 씨는 서울의 한 사립대학의 공과대 교수였다.

"뭐 인터넷 검색 같은 거 하시는 거 아니겠죠?"

그는 명함을 주며 이렇게 말했다. 그리고 남편의 명함을 보며 덧붙였다.

"저희는 둘 다 공돌이 공순이라서 감독님 같은 분을 만나는 게 처음입니다."

감독? 그런 직함이 명함에 있었던가?

방에 들어온 남편이 아니나 다를까, 홍기진 교수를 인터넷에서 검색해본다.

"학계에서 나름 유명한가봐. 근데 그 여자가 조강지처라니. 당신도 머리띠를 하고 다녀봐. 젊어 보이게."

"아니! 난 그러고 싶지 않은데?"

그녀가 말끝을 올리니 입술 한 쪽도 자연 삐죽 딸려 올라간다.

그녀가 빈정 상했나 눈치를 본 남편이 말한다.

"하긴 당신은 귀티나고 우아하지. 은근 잘난 척들 하는데 당신은 왜 가만히 있어? 겸손도 병이야."

"이복순이 잘나면 얼마나 잘났겠어. 난 그런데 관심 없어. 속물들."

"당신은 정말 튀는 걸 싫어하지. 근데 그 망할 몽블랑 때문에 이복순이 천하에 다 까발려졌네. 그러게 개명을 좀 하지."

"개명할 필요가 뭐 있어?"

"하긴."

"당신 무슨 명함을 줬어?"

"어, 예술 감독 명함. 당신은 정말 나한테 관심이 없더라. 내가 몇 번이나 얘기했는데도!"

지방의 작은 아트 축제에서 예술 감독을 할지 모른다는 소리를 들었는데 잊고 있었나보다. 그는 케이블 TV의 문화 프로에서 사회를 맡고 있다. 어디에 출연한다고 명함에

258

박을 수는 없을 것이다. 약간의 과시욕이 있는 남편은 연예인처럼 남들이 알아주길 바라지만, 출연료는 형편없다는 걸 그녀는 안다. 문화평론가, 대학 겸임교수, 출판기획사 대표, 잡지 발행인……. 남편의 경력과 능력은 다양하지만, 오래전부터 그녀는 남편의 수입을 기대하지 않는다. 성공에 대한 욕망은 강하나 속물로는 보이고 싶지 않았던 남편의 사업은 적자를 면치 못했다. 10년 전에 아파트를 팔고 그녀가 저축한 목돈을 보태 서교동의 허름한 3층 건물을 샀는데, 홍대 상권이 활성화되면서 뜻하지 않은 임대수입을 안겨주는 덕에 그녀는 그걸 관리해 간혹 남편의 빚이나 적자를 메워주거나 생활을 꾸려나간다. 두 사람은 이미 경제적으로 서로 독립한 지 오래다. 그렇게 되기까지 어쩌면 부부는 25년 동안 발칸반도만큼 내전을 겪었는지 모른다.

그런데 그를 떠나지 못했던 이유가 뭘까. 그녀는 가끔 생각해본다.

그때미디 간혹 떠오르는 이미지가 있다. 남편과 대학 시절에 만나 오래 연애를 했는데, 결혼까지 할 생각은 못했다. 남편은 너무도 가난했고 그녀는 집안의 반대에 부딪혔다. 사랑하지만 마음만 먹으면 헤어질 수 있을 거라 생각했다. 몇 달을 헤어질 생각만 하던 그녀가 크리스마스이브의 들뜨고 번잡한 명동 거리에서 그에게 헤어지자고 했다. 이번에도 장난치는 줄 알고 못 믿는 그에게 그녀는 악을 썼다. 크게 뜬 그의 눈이 서서히 처지는 게 보이자 그녀는 등을 돌리고 달렸다. 하지만 30분이 지나자 어떤 생각으로 갑자기 머리를 얻어맞은 거처럼 멍했다. 그를 놓친 이 순간을 평생 후회할지 모른다는 기시감과 뜬금없는 공포감. 아니 벌써 후회는 시작되었다. 아무리 고개를 흔들어 부정하려 해도 그 순간 귀신에 홀린 듯 사로잡힌 그 망령을 떨쳐낼 수 없었다. 그녀는 그 순간, 마치 귀신과 내기를 걸듯 자신의 인생을 걸었다. 그래, 그를 떠난 지 30분이 지났다. 다시 30분 안에 그를 만나게 된다면, 난 모든 인생을 그에게 걸겠어. 정신을 차리고 보니 그녀는 크리스마스이브의 휘황한 불빛 속에서 인파에 떠밀리고 있었다. 그를 찾는 건 가망 없는 희망이었다. 그는 버스를 타고 떠났을지도, 지하의 어느 술집에 들어갔을지도, 아니면 무작정 어딘가를 하염없이 걸을지도……. 사람들에게 밀리며 그녀는 절망적으로 두리번거리며 정처 없이 걸었다.

20분이나 걸었을까. 그녀는 수많은 사람들 중에서 그를 발견했다! 그 거리에 그런 책방이 있었는지도 몰랐을 정도로 한 번도 눈에 띄지 않았던 아주 작은 책방이었다. 그 곳 안쪽 깊숙한 곳에 그가 구부정하게 서서 책을 보고 있는 모습이 마치 조명을 받은 듯, 거리에 서 있던 그녀의 눈길을 확 끌어당겼다. 오래지 않아 없어진 그 책방에 나중에 실제로 가봤지만 그렇게 조명이 밝을 리 없는 곳이었다. 무엇이 그 거리에서 그를 찾을 수 있게 그의 모습을 밝혀주었던 것인지, 그녀는 그 순간을 생각할 때마다 불가사의한 느낌에 젖었다. 그 순간이 마치 연극의 한 장면처럼, 조명을 받은 배우의 쓸쓸한 모습을 찍은 한 장의 포스터처럼 늘 가슴에 남아 있다.

"봐봐. 당신 사진빨 하나는 죽여준다. 피부가 하얘서 사진마다 광채가 난다."

남편이 자신의 노트북으로 그날의 촬영분을 옮긴 사진 파일을 열어보며 감탄한다. 잠도 자지 않고 페이스북에 올리는지, 불빛이 성가셔 그녀는 이불을 머리끝까지 올리고 잠을 청한다. 그는 낮에도 버스에서 문자와 전화로 일을 보느라 공사다망하다가도 어느새 코를 골며 잠이 든다. 버스에서 내릴 때마다 "여기 어디야?"라고 묻고, 자신이 찍은 사진이 어느 곳의 사진인지 몰라 페이스북에 올리기 전에 자주 묻는다.

무언가 기류에 변화가 온 걸까. 아침 식사를 하고 급히 짐을 싸느라고 왼팔을 뻗다가 견갑골이 뜨끔했다. 직업병인 목디스크가 갑자기 말썽을 부리는 걸까. 왼팔과 어깨를 갑자기 움직일 수 없었다. 그녀는 순간 짜증이 확 솟구쳤다.

갑자기 이 여행이 지겨워졌다. 무례하거나 천박한 사람들도, 어떤 식으로든 잘난 척하는 인간들도, 친화력 있는 남편이 자꾸 만들어내는 관계들도, 그리고 일주일간 좁아터진 호텔방에서 함께 하는 남편도.

그날은 마케도니아의 오흐리드 호수에서 배를 타고 가서 성벽 투어를 하는 일정이다. 그녀는 비슷비슷한 성벽마을 투어는 그만두고 어디서 좀 쉬고 싶었다. 그러나 수신기를 통해 가이드의 설명을 계속 들으며 유적지를 돌아야 했다. 작은 백 하나를 들기 힘들 정도로 목뼈를 통해 통증이 퍼졌다. 다행히 비상약으로 처방받아 온 소염진통제가 있어 먹긴 했지만, 쉬 낫지 않으면 큰일이다. 당장 눕고만 싶은데 가이드를 놓칠세라 쉴 새 없이 걸어야 했다. 남편은 그녀의 백을 대신 메고 가긴 했지만, 좀 어떠냐고 곰살맞게 묻지 않았다. 게다가 계속 일 관계로 한국에서 전화가 와서 사진은 뒷전이고 전화를 받느라 가이드를 따라오지도 못했다.

그런 남편 때문에 그녀는 할 수 없이 휴대폰을 꺼내 유적지 사진을 찍으랴 가이드를 쫓아가랴 힘이 들었다. 20여 분이 지났는데도 여전히 통화하는 남편의 목소리가 어디선가 튀어나왔다. 그녀의 귀에 유난히 거들먹거리는 듯하게 들리는 남편의 큰 목소리가 거슬려 그녀는 눈을 흘겼다. 평생 뭐가 저리도 바빠? 여행까지 와서.

짜증이 솟을 때마다 박자를 맞추듯 통증이 콱콱 쑤셨다. 그녀는 걸음을 늦추고 자귀나무 아래로 가서 가만히 서 있었다. 분홍붓털 같은 자귀나무 꽃이 양산처럼 벌어져 있다. 부부 금슬을 상징하는 합환수(合歡樹)인 그 나무의 섬세한 꽃을 보고 있으니 흥! 한숨이 나왔다.

일행과 한참 떨어졌다는 생각에 통증을 참으며 걸음을 재촉하는데, 남편이 보였다. 성벽 마을을 한 바퀴 빙 둘러 호숫가 끝에 카네오 성 요한 교회라는 아름다운 건물이 보였다. 호수와 성당을 같이 담을 수 있는 지점에서 남편이 도토리 씨 부부와 홍 교수 부부의 사진을 전속 사진사처럼 찍고 있었다. 그때 가이드가 배가 기다리고 있으니 빨리 배를 타라고 소리쳤다.

"어! 당신도 거기 빨리 서봐!"

그녀를 발견한 남편이 급히 카메라를 들이대며 연사로

찍어댔다. 그녀는 모른 척 고개를 돌리고 좀비처럼 걸어서 맨 마지막으로 배를 탔다. 배를 타도 남편의 옆에 앉지 않았다.

그녀는 날카로운 옛 추억을 떠올렸다. 신혼 시절, 거제도 여행을 함께 갔을 때도 사람 좋아하는 남편이 그녀를 챙기지 않고 금방 사귄 다른 커플을 따라 배를 타고 사라진 적이 있었다. 잠깐 사이에 그를 놓친 그녀는 밤이 될 때까지 항구에서 그를 기다렸다. 남편이 지갑이 든 그녀의 가방을 들고 가버려 점심과 저녁을 굶을 수밖에 없었다. 밤이 되어 그를 만나게 된 그녀는 방파제에서 밤바다로 뛰어내리려 했었다.

사실 이번 여행을 계획하면서 그녀가 가장 걱정했던 건 싸우게 될지도 모른다는 것이었다. 15년 전 도쿄로 결혼 10주년 기념 여행을 가서도 그녀의 기대가 너무 컸는지 첫날부터 싸웠다. 서로 너무나 미워서 도저히 함께 있을 수가 없었다. 각자의 취향대로 다니다 저녁에 호텔로 돌아오기로 합의했다. 남편은 미술관 관람과 쓸데없는 쇼핑을 했고, 그녀는 관광지를 둘러보고 찻집에 오래 앉아 있다 돌아왔다. 그 이후 그녀는 죽을 때까지 남편과 여행을 하지 않겠다고 결심했다.

언제부터인가 두 사람은 각자의 영역을 인정해주고 참견하지 않는다. 집에서도 각자의 방에서 일하고 잠들지만, 거실과 부엌에서 함께 먹고 이야기한다. '따로 또 같이'. 이것이 그들 부부의 공존 스타일이다. 돈독하게 우정을 나누는 오랜 친구처럼, 신뢰를 쌓은 사업 동반자처럼, 애증과 연민이 공존하는 모자(母子)처럼 그들의 삶은 공동운명체로서 그럭저럭 굴러가는 듯했다. 그 거리감이 깨질 때, 오히려 더 가까워질수록 문제가 생긴다. 여행이 위험한 건 그런 이유일 것이다.

오후에 마케도니아의 수도 스코페로 네 시간 이동해서 유럽 시장 중에서 가장 크고 화려하다는 전통시장인 동방 시장에 들렀을 때였다. 남편은 수십 년간 취미로 하는 컬렉션을 위해 앤티크 물건을 파는 곳으로 사라졌다. 그녀가 보기엔 다 허접할 뿐인 물건들을 사들이는 게 마음에 들지 않지만, 그의 취미로 인정했다. 그녀는 다우트 파샤 터키탕 쪽 그늘에서 숨을 돌리고 있었다. 도토리 부인과 홍 교수 부인이 수제 테이블보를 파는 상점에서 흥정하는 게 보였다.

그때 누군가 무언가를 쓱 내밀었는데, 그건 종이봉투에

든 굵고 먹음직스러운 붉은 체리였다.

"과일이 정말 싸고 좋네요. 우리 집사람이 제일 좋아하는 게 이 체리예요. 호주에서 참 많이 먹었는데."

그녀는 핏물이 배어나는 듯한 다디단 체리를 깨물었다.

"참 애처가이신 거 같아요."

"전 우리 집사람 없으면 허전하고 불안해요. 해외 학회 나갈 때도 꼭 데리고 다녀요. 사실 패키지가 여러모로 경제적이라 재작년부터 우리가 이걸로 다니는데 사람들과는 잘 안 어울렸어요. 이번에 좋은 분들과 어울리니 즐겁네요."

"서구화된 부부처럼 좋아 보이세요. 너무 다정하게 보여서 어디 가면 불륜커플이라 놀림받겠어요."

그가 싱긋 웃었다. 성실하고 지적이고 잘 교육받아 자신의 인생을 잘 관리하는, 태생이 좋은 한 남자의 모습이라고 그녀는 직관적으로 판단했다.

그가 잠시 터키탕 너머 햇볕에 하얗게 부서지는 모스크의 뾰족한 미나렛에 눈길을 두다가 그녀의 눈을 바라보며 조심스레 물었다.

"저어, 혹시 자서전 쓰세요?"

여행의 마지막 날 밤에 세 커플이 마지막 모임을 가졌
다. 루마니아 부쿠레슈티 외곽의 호텔이었다. 그 호텔은
수도 부쿠레슈티로 향하는 산업도로변에 지어져 있었다.
주변엔 아무것도, 정말 아무것도 없는 황량한 벌판만 이어
진 곳이었다. 그들은 호텔의 유일한 바에서 맥주를 마셨
다. 태풍이 오려는지 뜨거운 폭염을 식히는 시원한 바람을
맞으며 바의 실외 테라스에 모였다. 서너 번의 회동으로
다져진 친밀감과 취기로 인해 어떤 이야기도 즐거운 농담
이 되었다.

그녀와 남편의 미묘한 신경전도 어느새 누그러져 있었
다. 디스크 통증도 슬그머니 사라졌다. 거기에는 세 쌍의
부부 모임이 큰 도움이 되었다. 이런 모임에서 부부는 한
팀이니 팀워크가 중요했다. '따로 또 같이'의 모토대로, 그
들은 남들 앞에서 같이 있을 땐 의기투합했다.

게다가 홍 교수가 다우트 파샤 앞에서 한 말의 저의가
너무 궁금해서 남편과 말을 하고 싶어 참을 수가 없었다.
"저어, 혹시 자서전 쓰세요?"라고 그는 물었다. 말의 의미
를 몰라 어리둥절해하는 사이에 테이블보 상점에서 그의
아내가 그를 불러 대화는 더 이상 이어지지 못했다. 뜬금
없이 날 보고 자서전을 쓰냐고? 그녀는 무거운 마음을 무

장해제할 구실로 그날 밤 남편에게 물었다.

"홍 교수가 날 보고 자서전을 쓰냐는데? 당신 혹시 무슨 말 했어?"

남편은 멍한 얼굴로 잠시 그녀를 보더니 아아, 했다.

"당신이 작가라고 했지."

"그런 얘기 뭐 하러 해?"

"그 사람이 먼저 물어보잖아. 혹시 부인도 일하냐고. 그래서 그렇게 대답한 거뿐이야."

"그랬더니 뭐래?"

"그냥 암말 안 하고 가더라구."

그녀는 고개를 갸웃했다. 그래? 난 자서전을 쓰는 작가는 아닌데…….

남편이 말했다.

"내 생각엔 그 사람 분명히 네이버에 검색해봤을 거야. 이복순으로. 뭐, 작가라고 안 나오겠지. 그냥 유령작가로 여기나보지. 어쩌면 그 사람 아는 사람 중에 자서전 대필할 작가를 구하는지도 모르고. 당신 후배 중에 그런 거 하는 친구 소개해주면 되겠네."

그럴듯한 추측이었다. 하지만 그녀는 오히려 약간 부아가 났다. 알려면 제대로 알지. 아니 알려주려면 제대로 알려주지. 그렇다고 중이 제 머리 깎을 수도 없고.

마지막 밤의 이야기는 세 쌍의 부부가 어떻게 만나게 되어 결혼하게 되었나 하는 이야기로 밤늦게까지 이어졌다. 어두운 초원에서 거센 바람에 풀들이 격렬하게 누웠다 일어섰다 하는 실루엣 위로 보름에 가까운 달만은 고요히 떠 있었다.

다음날엔 귀국하기 위해 부쿠레슈티에서 카타르까지 비행기를 타고 가서 도하 공항에서 일곱 시간을 대기한 후, 인천행 비행기로 갈아타야 하는 대장정이 기다리고 있었다. 일곱 시간을 어떻게 보내야 할까. 홍 교수가 제안했다. 도하 공항을 빠져나와 도하 시내를 관광하자고. 도하 공항에 가서 신청하면 될 거라고 했다.

도하 공항에 내린 것은 오후 7시. 영어를 잘하는 홍 교수가 적극적으로 나서서 도하 시내 관광을 알아보기 시작했다. 사실 그녀와 남편은 공항 밖을 나가 관광을 하고 싶지 않았다. 너무 피로하기도 했지만, 한국의 메르스를 피해 나왔는데 굳이 메르스 소굴로 들어가는 거 같아서였다. 홍 교수의 얼굴은 피곤한 기색도 전혀 없이 시내 관광에 대한 열망만이 가득해 보였다. 물어물어 시내 관광을 신청하는 창구를 찾아 가보니 아슬아슬하게 마감 시간이 지나서 폐

쇄되었다는 안내문만 붙어 있을 뿐 아무도 없었다. 홍 교수가 안타까운 얼굴로 안내문만 멍하니 바라보았다.

세 쌍의 부부는 의자가 편해 보이고 충전을 할 수 있는 카페에 들어가서 시간을 때우기로 했다. 탑승수속을 하기까지 다섯 시간 이상을 대기해야 했다. 다들 지쳐서 커피나 생과일주스를 앞에 놓은 채 프리 인터넷으로 휴대폰을 만지작거렸고 여자들만 간헐적으로 수다를 이어가곤 했다. 밤의 맥주 바가 아닌 공항의 카페는 어수선하기만 했다. 무료함에 홀로 면세 상점들을 둘러보고 화장실을 다녀오던 그녀는 도하 공항의 상징인 거대한 테디베어 앞에서 홍 교수를 조우했다.

"도하 시내 관광을 못해서 섭섭하신 거 같은데 어쩌죠?"

"네, 꼭 하고 싶었는데……. 열아홉 살 소년을 만나고 싶었는데 말이죠."

"네? 누구요?"

"아닙니다."

그녀는 마침 생각이라도 났다는 듯 지갑에서 명함을 꺼내 홍 교수에게 건넸다.

"혹시 자서전을 부탁하고 싶으면 제가 소개해드릴 수는 있어요. 저는 그런 글을 써본 적이 없어서요."

명함에는 '이복순' 대신에 '이미지'라는 필명이 인쇄되어 있었다.

"제가 실례를 한 거 같아요. 그쪽으로는 문외한이라서요. 아까 안 계실 때 남편분이 막 자랑하시더라고요. 유명한 베스트셀러 작가시라고요. 게다가 박사학위에 대학교수시고. 남편분이 자기는 평생 을인데, 돈도 많으신 갑이라고 강조하시더군요."

남편의 말을 빌려 뼈 있는 농담으로 마무리하며 그는 장난기 어린 웃음을 웃었다. 그녀는 얼굴이 달아올랐으나 고개를 돌리고 살짝 회심의 미소를 지었다. 왠지 억울한 누명을 벗은 듯한 이 홀가분함은 무엇인가.

카페 테이블로 돌아오니 남편과 도토리 씨 부부가 최근의 부동산 동향과 땅 투자에 대해 갑론을박하고 있었다. 홍교수는 대화에 무심해 보였다. 겨우 한마디를 덧붙였다.

"다들 부자이신가봐요."

그러자 다들 손사래를 쳤다. 그리고 갑자기 화제를 바꿔 각자가 얼마나 기난하고 어려운 시절을 거쳐 이런 여행을 할 만큼 잘살게 되었나를 간증하듯 말하기 시작했다. 도토리 씨는 월남한 조부와 아버지가 양은냄비 공장을 운영한 덕에 부유한 어린 시절을 보냈다고 한다. 그런데 초등학교

2학년 때 망해서 고생했다는 이야기를 했다.

"어릴 때 까만 양복에 나비넥타이 매고 에나멜 구두 신
고 사진 찍은 늄 있으믄 나와보라 그래. 그러다 집안이 꼬
꾸라졌으니 더 지옥이었지. 그래도 아버지 덕 본 막내 삼
촌이 꽤 도와줬걸랑."

충청도 산골 농가에서 7남매 중 막내로 자라 도시에 나
와서 고학을 하다시피 한 남편의 이야기도 이어졌다.

"부모님이 물려주신 건 딸랑 불알 두 쪽."

"그래도 대학은 다 나오셨잖아요."

홍 교수의 말에 모두 그를 쳐다보았다.

"이거 자서전 감인데……."

그가 그녀를 향해 잠깐 눈길을 주며 말했다.

"저는 열아홉 살에 이 근처에 있었어요."

지금은 홍 교수라 불리지만 열아홉 살 공고생 소년은 병
든 어머니와 집안의 빚을 대신 갚고 가족을 먹여 살리기
위해 중동 근로자로 팔려갔다. 도하에서 멀지 않다며 어느
지명을 얘기했는데 그의 목소리가 갈라지고 축축하게 젖
어서 잘 들리지 않았다. 그런 건 중요하지 않다. 그 소년이
어떻게 역경을 헤치고 성공했는지, 누군가 자서전을 써줄

지 모른다. 소년은 언젠가 잠시 귀국해서 한겨울에 고향집에 들렀다. 병든 어머니가 아들을 보기 위해 득달같이 얼어 있는 밭둑으로 달려왔다. 어머니를 껴안은 소년은 그 순간, 어머니의 맨발을 내려다보았다. 그 후 열사의 땅에서 자신의 작업화에 떨어지는 땀방울을 볼 때, 소년은 환영을 보았다. 자신의 발에 겹쳐지는 어머니의 마르고 거칠게 튼 맨발. 그 위에 흩뿌려지는 어머니의 눈물. 그 말을 할 때 홍 교수의 눈은 붉어졌다. 오아시스 같은 그런 환영을 보는 순간이면, 소년은 알 수 없는 뜨거운 예감으로 몸서리를 쳤다. 지금의 시간과는 다른 인생을 살 거라는 예감. 아니 다른 인생을 살아야 한다는 확신. 또한 평생 그 확신의 순간을 잊을 수 없을 거라는 운명적인 기시감. 소년은 집안의 빚을 갚아나갔고 그사이 부모는 세상을 떠났다. 공부를 해본 적 없는 소년은 뒤늦게 검정고시를 치고 대학에 수석 입학하고 장학생으로 유학하고 학위를 받고 교수가 되고 학장이 된다.

그는 불가사의하지만 강렬한 예감으로 다가왔던 기회를 낚아챘고 운명을 엮어 나갔다. 그리고 자서전의 주인공은 곧 헤어질 세 쌍의 부부들 앞에서 이 이야기의 끝을 맺으며 행복하다고 했다. 행복한 남자는 종을 치며 기도하면

소원이 이루어진다는 블레드 호수에 있는 마리아 성당에
서 이 시간이 지금 이대로만 쭉 가기를 간절히 기도했다고
했다.

　사진이 슬라이드로 계속 흐르고 있다.
　그녀는 사진으로는 남지 않는 인생의 어느 불가사의한
환영을 낚아챔으로써 운명을 바꾸는 순간에 대해, 그러나
사진보다 더 명확한 그런 순간에 대해 생각한다.

내가 누구인지 묻지 마

누군가 귀에 대고 전동 드릴로 못을 박는다. 비명 대신
눈을 번쩍 뜬다. 처참한 꿈이다. 그런데 드릴 소리는 여전
하다. 귓가에서 울리는 휴대폰 진동소리다. 액정화면을 보
니 엄마다. 눈살이 찌푸려지는 것과 동시에 골이 지끈지끈
쑤신다.

"왜에!"

잠이 덜 깬 목소리로 짜증부터 낸다.

"바쁘니?"

엄마가 조심스레 묻는다.

"주말이라 아직 자는구나? 야근하느라 피곤했나보
네……."

야근……. 어렴풋이 오늘이 토요일이라는 생각이 들었다. 불금인 어제 야근을 하긴 했다. 얼마나 퍼마셨는지 목 안이 바짝 탄다. 창 없는 방 안은 어두컴컴하다. 휴대폰 화면의 시간은 11시 42분이라 떠 있다. 꽉 잠긴 목청을 돋우며 통화를 하기엔 이른 시간이다. 뭘 하는지 대부분 올빼미족들이 모여 사는 이곳 고시원은 아직 이른 아침인 셈이다. 방음이 안 되어 통화가 조심스럽다.

　"내가 다시 걸게."

　여자는 전화를 끊고 냉장고에서 생수를 꺼내 마신다. 화장도 지우지 못하고 잔 탓인지 마스카라가 뭉개져서 눈시울이 시커멓다. 판다곰이 따로 없다. 세수를 할까 하다가 선글라스를 끼고 방을 나온다. 옥외계단으로 한 층만 오르면 옥상이다. 햇빛이 얼마나 좋은지! 초록색으로 방수 코팅된 옥상 바닥이 상큼한 잔디밭으로 보일 지경이다. 여자는 옥상 난간으로 걸어가 휴대폰을 열어 엄마에게 전화를 건다.

　"집에 별일 없어?"

　엄마는 심드렁한 목소리로 대답한다.

　"이렇게 살고 있는 게 별일이지."

　잠깐의 어색한 침묵이 이어진다. 그사이 하품을 하자 눈물이 찔끔 났다.

"만날 야근에, 힘든 너한테 미안하다만…… 이 얘기 안 하려고 했다만…… 너 집에 월급 안 보낸 게 얼마나 된 줄 알아? 집주인이 어제 찾아왔었어. 월세가 넉 달 밀렸거든. 오늘 병원에 할머니 약 타러 가야 하고 공과금도 밀리고……."

"그동안 내가 준 돈 다 어쨌어?"

"빚 갚는 데 나가고 나면 겨우 입에 풀칠이나 한다."

"회사가 요즘 힘들어서 그래. 난들 뭘 어쩌라구!"

"알지, 알어. 일단 있는 대로 좀만 부쳐줘. 그렇다고 에미 생일도 잊어버리구 사냐? 집에 좀 한번 들러."

엄마의 생일도 잊고 지나갔다는 말에 여자의 곤두선 신경 줄이 느슨해진다.

"알았어. 들를게……."

"너 좋아하는 꽃게탕 해놓을게."

전화를 끊고 여자는 연달아 하품을 했다. 눈물이 계속 질금거려 눈가가 끈적거린다. 선글라스를 머리에 올리고 눈곱을 떼어냈다. 마스카라가 뭉개져 눈곱이 까맣다. 엄마의 돈타령으로 눈을 뜨다니. 어째 꿈자리가 시끄럽더라니. 여자는 옥상 난간에 팔꿈치를 올리고 뒤꿈치를 들고 아래를 내려다본다. 길가의 벚나무에 꽃망울이 모두 터졌고 가로수의 새잎들이 움을 트려 한다. 강남 번화가를 자랑하듯 주상복합형 아파트와 고층 건물의 유리창들이 봄 햇살을 눈부시게 내쏘고 있다. 모든 게 현실감 없이 반짝반짝하다. 차라리 봄날의 한 마리 곰이라면. 한 마리 판다곰이라면 얼마나 좋을까.

*

남자는 건물 1층의 편의점에서 컵라면과 생수를 사고 현금지급기에서 약간의 현금을 찾았다. 잔액에 118,230,000원이 찍혀 있다. 겨우 1년 치 연봉 정도만 남았다. 숫자의 첫 자리가 바뀌는 건 그리 오래 걸리지 않을 것이다. 편의점 옆 세탁소에 들러 세탁을 맡긴 와이셔츠 두 벌을 찾았다.

방에 들어와 끓인 물을 컵라면에 붓고 기다리는데 전화가 온다. 쓰린 속을 달래기 위해 얼른 라면 국물이라도 먹고 싶어 전화를 받지 않을까 했는데, 엄마다.

"아 엄마. 잘 계셨어요?"

"그래, 나야 잘 있다."

"아버지는요?"

"그 양반이야 여전하지 뭐. 그래 넌 잘 있니? 먹는 거 잘 챙겨 먹고?"

"그럼요."

"언제 서울 오니?"

"다음 주말에 집에 갈 때 병원에 들를게요. 참! 엄마, 곧 칠순이시잖아요. 내가 엄마 좋아하시는 거기로 예약했어요. 아버지도 병원에 계시니 그냥 엄마랑 우리 식구, 지현이 네 식구 모여서 식사나 하시죠, 뭐. 엄마가 부르고 싶은 분 있으면 몇 분 초대해도 좋구요. 내가 다 쏠게요."

"아버지도 병원에 계시고 정말 안 해도 된다니까. 괜히 비싼 호텔에 네 돈 쓰고. 하려거든 지현이도 좀 나눠 내라고 해. 장남이 뭔 죄니? 하긴 우리가 너를 어떻게 키웠는데."

"지현이는 출가외인인데, 그 정도는 이 장남이 다 알아서 할 테니 걱정 마세요."

"그래. 오구구구! 우리 든든하고 믿음직스런 장남!"

어린 시절부터 엄마는 그의 궁둥이를 두들기며 오구구구! 우리 장남! 그러셨다. 장가든 이후엔 궁둥이 대신 등을 두드렸지만 추임새는 변함이 없었다.

전화를 끊고 컵라면 뚜껑을 여니 라면이 불어 있다. 남은 국물을 한 모금 마시자 또 전화벨이 울렸다.

"아빠, 안녕? 나 아름이."

"오오, 우리 큰 공주님!"

"나 이번 모의고사에서 전교 5등 했당!"

"그으래? 음, 역시 아빠 딸이다!"

"아빠 나 선물! 휴대폰 바꿔줘. 새로 나온 폰으로, 응? 엄마 바꿔줄게."

아내의 목소리가 들린다.

"여보, 별일 없지? 들었지? 아름이가 전교 5등 했어. 지난번에 바꾼 학원이 바로 효과를 보네. 비싼 게 역시 달라. 그나저나 외고 보내려면 원어민 과외는 기본인데 우린 너무 늦었어. 늦었지만 다음 달부터 시켜볼까 해. 좋은 선생이 있어. 이 정보 빼내느라고 엄마들 모임에서 나름 돈 좀 썼지."

"아름이가 하고 싶대? 당신이 자꾸 바람 넣는 거 아냐?"

"당연히 아름이가 원하는 거지. 난 무조건 애들 잡도리하는 엄마 아닌 거 알잖아. 내가 여기 여자들처럼 명품 밝히고, 성형을 하길 하나. 그냥 여기서 애들 데리고 숨만 쉬어도 그렇게 돈이 드네. 그래서 말인데, 생활비 200은 더

282

인상해줘야 돌아가."

한숨 소리가 새어나가 아내에게 들릴까봐 남자는 숨을 꽉 참았다.

"알았어."

"당신 이번 주엔 못 와?"

"다음 주에 갈게."

"여보, 보고 싶어. 봄이 되니까 싱숭생숭한 거 있지? 다음 주에 와인 좋은 거 준비해놓을게."

"나도 그래. 다음 주에 애들 데리고 봄꽃이라도 보러 가자."

"아이 좋아!"

아내의 기분 좋은 콧소리에 그의 입가에 미소가 번진다. 통화가 끝나자 남자의 얼굴은 순식간에 어두워진다.

★

오피스텔 입구로 들어오는 사람들이 보이는 1층 카페. 여자는 허겁지겁 카페라테와 샌드위치를 베어 먹는다. 휴대폰 문자를 다시 확인한다. '7:30. 1412. 6288.' 7시 30분까지는 16분이 남았다. 오랜만에 실장에게서 연락이 왔다.

일거리를 주면서 생색을 엄청 냈다. 실장은 이 근처 어딘가에서 낯선 남자를 접선할 것이다. 어쩌면 남자는 어딘가 가시거리에서 그녀를 보고 있을지 모른다. 실장은 거래가 안전한 고객인지 재빨리 확인하고 돈을 챙길 것이다.

7시 25분. 여자는 일어나서 엘리베이터로 향한다. 어디선가 자기를 지켜보는 시선을 염두에 두며 모델처럼 걸으려 애쓴다. 혹시 주변의 남자들 중 누군가가 고객일지도 모른다. 오피스텔은 지은 지 얼마 되지 않아 깔끔하다. 이곳에 오는 게 세 번째다. 빨리 돈을 모아 고시원을 벗어나 이런 오피스텔을 얻고 싶다. 집에 송금을 몇 달 끊고 보증금이라도 모으려 했는데 엄마의 죽는소리에 번번이 실패다.

양복을 입은 회사원풍의 남자 두어 명이 엘리베이터로 걸어오고 있다. 그들과 함께 엘리베이터에 오른 후 여자는 14층 버튼을 누른다. 어떤 남자가 14층을 누를까. 그 남자들 중 14층 버튼을 누른 남자는 아무도 없다.

14층에 내려 여자는 다시 한번 문자 화면을 확인한다. '7:30 1412. 6288.' 1412호 앞에서 숨을 한 번 고르고 도어록 번호를 누른다. 6288. 이 환락가 주변 오피스텔의 몇몇 방들이 이런 비밀번호를 갖고 있다는 걸 여자는 알고 있다. 육(肉)이 팔팔. 비밀번호 하나는 기가 막히게 지었다.

스물네 살, 몸이 한창일 때 잠깐 하는 거다. 여자는 서글픈 위로를 할 뿐이었다. 자격지심을 죽이는 것부터가 이 일을 할 수 있는 근무 자격 조건이다. '오피'란 단어를 검색하면 어느 한 업체의 웹페이지에 여자의 사진과 프로필이 정리되어 있다. 속옷 차림에 도발적인 포즈로 찍은 사진의 얼굴은 모자이크 처리가 되어 있지만, 여자는 안다. 그 여자가 또 다른 낯선 자신이라는 것을. '노라, 24세, 대학원생, 167, 48, C, 44.' 키는 맞지만 요즘 몸무게가 약간 늘었다. 사이즈는 44와 55의 중간이고 C컵은 좀 과장이다. 고객의 희망사항에 맞춘 프로필이다.

6288. 도어록 번호를 터치하자 발랄한 교성 같은 멜로디와 함께 문이 열렸다. 현관의 센서등이 켜짐과 동시에 전화가 왔다. 실장이다.

"야, 거기 철수해."

"왜요?"

"새끼가 먼발치에서 널 보더니 얼굴이 원하는 스타일이 아니라며 갔어. 내가 뒤태가 죽여숩니다, 그랬더니 새끼가 자긴 얼굴이 맘에 안 들면 안 선다나. 쪼잔한 놈. 그러게 너코 좀 세우고 턱도 깎아봐. 나야 너같이 동양적인 와꾸를 좋아하긴 한다만 요즘 이 동네에 칼 안 댄 년들이 어디 있냐. 그 코로는 키스방이나 토킹바에서는 잘 먹히겠다만."

갑자기 기운이 빠지고 눕고 싶어졌다. 높지 않은 코를
타박하는 실장의 말에 기분이 상한 게 아니다. 예상한 돈
이 물 건너갔기 때문이다.

"지금 막 도착했는데……."

"그냥 나와. 다른 팀이 8시에 접수했어."

여자는 밖으로 다시 나왔다. 기본요금 거리인 고시원
으로 가려고 택시를 잡았으나 잡히지 않는다. 그냥 걷기
로 했다. 어떤 놈이 예약까지 해놓고 007 작전으로 실장까
지 만나고도 내 얼굴이 맘에 안 든다고 가버렸다고? 고객
의 취향 문제일 수도 있지만 오늘따라 여자는 기분이 우울
했다. 수지에게 전화해볼까 하다가 그만둔다. 시간당 25만
원을 받는 수지에게 이실직고해서 자존심 상할 일이 뭐 있
나. 수지는 여자를 이 세계로 이끈 친구지만, 여자와는 격
이 다른 이 세계의 에이스다.

대학 3학년 때 알게 된 수지는 명품 백과 고급스런 패션
으로 한눈에 띄는 미모의 여자애였다. 강남의 부잣집 딸이
겠거니 여겼다. 그녀의 정체를 알게 된 건 작년 가을이었
다. 아버지의 갑작스런 죽음 때문이었다.

아버지는 회사에서 명예퇴직하고 퇴직금으로 몇 년간

치킨집을 운영했다. 그러나 경쟁에 밀린 치킨집은 빚에 넘어가고, 택배 일을 시작했던 아버지는 갑작스런 죽음을 맞았다. 택배 차를 몰고 달리던 아버지가 대낮에 내부순환도로에서 승용차를 덮치는 교통사고를 냈다. 상대 차 탑승자들은 겨우 목숨을 건졌지만 되돌릴 수 없는 장애를 얻었다. 아버지는 이미 차 안에서 사망했다. 처음엔 졸음운전인가 했지만, 사인은 갑작스런 심정지라 했다. 의사의 말로는 아버지가 2년 전부터 심장약을 처방받아왔다고 한다. 아무도 아버지가 심장병을 앓고 있는지 몰랐다. 엄마는 7년째 중풍으로 몸을 못 가누고 치매 증세마저 심해진 할머니에게 매달려 있었다. 집안 형편이 그 정도인 줄 몰랐던 여자는 졸지에 가장이 되었다. 아버지가 살아 있을 때, 여자는 대학을 졸업하고도 취직이 되지 않아 대학원에 입학했었다. 여자는 이 세상에서 공부가 제일 쉬웠다. 어릴 때부터 공부 잘하고 똑똑한 딸이라고 부모는 자랑스러워했다.

그러나 장래가 불투명한 대학원이 문제가 아니었다. 아버지의 빚만 떠안은 세 여자가 당장 끼니를 굶고 거리로 나앉을 판이었다. 할머니를 두고 일하러 나갈 수도 없는 엄마 때문에 대학원을 한 학기 만에 휴학하고 뭐든 하지 않을 수 없었다. 방학 때 편의점 알바를 해보긴 했지만, 시간제나 계약직마저도 마땅한 자리가 없었다. 그렇게 막막할 때 여자는 수지를 만나 술에 취한 채 울었다. 처음부터 수지가 이런 세계로 이끈 건 아니었다. 하지만 결국은 6288의 세계, 이곳으로 오게 된 것이다. 말하자면 이곳은 종착역이니까.

"하루 5시간 주 5일 근무면 월수 500은 돼."

"대박! 정말?"

시작은 키스방이었다.

"그냥 키스만 하면 되는 거야. 성관계는 절대 안 해. 손님들이 매너는 지켜. 만지지도 않고. 이상한 짓 하면 거부하면 돼. 뭐 성병 걸릴 일도 없고, 임신 공포도 없고. 남자친구랑 키스는 한 적 있을 테니 그러려니 하면 되고."

수지의 말대로 나쁘지 않은 근무 조건이었다. 한 타임당 7만원을 받으면 반은 떨어진다. 딱 반년만 하자고 결심했다. 수지의 말처럼 모두 매너 좋은 남자들은 아니었지만, 눈 질끈 감고 첫날을 견디니 할 만해졌다. 잘하면 팁도 받았다. 수지는 잘하면 멋진 스폰 오빠가 생겨 임도 보고 뽕도딴다고 했다. 한 번에 100만 원씩 특별 보너스를 챙길 수도 있다고 했다. 수지는 키스방을 그만두고 언제부턴가 채팅

사이트에서 남자와 '직구'를 해 한 달 평균 700만 원 이상의 수입을 올린다고 했다. 일단 돈맛을 알면 그만둘 수 없는 게 이곳의 생리다.

여자는 키스방에 나가며 한 달에 300 정도를 벌 수 있다는 게 신기했다. 엄마에게는 회사에 취직했다고 속였다. 야근도 많고 강남이라 통근 거리 때문에 회사 근처 고시원에서 지낸다고 했다. 하루 5시간을 내리 키스로 보내는 게 지겨워지기 시작했다. 수지처럼 노동시간도 짧고 시간당 단가가 센 일을 하는 게 경제적이었다. 어차피 춘향이도 아니고, 영혼 없는 몸의 유희에 죄의식도 없어졌다. 그러나 여자에겐 수지만큼 일거리가 없었다. 키스방으로 다시 돌아가야 할 거 같다. 고시원에 대학원 교재를 가져다놓고 학교로 돌아갈 날을 꿈꿔왔다. 그러나 그날이 점점 멀어지는 것 같다.

엄마는 갖은 핑계로 악착같이 돈을 착취한다. 가족이라는 이름으로 엄마와 할머니가 여자의 등골을 파먹고 있다. 수지처럼 명품 백과 명품 옷을 입지는 못할망정, 일종의 투자라고 할 수 있는 성형수술 할 돈도 제대로 못 챙긴다.

낮에 집에 가서 엄마와 싸운 것도 그런 분함과 억울함 때문이었을 거다. 그래서 돈을 뿌리고 악을 쓰며 집을 뛰쳐나왔다.

"내가 어떻게 돈 버는지 알기나 해? 딸년 몸 팔아 번 돈 뺏으니 좋아?"

그때 본 엄마의 얼굴이 잊히질 않는다. 멍하니 이해를 못하다가 순간 경악하던.

고시원에 돌아와 책을 찢으며 울었다. 후회와 울분이 몰아쳤다. 그때 실장에게서 역삼동 오피스텔로 오라는 연락이 왔다. 돈을 좀 더 입금하면 엄마가 월셋집에서 쫓겨나진 않을 것이다. 어쩌면 울어서 부은 눈과 얼굴 때문에 사진보다 실물이 훨씬 미웠을지 모른다. 그래서 얼굴이 맘에 안 든다며 딱지를 맞은 걸지도 모른다.

고시원이 세 든 건물 골목으로 흰색 BMW 5시리즈 한 대가 미끄러져 들어오며 여자를 스쳐 지나간다. 골목길에 차를 세우고 한 남자가 내린다. 한눈에도 명품인 슈트를 입은 남자가 건물로 들어선다. 여자는 술 생각이 간절해서 1층 편의점에 들른다. 그 남자도 따라 들어온다. 남자가 생수와 햇반과 캔맥주와 통조림을 고르고 있다. 캔맥주 칸에서 하마터면 그 남자와 손이 부딪힐 뻔했다. 남자도 클라우드 캔맥주를 좋아하나보다. 여자는 보기 좋은 손가락을 가진 남자의 손을 보았다. 왼손 약지에 낀, 디자인이 세련

된 화이트골드 반지가 눈에 띄었다. 여자는 오징어포와 아몬드와 캔맥주를 몇 개 사서 계산대로 갔다. 남자가 계산을 하기 위해 앞에 서 있다. 남자의 멋진 가죽 지갑에는 5만 원 권이 두툼하게 들어 있다.

나란히 엘리베이터를 탄다. 옆 거울로 남자를 본다. 어디서 많이 본 듯한 얼굴인데. 남자의 옆모습은 코가 우뚝하고 번듯하다. 여자가 고시원이 있는 8층을 누르자 남자는 가만히 있다. 고시원 위는 옥상이다. 이 남자, 고시원과 어울리는 남자는 아닌데……. 잠깐 생각하는 사이에 두 사람은 엘리베이터에서 내린다. 남자는 잠깐 머뭇거리는 것 같더니 여자를 따라 고시원으로 들어온다.

★

잠을 이룰 수가 없다. 졸피뎀을 먹었다. 캔맥주를 더 마실까 하다가 그만둔다. 책을 다시 꺼내 든다.

근사체험자들의 귀중한 체험을 더 들어보면, 우리가 이렇게 몸을 벗은 다음에나 홀가분함을 느끼는 게 아니라고 한다. 이들은 하나같이 죽음이 거의 임박했을 때, 그러니까

영체가 육체를 막 빠져나가려 할 때 이미 극히 안온한 순간이 찾아온다고 말한다. 그것을 설명하기 어려운데 이때의 편안함은 육체를 갖고 살아 있을 때에는 전혀 느껴보지 못한 안온함이기 때문이다.

의학적으로 설명이 가능하다면 이런 이유가 될 것이다. 임종이 코앞에 닥치면 우리 몸에서 엔도르핀이 다량으로 방출된다고 한다. 엔도르핀은 모르핀과 같은 것이라 진통효과가 아주 탁월하다고 한다.[*]

그러니까…… 죽음이 고통스러운 건 아닌 거다. 게다가 이미 죽기 직전에 엔도르핀이 나온다지 않는가. 요컨대 인간에게는 죽음이 다가오는 상상을 하는 게 더 고통스럽다. 치욕적인 삶을 견디는 게, 극히 안온한 순간을 느끼며 죽음으로 빠져드는 것보다 더 고통스럽지 않겠는가.

남자는 자신에게 왜 이런 상황이 일어났는지 이해가 안 된다. 이해하려 할수록 더 치욕스럽다. 자신도 이해를 할 수 없으니 남을 이해를 시키는 게 불가능하다고 생각한다.

---

[*] 《너무 늦기 전에 들어야 할 죽음학 강의》, 최준식 지음, 김호연 그림, 김영사, 2014.

정리해고된 실직자의 삶을 받아들여야 한다니. 남자는 명문대 경영학과를 나온 엘리트이며 부모의 기대와 사랑을 받았고, 참한 규수와 짝을 맺어 예쁜 두 딸과 실패 없는 인생을 살아왔다.

서울의 사립대 법대 교수로 봉직한 아버지의 기대를 한몸에 받는 집안의 장남이었고, 아내와 아이들에게 존경과 사랑을 받는 존재로 평생 자부심을 느껴왔다. 지금까지 살아온 성공적인, 소위 강남 스타일의 삶. 상위 1% 인생 바깥의 삶은 상상할 수 없다. 남자는 아무에게도 실직과 실패를 고백할 수 없었다. 그래서 회사에서 현장근무로 발령났다고 가족들에게 거짓말을 하고 집에서 20분 거리의 고시원에서 생활을 시작했다. 아내 몰래 아파트를 저당 잡혀 5억 원의 대출을 받았다. 그 돈에서 아내에게 평소처럼 매달 회사 월급을 부쳤다. 돈도 돈이지만 시간을 죽이기 위해 대출금을 밑천으로 시작한 주식투자로 처음엔 재미를 봤다. 하지만 몇 번의 잘못된 판단으로 3억여 원을 날렸다. 마흔이 넘은 나이에 재취업은 가망이 없어 보였고, 도저히 실패를 만회할 방법이 없어 보였다. 한 번도 실패해보지 않은 인생에서, 그는 실패에서 일어서는 방법을 배울 기회가 없었다. 희망은 헛되어 보이고, 그건 차라리 고문이었다. 불안과 공포가 엄습했다. 실직 후의 후유증은 남자에게 깊은 우울감을 불러왔다. 잠을 이룰 수 없는 날들이 이어졌다. 의사에게 항우울제와 수면제를 처방받아 모으기 시작했다.

남자는 도저히 잠을 이룰 수 없을 거 같아 담배를 들고 옥상으로 올라간다. 옥상에는 누군가가 등을 보인 채 난간 앞에서 통화를 하고 있었다. 자정도 지난 늦은 밤. 희미한 가로등 불빛을 받고 있는 여자의 긴 머리채와 들썩이는 어깨가 보인다. 전화기 속 상대에게 여자는 분노를 누르며 쥐어짜는 음성으로 간간이 말한다.

"미쳤어?"

"차라리 날 죽여줘."

"제발 좀 울지 말라니까! 나도 오죽하면 그러겠어."

"그걸 어디서 구해. 아니야, 그건 아니야."

여자는 주변을 둘러보며 도리질을 치다 남자를 발견한다. 남자는 옥상 출입문에 기대 어정쩡하게 서 있다. 여자는 전화를 끊고 잠시 남자를 쏘아본다. 어색하게 둘의 눈길이 마주친다. 여자가 옥상을 내려가기 위해 문 옆에 서 있는 남자를 지나친다. 스치며 부딪칠 듯한 여자의 팽만한 가슴에서 남자는 뜨겁고 달큰한 향기를 느낀다. 여자의 얼굴에서 언뜻 번득이는 것은 땀이 아닐 것이다. 눈물인 것 같다. 풍만한 여자의 젖은 눈은 문득 여자의 젖은 그곳을 상상하게 한다. 남자는 갑자기 치솟는 욕구를 느낀다.

남자는 여자를 붙들고 싶었다. 스스로도 이해할 수 없는 충동이었다. 그러나 그 순간 그는 어찌해야 할지 몰랐다. 여자는 문을 열고 옥상을 내려가고 만다. 자신의 소심함을 비웃는 한편 이성을 되찾기 위해 남자는 담배를 꺼낸다. 그때 문을 열고 옥상을 내려가려던 여자가 다시 되돌아왔다.

"저어, 죄송하지만 담배 한 대 빌릴 수 있을까요?"

*

그날 밤, 왜 옥상으로 다시 돌아갔을까. 여자는 엄마의 전화를 받느라 옥상에 올라갔었다. 낮에 집에 가서 홧김에 엄마에게 자신의 정체를 까발린 후에 엄마는 제정신이 아니었다.

내가 너를 어떻게 키웠는데! 어떻게 네가 나한테 이럴 수 있어? 엄마는 가슴을 치며 여자에게 따졌다. 여자는 이 상황에서 왜 자기가 가해자가 되어야 하는지 화가 났다. 내가 왜? 그럼 날더러 어쩌라구! 여자도 악을 썼다. 그러자 엄마가 호소했다. 엄마가 잘못했어. 엄마를 용서해줘. 내가 나가서 식당 일이라도 할게. 할머니만 아니면. 화가 날 땐 몰랐는데 막상 엄마의 호소를 들으니 눈물샘이 터져버렸다. 분노보다 더 화가 나는 건 연민 때문이다.

여자는 통화 내용을 누군가가 뒤에서 듣고 있다는 걸 알았다. 남자를 발견하고 그와 눈이 마주쳤을 때, 여자는 느꼈다. 불안과 공포 속에서도 남자의 눈빛에서 일렁이는 어떤 간절함을. 게다가 남자의 곁을 지나며 가까이서 본 그의 얼굴을 여자는 기억했다. 그는 저녁에 편의점에서 보았던 남자. 계산대에서 언뜻 본 그의 지갑엔 대략 1.5센티 두께의 5만 원 신권이 들어 있었다. 지금은 추리닝을 걸치고 있지만, 멋진 슈트를 입고 BMW 5시리즈를 몰던 남자다.

그 남자에게 끌린 이유는 무얼까. 왜 옥상에 다시 가서 그 남자를 불러 세웠을까. 돈이 절박한 여자는 본능적으로 그에게 끌렸다. 꼭 그 이유뿐일까. 여자는 편의점에서 만났을 때부터 그의 옆모습이 좋았다. 우뚝하고 높은 콧날과 침묵이 어울리는 단정한 입매가 좋았다. 거기다가 편의점에서 맥주를 고르며 머뭇거리던 그의 긴 손가락도 맘에 들었다. 마지막 이유는 엄마와의 짜증 나는 통화 때문인지 그 순간 미치도록 담배가 피우고 싶었다.

남자는 담배와 불을 빌려주었다. 두 사람은 자연스레 옥상 난간에 몸을 기대고 담배를 피웠다. 가까이서 보니 마흔은 좀 넘어 보였다. 인상대로 역시 남자는 말이 없는 편이고 감정을 잘 다스리는 성격인 듯했다. 여자는 그가 담배를 손가락에 낀 채 연기를 깊이 들이마시고 내쉬는 옆모습을 훔쳐보았다. 좀 전에 여자는 그의 눈빛에서, 익숙한 아니 직업상 확신할 만한 남자의 욕망을 감지했다. 여자가 먼저 물었다.

　　"이 고시원에 사세요?"

　　"네, 잠깐 임시로……. 여기 사세요?"

　　"네."

　　"근처 어디 직장에 나가요?"

　　여자는 잠시 망설인다. 심중이 복잡했다.

　　"아뇨. 대학원생이에요."

　　여자는 고객들에게 대학원에 다닌다고 말했다. 학벌이 취직엔 별 도움이 되지 않지만, 여자가 하는 일에는 플러스 요인이다. 그 세계에 섹시한 여자는 많다. 그러나 섹시에도 품격이 있다면 남자들은 섹시하며 지적인 여대생이나 여자 대학원생을 더 신선하게 여긴다. 하지만 왠지 이 남자에게는 그저 순수한 학생으로만 보이고 싶다는 생각을 했다.

"아아 네."

남자가 고개를 끄덕였다.

"혹시 그쪽은 무슨 일을 하시는데요?"

"그런 건…… 사생활이니까 묻지 맙시다."

"아아, 사생활……."

머쓱했다. 여자는 고객들에게 사생활을 묻지 않는다. 물을 이유도 호기심도 없다.

"그냥 이런 데 사실 분 같지 않아서요."

남자가 담배 연기 때문인지 웃음 때문인지 푸핫, 소리를 냈다.

"이런 데 사는 사람은 얼굴에 표가 나나요?"

"그런 건 아니지만 차도 좋은 차 타시고."

"날 알아요?

남자가 정색을 하고 물었다.

"아까 들어올 때 건물 입구에서 봤어요."

"나도 그쪽을 본 적 있어요."

"아까 편의점?"

남자가 웃으며 고개를 저었다.

"옥상에서 밤중에 아가씨가 건물 입구로 들어오는 걸 전에도 본 적 있어요."

"밤에? 왜 옥상에서?"

"밤에 잠을 잘 이루질 못해요. 옥상에서 담배도 피울 겸……"

여자는 남자가 자신의 정체를 아는가 싶어 심기가 불편해졌다.

"그게 난 줄 어떻게 확신해요?"

남자는 그냥 씨익, 미소를 지었다.

★

남자는 주말을 틈타 집에 왔다. 연이틀 바쁜 나날이다. 토요일엔 호텔 양식당에 가족들이 모여 엄마의 칠순 기념 식사를 함께했다. 끝나고 아버지가 입원한 병원에 들러 오랜만에 아버지에게 인사했다. 아버지는 연명치료를 받고 있긴 하나 여명이 그리 길지는 않을 것이다. 애야, 그래도 사람의 명은 모른다. 멀쩡한 젊은 사람이 먼저 가기도 하니까. 엄마는 이런 말로 위안을 삼았다.

일요일엔 아내와 두 딸을 태우고 오랜만에 가까운 교외로 드라이브했다. 양평 수청리 근처는 가끔 아내와 봄 드라이브를 하는 곳이다. 팔당호와 남한강의 풍광도 풍광이지만, 봄이면 고즈넉한 길에 핀 벚꽃나무가 서울의 절정을 지난 후에도 피었다. 터널을 이룬 우람하고 흰 빛깔의 아름드리 벚꽃이 아니라 분홍빛의 능수벚나무 꽃이 강가에 드리워져 있는 곳이다. 거울 같은 수면 위로 휘늘어진 꽃가지가 흔들리는 모습이 애잔하고 꿈결처럼 느껴졌다. 아이들의 재잘거림과 아이돌 가수의 음악이 쿵쾅거리는 차 안에서 한적한 시골길을 천천히 운전하는 남자는 그 풍경을 보며 묘한 슬픔을 느꼈다. 아내의 얼굴에선 어두운 그늘이라곤 찾아볼 수 없다. 벚꽃나무 아래 서 있는 아내의 얼굴을 클로즈업해서 사진을 찍을 때 아내의 얼굴 위에서 흔들리는 꽃나무 그림자 때문에 살짝 놀랐다. 봄나물을 올린 한정식을 점심으로 먹고 강변의 전망 좋은 카페에서 차를 마셨다.

집으로 돌아왔을 때 작은 애가 배탈이 난 것 같다고 끙끙거렸다. 남자는 아이에게 약을 먹이고 침대에 누운 아이의 배를 쓸어주었다. 딸애는 곧 초경을 겪을 것이다. 큰 애마저 피곤하다며 곧 잠이 들자 아내는 거실에 재즈를 틀고 회심의 미소를 지으며 와인을 꺼냈다.

"여보, 나 너무 피곤하네. 당신 내일 새벽에 출근해야지.

그래도 우리 와인 한잔은 하자."

"그래. 좀 누워 있어. 애들이 빨리 자니 다행이네. 내가 와인 따 오고 치즈 가져올게."

남자는 아내를 소파에서 쉬게 하고 늘 그러듯 자신이 부엌에서 와인과 안주를 준비한다. 남자와 아내는 은은한 스탠드 불빛 아래에서 건배한다. 불빛 아래 정돈이 잘된 집 안은 안정감 있고 따스해 보인다. 거실엔 아내가 좋아하는 노라 존스의 〈Don't Know Why〉가 촉촉하게 흐르고 있다.

아내가 준비한 와인은 맛이 좋았다. 아내는 말없이 미소를 짓고 자꾸 그의 손가락을 만지작거린다. 아내의 손은 점점 뜨거워진다. 집안일 이외에는 한 번도 돈을 벌어본 일이 없는 아내의 손. 아내를 처음 만났을 때도 그 연약한 섬섬옥수가 좋았다. 세상 아무것도 모르는 처녀인 아내가, 오로지 자신에게만 기대는 섬약함이 그는 좋았다. 아직 어린 딸들과 아내를 보호하고 지키는 게 그의 의무이자 삶의 이유였다.

"당신, 나 만나 고생이 많았어. 미안해."

남자는 아내의 손을 쓰다듬으며 말한다.

"고생은 무슨. 당신이 지방에 내려가 고생이지."

아내는 잠이 쏟아지는지 발음이 명확하지 않다. 빈 잔을 아내의 손에서 빼내 탁자 위에 놓고, 남자는 잠이 든 아내를 잠시 바라본다.

"여보, 잘 자."

남자는 자고 있는 두 딸의 방에 들러 작별 인사를 했다. 얼마나 시간이 흘렀을까. 마지막으로 아내를 똑바로 누이고 담요를 덮어준 뒤 남자는 차를 몰아 아파트 단지를 빠져나왔다. 20분 거리의 고시원으로 돌아오는 길은 여느 때와 별로 다르지 않았다. 머릿속은 마치 가수면 상태에 빠진 듯 멍했지만, 이상하게 여자가 떠올랐다.

그러나 고시원에 돌아왔을 때 여자는 없었다. 옥상에서의 첫 대면 이후로 여자와는 한 번 더 옥상에서 조우하게 되었다. 그리고 우연히 엘리베이터에서 만나 함께 고시원에 들어오며 서로의 방 위치를 알게 되었다. 하지만 그뿐, 전화번호도 교환하지 않았다. 여자의 방을 두드렸지만 답이 없다. 새어나오는 불빛도 없다. 남자는 옥상으로 올라가 담배를 물고 여자를 기다려볼까 생각한다. 하지만 예전처럼 마음을 다스릴 수가 없다. 여자의 휴대폰 번호를 알아두지 않은 게 후회된다. 고시원의 방으로 돌아와서 남자는 종이에 간단히 메모를 적는다. 그리고 여자의 방문 밑으로 종이를 밀어넣는다.

　　　　　　　　　　　　　★

　고시원의 방으로 돌아왔을 때 여자는 남자의 메모를 발견한다.

　'전화 부탁합니다. 010-7620-xxxx'. 남자의 전화번호라 짐작되지만 무슨 일일까? 시간은 12시 45분. 전화하기엔 너무 늦지 않을까. 여자는 망설이다 전화를 건다. 남자는 전화를 받지 않는다. 잠이 든 걸까? 혹시나 싶어 남자의 방 앞에서 노크를 해본다.

　혹시…⋯. 여자는 옥상으로 올라간다. 담배를 한 대 물고 난간 아래를 살펴본다. 남자의 흰색 차가 미끄러져 들어오지 않나, 남자가 건물로 들어서지 않나…⋯. 남자는 주말 내내 보이지 않았다.

　지난 목요일 새벽, 여자는 옥상에서 담배를 피우는 남자와 우연히 조우했다. 어쩌면 여자가 우연을 가장했는지도 모른다. 남자의 얼굴에 잠깐 반가움이 묻어난다고 여자는 생각했다. 여자가 먼저 말문을 열었다.

　"오늘도 잠이 안 오시나봐요. 저도 잠이 안 오네요."

　"약을 처방받아 먹어도 어떨 땐 잘 안 들어요."

　"어머 그래요? 저 몇 알만 좀 주실 수 있어요?"

말해놓고 나니 이 무슨 주책인가 싶어 여자는 속으로 혀를 찼다. 이게 다 엄마 때문이다.

"그런데 왜 잠을 못 자요? 무슨 걱정 있어요?"

걱정이라면 들어주실래요? 여자는 속으로 물었다.

며칠 전부터 엄마는 전화로 이상한 소리를 해댔다. 썩은 똥자루 같은 할머니를 처치하자고 하기도 하고, 약을 먹고 죽겠다고도 했다. 수면제를 먹여 할머니를 자는 듯이 보낼 수 있으니 수면제를 구해오라는 둥, 정신줄을 놓았는지 횡설수설이었다. 아마도 엄마가 다시 술을 입에 대는 것 같았다. 아버지가 죽고 급격하게 우울해진 엄마는 한동안 술을 달고 살았다. 여자가 이름만 대면 알 만한 번듯한 회사에 취직했다고 거짓말하자 엄마는 이제는 살 희망이 생겼다며 정신을 가다듬었다. 집에 돈을 부치게 되자 엄마는 명랑해졌다.

오늘도 엄마는 전화해서 일주일 내로 방을 비워줘야 한다고 닦달했다. 일주일 내에 필요한 돈 300 이상을 마련해야 한다. 할머니만 처치하면 엄마는 숙식이 제공되는 식당이나 술집에서 주방일이나 서빙을 할 수 있을 거라 했다.

이 남자에게 돈을 좀 빌릴 수 있을까? 지난번 지갑에서 보았던 두툼한 5만 원짜리 신권 뭉치는 얼추 300만 원은 될 것이다. 남자를 유혹해서 몸을 팔든가 돈을 빌리든가 둘 중 하나밖에 답이 없는 거 같다. 하지만 여자는 남자를 보면 어찌해야 할지 혼란스러웠다. 그게 답답했다.

갑자기 전화벨이 울린다. 그 남자일 거라는 생각이 든다. 남자는 술을 마시는지 약간 혀가 꼬인 발음으로 근처 호텔 이름을 댄다. 객실 번호를 알려주고 오늘 밤 곁에 있어달라고 한다.

결국…… 유혹인 건가? 아님 거래인 걸까? 결국 그는 내가 어떤 여자인지 아는 건가. 사생활에 대해 말해본 적 없는 여자는 남자를 떠본다. 어쩌면 젊은 대학원생 여자에게 남자가 느끼는 순수한 연애 감정일까?

"제가 아저씨와 함께 밤을 꼭 보내야 할 이유는요?"

"미안해. 모욕적으로 느껴질 수도 있겠지만……. 그러면 오지 않아도 돼요."

순간 맥이 빠진다.

"필요한 것을 줄 수 있어."

남자는 덧붙였다.

★

그날 밤, 여자는 호텔로 남자를 만나러 갔다. 남자는 여자에게 필요한 것을 두 가지 주었다. 수면제와 현금. 남자는 제법 많은 양의 수면제를 주면서 말했다. 이젠 내게 필요 없어요. 그러나 그건 여자에게도 필요 없게 되었다. 이건 내가 아는데, 많이 먹는다고 죽진 않아요. 그냥 오래 자고 깰 뿐이지. 남자의 그 말 때문이었다.

남자는 꽤 많은 돈을 주었다. 그러나 그건 정당한 일의 대가는 아니었다. 여자가 도착했을 때 남자는 몹시 지치고 피곤해 보였다. 술을 마시고 있었으나 술에 취한 때문인 것만은 아닌 듯했다.

"와줘서 고마워요. 도움이 필요해요."

아무래도 너무 취해 스스로 섹스를 할 수 없는 상태인 걸까. 여자가 그 생각을 하고 있을 때 남자가 띠지로 두른 5만 원권 한 묶음을 꺼냈다. 여자가 이건 좀 너무 많지 않나, 그런 눈빛으로 남자를 바라보자 그가 말했다.

"사실…… 부탁이 있어요."

남자는 갈퀴 같은 손가락으로 머리를 쓸어올린 채 한동안 가만히 있었다. 남자의 드러난 이마에 핏줄이 서고 관자놀이가 툭툭 뛰었다. 이건 뭐지? 여자가 의아한 시선을 던졌다. 남자는 고민을 하고 있는 듯했다. 가슴 깊은 곳에서 솟구치는 절규를 막고 있는지 목울대가 꿀렁이고 있다.

"난 죽고 싶어요. 아니 나 같은 놈은 죽어야 해. 그런데, 그런데, 못하겠어. 그래서……"

"그래서요……?"

"날 죽여줘."

"뭐라구요?"

여자가 놀라 물었다.

"도저히 내 손으론 못하겠어."

남자는 거의 울 듯했다. 남자는 셔츠 소매를 걷어올려 손목을 보여주었다. 왼쪽 손목에 망설인 자해의 흔적이 붉게 보였다. 살짝 피가 배어나오고 있었다. 남자가 어린애처럼 절박하게 말했다.

"수면제 약은 이렇게 남았어. 하지만 내가 전에 한번 시도해본 바로는 죽기 쉽지 않아. 실패였어. 그래서 말인데, 도움이 필요한 거야. 내가 약을 먹고 잠에 빠져들면 그때……."

"그만해요!"

여자가 귀를 막았다.

"누군 살고 싶어 사는 줄 알아요? 사는 게, 하루하루 견디는 게 죽기보다 더해도 어쩔 수 없잖아요. 아저씬 돈이라도 많잖아요."

　남자가 자조 섞인 웃음을 웃었다. 그리고 5만 원권 뭉치를 여자의 가방에 넣어주며 말했다.

　"이건 계약금으로 넣어둬. 성공하면 잔금으로 더 줄 거야. 내 가방에 더 있어. 성공하면 내게는 필요 없으니 다 가져가."

　"성공한다는 건 내가 살인자가 되는 거잖아요."

　"그렇지 않아. 내가 유서까지 다 써놨어. 아가씨가 도와줄 건 아주 간단해. 내가 수면제를 먹고 잘 거야. 물론 아주 많이 먹을 거야. 아가씨는 다시는 내가 잠에서 깨어 이 세상으로 돌아오지 않게만 해줘."

　"어떻게요?"

　여자는 떨면서 물었다.

　"숨통을 조여줘. 목을 조르기 힘들면 그냥 베개로 눌러도……"

　"왜 하필 나한테 이래요? 나한테 왜 그래요?"

　여자는 울먹였다.

　"아가씬 돈이 필요하잖아."

　"아저씨가 그걸 어떻게……"

　남자는 피식, 웃었다. 갑자기 남자는 무언가 생각난 듯

소리쳤다.

"난 빨리 끝내고 싶어. 날 도와주겠다고 말해줘."

대답을 하지 않으려는 듯 여자는 두 손으로 입을 막으며 떨고 있다. 그러는 사이 남자가 화장실에 가고 물 내리는 소리가 들렸다. 돌아온 남자는 다소 편안해 보였다.

"나 지금 약 먹었어. 더 이상 견딜 수 없어. 곧 깊은 잠에 빠질 거야. 난 정말 끝내고 싶어."

"당신은 정말 비겁하고 나쁜 사람이에요."

남자는 아랑곳 하지 않고 셔츠와 바지를 벗고 속옷 차림으로 침대에 들었다. 편안하게 눈을 감고 말했다.

"우리가 편의점에서 처음 본 날, 사실 난 아가씨를 30분 전에 역삼동 오피스텔에서 봤었지. 같은 고시원에 사는 아가씨더군. 아가씨를 그 오피스텔 방에서 만나기가 좀 그랬어."

'7:30. 1412. 6288.' 아아 그러니까 그날 그 방에서 만나기로 했던 남자?

여자는 몸이 굳은 듯, 한 발짝도 움직이지 못했다. 그날 밤에 남자를 만났다면, 어쩌면 그는 지금처럼 속옷 바람으로 침대에 누워 있었겠지. 그러나 지금 침대에 든 그와 섹스가 아니라, 그의 목숨을 거두어야 한다는 현실이 장난

같았다. 남자는 서서히 잠에 빠져드는지 편안한 숨소리를
냈다. 여자는 멍하니 남자를 바라보았다. 말도 안 돼. 말도
안 돼.

여자는 남자에게 다가가 남자의 옆에 놓인 푹신한 베개
를 바라보았다. 그걸 들고 남자의 코를 덮고 누르는 장면
이 데자뷰처럼 떠올랐다.

★

고약한 냄새가 난다. 할머니의 기저귀를 갈면서 엄마가
할머니의 등짝을 퍽퍽 때린다.

"이 할망구야. 이렇게 살아서 뭐 하니! 저승사자는 뭐하
나. 젊어서 그렇게 시집살이시키고 못되게 굴더니. 그거
생각하면 이 똥기저귀로 입을 틀어막고 싶다니까."

엄마가 할머니 방문을 닫고 나오면서 여자에게 묻는다.

"죽을 좀 끓여줄까? 뭐든 좀 먹어야지. 며칠 동안 왜 그
리 기운을 못 차리니."

여자는 고개를 흔들며 하루 종일 켜져 있는 TV에 멍하
니 눈길을 주고 있다. 엄마가 욕을 한다.

"우리 같은 사람도 사는데 저런 사람은 뭐냐. 참 호강에

받쳐서. 죽으려면 저나 죽지. 나쁜 새끼!"

무심결에 화면에 눈길을 주던 여자는 소리를 지를 뻔한
다. 경찰이 끌고 가는 검은 후드티를 입은 고개 숙인 한 남
자가 화면에 나왔다. 얼굴이 반쯤 가려졌지만 우뚝한 코와
입매는 낯이 익다. 카메라 플래시에 남자가 얼른 손을 들
어 얼굴을 가린 후드를 더 내린다. 그때 그의 손가락에서
날카롭게 빛을 발하던 그 반지를 여자는 기억한다. 남자는
살아 있다!

그날 밤, 여자는 그 호텔을 뛰쳐나왔다. 무조건 택시를
타고 집으로 왔다. 다음날 아침에 눈을 뜨니 꼭 나쁜 꿈을
꾼 것 같았다. 그러나 꿈이 아니었다. 가방 속에 현금 뭉치
가 그대로 들어 있었다. 그날 밤 여자는 남자를 베개로 누
르지 않았다. 도저히 남자를 죽일 수 없었다. 갑자기 공포
가 밀려와 정신없이 뛰쳐나오느라 남자가 계약금 운운하
며 가방에 넣어줬던 현금을 그대로 들고 온 것이다. 남자
가 죽었을까? 아니면 긴 잠에서 깨어났을까? 전화를 해볼
까? 호텔방에 가볼까? 그러나 여자는 두려워서 며칠 동안
어떤 행동도 할 수 없었다. 할머니를 처치하자고 한 엄마
에게 수면제를 건네지는 않았다. 가방에 든 돈은 엄마가
발견하고 재빨리 꺼냈다. 대신에 여자는 남자가 준 수면제

를 몇 알 삼켰다. 그날 밤 남자가 편안한 잠에 빠지는 모습처럼 모든 걸 잊고 싶었다.

화면에는 '강남 아파트 세 모녀 살해범 남편 검거'라고 떠 있다. 저 화면 안의 남자는 누구인가. 여자가 살인할 뻔했던 저 남자가 살인범이라니.

리포터가 말한다.

"명문대 경영학과 출신의 피의자는 유복한 집안 출신에 2년 전까지 잘나가는 회사의 임원이었습니다. 가족들에게 실직을 숨긴 채 고시원에 몰래 살며 아파트를 담보로 대출을 받아 생활비를 댔습니다. 그러다 주식에 손을 댔는데 실패하고 대출상환을 독촉받자 자살을 결심했다고 합니다. 그래도 강남에 50평대의 아파트와 외제 차, 통장에 1억원 정도의 현금을 가지고 있는 중산층입니다. 추가로 밝혀진 바로는, 아내 명의의 통장에도 3억여 원의 예금이 들어 있었습니다.

그는 집에 가서 두 딸과 아내에게 수면제를 탄 물과 와인을 주고 그들이 잠들기를 기다려 차례로 목을 졸라 살해했습니다. 그 후 유서를 써놓고 자살을 시도했으나 실패했다고 합니다. 유서에는 '미안해 여보. 미안해 딸들아. 천국으로 잘 가렴. 아빠는 지옥에서 죗값을 치를게'라고 적었다고 합니다. 그리고 '곧 바닥으로 추락해서 정말 더 추한 꼴을 보일 것 같아 사는 게 두렵고, 혼자 가면 남은 처자식이 나 없이 불쌍한 삶을 살 것 같아 같이 가려 합니다'라고 적었습니다. 그러나 정작 본인은 스스로 목숨을 끊지 못했습니다.

가족 살해 후, 남한강에서 투신자살을 기도했는데, 가라앉지 않고 떠오르자 휴대폰으로 119에 전화를 걸어 "내가 아내랑 가족을 다 죽였다. 우리 집에 가면 확인할 수 있을 것"이라며 자신도 죽을 계획이라고 신고했습니다. 범인은 남한강 부근의 모텔에서 순순히 검거에 응했습니다."*

---

* 2015년 서초동 세 모녀를 살해한 엘리트 가장의 기사에서 유서 일부를 인용했음.

기억 부재력의 복원

소영현
문학평론가

1. 삶이 구성되는 방식에 대한 자각

우리는 각자의 삶이 구성되는 방식을 얼마나 자각하고 있을까. 예민한 감각의 소유자라면 다를까. 자신에게 냉철한 태도를 취하는 이들에게는 더 많이 허용될까. 우리가 자신의 삶이 구성되는 방식을 자각하면서 산다고는 말하기 어렵다. 대개 우리는 비스듬히 기운 인식의 지평 위에서 짝눈이 허용하는 세상만을 만날 수 있을 뿐이다. 그나마도 그 기울기를 제대로 인식하지 못하거나 사실 거의 의식하지 못한다. 인식의 광학적 왜곡에 대한 예민한 감각을 놓친 채로 뭔가를 보거나 인식하기는 어렵지만, 우리의 삶의 지평은 그다지 순정하지도 순수하지도 않다. 체제에서 인식적 틀 혹은 이데올로기로도 불리는 거짓 믿음에 이르기까지 옳고 그름을 따지기 전에 우리의 삶을 지속 가능하게 하는 많은 관념을 우리는 이미 몸으로 살고 있다.

그러므로 우리의 삶이 구성되는 방식에 대한 자각 여부를 두고 묻고자 하는 것은 자신이나 타인에 대한 판단의 공정성 여부나, 각자의 삶에 대한 판단에 앞서 존재하는 불균질한 판단 지평 같은 것이 아니다. 시대적 호소력을 잃었지만 여전히 삶에서 당위적으로 요청되어 마땅한 성찰적 인식이 인식적 사시의 교정을 가능하게 할 수 있다면, 삶이 구성되는 방식은 인식이 불가능하기 때문에 우리의 삶을 구성하고 있는 것인지 모른다. 사회를 유지하기 위해 동원되는 논리를 두고 우리는 스스로가 그것을 내면화하면서 사는 존재라고는 생각하지 않는다. 하지만 위태롭게 지속되는 우리의 일상은 체제나 인식적 틀 혹은 이데올로기 따위를 지속적으로 철저하게 내면화하고 있지는 않다고 확신하는 우리의 착각, 즉 삶이 구성되는 방식에 대해 전혀 인식하지 못하면서도 그것에 대해 투명하게 인지하고 있다고 믿는 거대한 착각의 이중 작동 속에서 간신히 유지된다.

우리는 누구도 사회를 유지하기 위한 논리를 내면으로

부터 산다고는 믿지 않는다. 그러나 우리는 어쩌면 사회를 지탱하는 기이한 믿음들을 전혀 믿지 않는 채로 그 믿음을 지탱하는 최적의 체제 수호자인지 모른다. 신자유주의가 요청하는 자기계발형 주체 모형을 두고 말해보아도 좋다. 그 모형을 자신의 내면으로부터 충실히 살고 있다고 확신하는 이들은 없을 것이다. 하지만 모형에 도달하기 위해 안간힘 쓰는 불안의 존재들이든, 그 모형으로부터 달아나려는 부인denial의 존재들이든, 방향성과 무관하게 그 모형과의 거리와 자신의 삶의 구성 관계를 의식하지 않는다 해도, 지금 이곳을 사는 이들 가운데 그 모형이 만들어놓은 어떤 관념에서 자유로운 이들이 없는 것이다.

이렇게도 말할 수 있을 것이다. 소비를 통해서나 존재를 확인받는 극단적인 소비사회에서 우리의 삶을 구성하는 것은 가장 적절하고 타당하며 합리적인 선택으로 이루어지는 소비일 수 있다. 하지만 실상 우리의 삶을 구성하는 것은 선택이 아니라 모든 것이 선택 가능하다는 선택 관념에 가깝다. 삶 전체가 하나의 거대한 결정과 선택의 혼합물이 되고 우리의 삶의 다음 단계도 우리의 선택에 따라 결정된다고 믿게 하지만, 사실 우리는 이미 결정된 삶의 몇 가지 양태들로 떠밀려 들어갈 뿐이다. 그럼에도 그것을 자발적이고 주

동적인 선택의 결과로 오인해버리는 것이다.*

점점 더 좁아지는 선택지로 내몰리면서도 그조차 스스로의 선택의 결과로 받아들이는 악몽의 회로에 갇히게 되는 것은 자신의 삶이 구성되는 방식에 대한 인식의 불철저함에서 기인하는 게 결코 아닌 것이다. 우리가 선 이 자리에서 그것이 부재의 시간처럼 어딘가로 빠져나가버렸다면, 권지예의 소설은 이국의 풍경을 통해 그 부재의 시간을 끄집어낸다.

돋보이는 여행기인 〈베로니카의 눈물〉과 〈파라다이스 빔을 만나는 시간〉에는 쿠바 아바나의 풍경이 눈앞에 그려지듯 펼쳐져 있다. 호텔 건물 벽의 그늘을 따라 개미처럼 일렬로 벽에 들러붙어 '찌꺼기 와이파이'로 '동냥 인터넷'을 하는 현지인들의 모습이 쿠바의 상징적인 풍경으로 그려진다. 집이 턱없이 부족해서 이혼을 한 남녀가 새로 가족을 꾸린 채로 한집에서 동거를 하는 경우가 흔하며 병원에서 의사로 일하고 있어도 생계를 위해 비번인 날에는 가전제품의 수리기사로 나서야 할 만큼 가난한 나라 사람들의 면모가 뜨거운 날씨와 함께 소개된다.

---

* 《선택이라는 이데올로기》, 레나타 살레츨, 박광호 옮김, 후마니타스, 2014, 12~22쪽.

무엇보다 자본주의 사회의 풍경과는 사뭇 다른 느리게 흘러가는 시간 풍경, "물건을 '산다(꽁프라르, comprar)'라는 단어 대신에 '구한다(부스까르 buscar)'라는 단어를 쓰는"(81쪽) 나라, 공산품을 구하기 쉽지 않고 원활히 공급되지도 않아 "돈이 있어도 살 수가 없"(81쪽)는 사회주의 국가 쿠바의 풍경이 대가 없는 호의로 풍요로운 면모들과 대비되면서 다면적으로 포착된다. 자본주의 사회에서 온 자신에게 낯선 풍경들이 체류하는 기간 동안 빌린 집의 관리를 맡은 칠십대의 쿠바 여인 베로니카를 통해 구체화하고, 더없이 불편하지만 그 나름대로 적응하게 되고 느린 속도에 맞춰가게 되는 변화를 〈베로니카의 눈물〉의 나를 통해 보여준다.

"돈만 있으면 뭐든 살 수 있고, 돈이면 다 되는 나라"(80쪽)에서 온 나의 눈에 비친 베로니카는 가난하지만 마음이 풍요롭다. 약속을 그리 중요하게 여기지 않으며 사생활에 대한 배려도 부족하다. 베로니카의 호의를 돈으로 사례하면서도 순수한 호의라기보다 자신을 위한 "보험료"(84쪽)라는 생각을 바탕에 깔고 있는 나이지만, 그럼에도 베로니카의 삶에 대한 그녀의 판단은 조심스럽다. 그것이 사회주의 체제를 사는 이들의 특색인지 오랫동안 가난한 생활을 해야 했던 이들의 특색인지 혹은 자본주의 체제를 몸으로 체화해온 자신의 눈에 이질적으로 보이는 것뿐인지 쉽게 판단하지 않는다. 그 조심스러운 판단의 시간 동안, 돈만 있으면 뭐든 살 수 있고 돈이면 다 된다고 믿었던 그녀가 문득 깨닫게 되는 것은 그런 믿음이 근거 없는 착각이었다는 사실이다. "내가 가진 돈. 내 손에 든 물건. 당연히 내 손에 들어올 물건. 게다가 믿었던 사람도 다 내 것, 내 사람이라는" "공고했던 믿음"(80쪽), 그런 것들이 다른 체제에서의 짧은 체류만으로도 쉽게 깨질 수 있는 허약한 것임을 공포와 불안 그리고 의심과 함께 경험한다. 잊거나 자각하지 못했던 시간의 틈, 자신의 삶이 구성되는 방식을 실감으로 경험하게 되는 것이다.

어항 안을 사는 물고기가 동시에 어항 바깥을 사는 것은 가능한가. 중력을 살면서 동시에 무–중력을 사는 것은 가능한가. 체제를 살면서 체제 바깥을 사는 것은 가능한가. 현재를 살면서 비–현재를 사는 것은 가능한가. 권지예의 소설은 이국의 경험을 활용하면서 우리의 삶이 구성되는 방식을 묻고 일상의 시간을 잡아 늘이는 여행의 시간을 통해 그 내부로 깊이 파고들어 문득 우리의 삶이 구성되는 방식을 낯설게 자각하게 한다.

2. 여행 소설과 이국의 활용

《베로니카의 눈물》은 여행 소설집이라 불려도 손색이 없을 만큼 다양한 여행을 다룬다. 쿠바 여행기이자 체류기인 〈베로니카의 눈물〉과 〈파라다이스 빔을 만나는 시간〉, 플로리다주 올랜도로 급작스럽게 떠난 모녀의 여행기인 〈플로리다 프로젝트〉, 프랑스 파리로의 출장 여행인 〈낭만적 삶은 박물관에나〉, 단체 여행객과 함께 은혼식 기념으로 떠난 발칸반도 여행기 〈카이로스의 머리카락〉, 삶에서 죽음으로 난 길 위에 놓여 있는 〈내가 누구인지 묻지 마〉에서 지역도 동반자도 이유도 각기 다른 여행이 펼쳐진다.

한국문학에서 이국의 활용은 일상을 낯설게 하기 즉 탈일상의 기제이자 일상을 성찰할 수 있는 도구의 차원에서 이루어진다. 대체로 이국은 자신의 삶에 대한 성찰로서의 거리이거나 반복적 일상을 벗어날 수 있게 하는 탈출구로서 동원된다. 여행은 지금-이곳의 삶을 재구하게 만드는 동력으로서 활용된다. 자신의 삶과의 의식적 거리화인 여행을 통해 탈일상적이고 예외적 시공간을 만나게 되는 것이다. 〈플로리다 프로젝트〉에서의 여행이 보여주듯, 권지예 소설의 여행은 탈일상의 면모를 갖는다. 엄마의 친구가 양도한 공짜 티켓으로 미국 여행을 떠나 온 서연은 2년 간 일을 하면서 알았던 친근한 왕년의 아이돌 스타에게 신년 단합대회 회식 후 성폭행을 당했고 이후 임신 소식을 알게 된 상황이다. '한 방송작가의 미투 고백'이라는 글을 준비하면서 마음의 정리를 위해 떠나게 된 그녀에게 서울에서 갑자기 떠나게 된 플로리다행 여행은 "한국과 거리를 두고 객관적으로 정리할 시간과 계기"(189쪽)인 것이다.

하지만 여행이 일상을 떠난 이들이 직면한 문제에 대한 해결의 답안을 직접적으로 마련해주지는 않는다. 흥미롭게도 〈플로리다 프로젝트〉에서는 오히려 여행으로 마련된 탈일상의 시간에 아이를 임신하게 되어 남편과 결혼했고 결국 결혼에 실패한 후 싱글맘으로 험난한 삶을 살아야 했던 서연의 엄마 현주의 삶이 상기된다. 편집부의 막내로 일하던 시절에 당한 성추행까지 포함해서, 30여년의 시간이 지났음에도 사회에서 여성이 겪어야 하는 불행이 현주에서 서연으로 유전되는 면모가 확인된다. 일상을 벗어나자 일상을 채우던 여성의 삶 전체가 육박하듯 맥락을 달리하면서 좀 더 노골적이고 적나라한 문제로서 가시화된 것이다.

권지예의 소설에서 여행이 만들어내는 거리화는 자신의 삶에 대한 반추나 다시 일상을 영위하게 할 회복의 시간을

의미하지 않는다. 성찰에 이르는 귀환의 감각을 전제하지
도 않는다. 권지예의 여행 소설은 일상을 되살게 할 휴식의
시간이 아니라 일상을 유지하기 위해 회피했던 삶의 진실
에 직면하는 시간에 더 가깝다. 일상의 윤곽은 일상을 벗어
나면서 좀 더 뚜렷해진다. 여행을 통해 오히려 일상의 숨겨
진 이면을 좀 더 날카롭게 들여다보게 하는 것이다.

빈번하게 일어나지만 의식되지 못하는 부재의 시간을
가리키는 피크노렙시picnolepsie라는 용어를 통해 비릴리오
가 강조하고자 한 것은 우리가 일상적으로 행하는 기억 부
재력이다. 부재의 시간은 존재하지 않았던, 알아채지도 의
심할 수도 없는 시간이다. 의식과 기억의 공백과 그로 인
한 부재 현상은 상시적이지만 우리는 그 시간을 일상적으
로는 의식하지 못한다. 부재의 시간이 일상적이라면, 부재
의 시간을 채우기 위해 본 것과 보지 못한 것, 기억하는 것
과 분명하게 기억할 수 없어서 발명하고 창조해야 했던 것
들 사이의 시퀀스 접합 활동 역시 숨쉬기와 다르지 않을
만큼 자연화된 일상적 습관이다.*

의식하지 못하는 시간은 속도로 감지되며 따라서 속도

---

* 《소멸의 미학》, 폴 비릴리오, 김경온 옮김, 연세대학교출판부, 2004, 28~38쪽.

는 존재하지 않는 것을 존재하게 하는 특수효과이다. 이 효과를 일상적으로 감지할 수 있는 것은 영화를 통해서이다. 비릴리오가 영화를 통해 속도의 미학을 말하는 것은 그래서이며, 권지예의 소설이 종종 영화를 상기하며 시공간의 감각 변화를 가져오는 여행을 통해 일상에 대한 재접근을 시도하는 것도 우연은 아니다. 여행에서 "근접 관계들은 약화되고, 간격은 증가하거나 축소되"며, "특이한 것은 평범해지고 일상적 광경은 본 적 없는 낯선 세계가 된"*다고 본 비릴리오의 통찰은, 여행을 통해 일상에서 지워진 부재의 시간이 가시화되는 권지예의 소설을 통해 구현된다.

〈카이로스의 머리카락〉에서의 여행이 남긴 것이 5000컷에 이르는 사진이 아니라, 사회성이라는 범주로 가려두었던 인간의 이기심과 숨길 수 없는 습속인 것은 이러한 이유에서이다. 친밀성을 나누는 관계들이라도 일상을 유지하기 위해 어떻게든 외면했던 면모들이 여행을 통해서는 도저히 견딜 수 없는 뭔가가 된다. 아니 실제로 일상을 유지하기 위해 무엇을 억누르거나 외면했는가를 확인하게 한다. "돈독하게 우정을 나누는 오랜 친구처럼, 신뢰를 쌓

---

* 《소멸의 미학》, 폴 비릴리오, 김경온 옮김, 연세대학교출판부, 2004, 125쪽.

은 사업 동반자처럼, 애증과 연민이 공존하는 모자(母子)처럼"(265쪽) "각자의 영역을 인정해주고 참견하지 않"으면서 공동운명체로서의 부부 관계를 유지하는 게 가능한 듯 보이기도 한다. 그러나 "그 거리감이 깨질 때" 말하자면 "오히려 더 가까워질수록 문제가 생긴다". "여행이 위험한 건 그런 이유"(265쪽)에서이다. 공동운명체로서의 일상을 유지하기 위해 잊거나 외면해야 했던 고통스러운 기억들과 치욕스러운 경험들이 불려나오고, 배려와 존중이라는 미명 아래 서로의 영역을 인정하고 침범하지 않으려는 태도와 그런 태도를 가능하게 하는 일정한 거리는 여행의 시간 동안 무너져내리게 되는 것이다.

부부는 말할 것도 없이 여행을 위한 만남들, 일상으로 돌아가면 다시 만나지 않을 관계를 들여다보는 〈카이로스의 머리카락〉에서 여행을 통해 드러나는 인간의 "무례하거나 천박한"(262쪽) 면모에 대한 폭로는 노골적이다. 예의와 교양의 허울 아래 감추고 억눌렀던 면모들, 타인에 대한 무례한 호기심이나 짝짓기 본성, 어떤 식으로든 드러내려는 과시욕 같은 것들은 한시적으로만 공동체를 유지하는 일시적 동료들에게서 숨겨지지 않고 노골화된다. 외모, 재력, 학벌에 대한 품평과 다른 이들에 대한 뒷담화가 조심성 없이 이루어지는 무례하고 천박한 본성의 무심한 노출에 예외는 없다.

급작스럽게 세상을 떠난 남편을 향한 편지로 구성된 소설 〈파라다이스 빔을 만나는 시간〉에서 쿠바로의 여행은 은퇴 후 신도시에서의 행복한 노후를 꿈꾸었던 여성이 급작스러운 남편의 죽음을 통해 직면하게 된 남편의 비밀 때문이다. 남편은 그녀에게 쿠바 여행을 하게 된다면 소피아라는 여성에게 전해달라는 선물을 유언처럼 부탁으로 남겼는데, 선물의 상대가 남편의 숨겨둔 연정임을 예측하기는 어려운 일이 아닐 것이다. 쿠바에 체류하는 동안 그녀가 남편의 연정의 상대를 만나지는 못하지만, 남편이 쿠바 여행 중에 소피아라는 어린 창녀를 만났고 그녀를 만나면서 천국을 만난 것 같은 행복을 느꼈다는 사실을 알게 된다. 행복한 미래를 기대했던 그녀의 일상적 삶 아래의 균열은 쿠바 체류를 통해 시간의 틈을 뚫고 얼굴을 드러낸다. 〈파라다이스 빔을 만나는 시간〉에서 쿠바라는 이국은 쉽게 열리지 않는 비밀상자와 같은 타인의 숨은 욕망을 만나는 시간인 것이다.

일상적 오해와 달리, 그러니까 여행은 탈일상의 거리화가 아니라 일상 자체의 노골적 확장이다. 〈낭만적 삶은 박물관에나〉가 날카롭게 폭로해주듯, 이국에서 꿈꾸는 다른 삶의 가능성은 언제나 실패로 끝날 뿐이다. 러브스토리가 깃든 장소를 헌팅하고 사랑에 빠진 연인들의 사진과 부부나 연인의 인터뷰를 따서 자료로 준비하는 일을 맡아 파리로 온 〈낭만적 삶은 박물관에나〉의 주인공에게 파리라는 이국의 공간은 과거의 그때와 마찬가지로 생계를 간신히 유지하게 해주는 생존의 터전일 뿐이다. 〈낭만적 삶은 박물관에나〉가 폭로하는 것은 낭만을 훔치는 일, 파리의 연인들의 키스를 도둑질하는 일이 낭만적일 리 없거니와, 출장 여행지인 파리가 실패한 자신의 결혼 경험까지도 착취해야 하는 생계의 최전선일 뿐이라는 사실이다.

3. 여성의 여행 혹은 여행하는 여성들

〈낭만적 삶은 박물관에나〉에서 짧은 여행인 출장을 떠난 재이는 8년 전 파리를 급작스럽게 떠나게 된 사연을 떠올린다. 어학 선생님인 프랑스 남자에게 연정을 느꼈으나 그에게 거절을 당하고, 그와 함께 어울렸던 한국인 유학생 남자와 결혼을 하게 된 "작고 투박하게 생긴 동양 여자"의 삶이 이후에도 그리 순탄했던 것은 아니다. 예술사를 전공하는 남편의 유학 생활을 돕기 위해 학비와 재료비가 많이 드는 사립 분장 에꼴을 포기하고 면세점에서 향수 파는 일을 하던 재이는 남편과 같은 예술사 박사 과정 학생이자 어학 선생이었던 세바스티앙이 격렬한 키스를 나누는 장면을 목격하고 배신감에 패닉 상태가 되어 급작스럽게 파리를 떠나야 했던 것이다.

따지자면 패닉 상태를 부른 사건임에도 남편의 배신이 독자에게 예측 불가능한 충격을 안기는 것은 아니다. 배신감을 부른 그 장면을 생계를 위해 활용해야 할 만큼 삶은 비루한 것이지만, 생계와 생존을 최우선으로 해야 하는 신자유주의 시대를 사는 우리에게 삶의 비루함 자체가 특별히 낯설다고 말하기도 어려운 것이다. 오히려 〈낭만적 삶은 박물관에나〉가 대단히 흥미로운 것은 권지예 소설의 여성들이 보여주는 욕망하는 존재로서의 면모가 아닐 수 없다. 한 동양 여자가 프랑스 남자 세바스티앙에게 거절당하기 전에 무슨 일이 있었는가. "녹색 체크무늬 식탁보 위에 무심코 얹힌 흰 손", 세비스티앙의 손을 만지고 싶어 쥐가 날 지경인 그녀는, 어느 날의 그의 손을 "자신도 모르게 잡"(135쪽)고, 함께 피크닉을 간 공원에서 키스를 청한다.

〈낭만적 삶은 박물관에나〉에서 여성의 욕망, 특히 성적인 욕망은 가감 없이 서술된다. 그러한 욕망의 표현이 프랑스 체류가 끼친 영향인지에 대해 소설은 명확하게 서술하지 않는다. 분장을 공부하는 전문학교에 입학한 이후로 젊은 프랑스 학생들에 둘러싸여 자신이 한국인임을 잊게 되는 심리적 모방심일 수 있다는 해석의 여지를 남기고는 있지만, 욕망에 대한 포착은 여성서사의 새로운 도약이 요청되는 시대와의 고려 속에서 유의미한 지점으로 기억되어야 할 것이다.

이런 점에서 《베로니카의 눈물》의 다종다기한 여행이 여성의 것이라는 점은 좀 더 강조되어도 좋다. 파리 출장을 떠난 재이나 올랜도로 떠난 모녀, 쿠바를 여행한 〈파라다이스 빔을 만나는 시간〉이나 〈베로니카의 눈물〉의 주인공을 통해 여행이 갖는 의미는 여성이 갖는 여행의 의미로 좀 더 예각화된다. 이동성의 권리가 철저하게 남성의 소유물이었던 시절을 지나서 이제 이국의 풍경과 낯선 경험은 여행을 떠난 자 모두의 것이 되었다. 그럼에도 그간 여성의 여행이 충분히 서사적 재현의 기회를 얻지는 못했다. 여행을 떠난다 해도 여성의 삶이 좀 더 자유로워지는 것은 아니기 때문이다. 여성의 여행에는 언제나 이국에서의 추행과 같은 불편한 경험이 이물감으로 덧붙으며, 하물며 숙소에 머물고 있을 때에도 응시하는 시선에서 자유롭기 어렵다. 《베로니카의 눈물》은 여성의 여행의 이러한 면모를 놓치지 않는다.

여성의 여행에 관한 한, 흥미롭게도 권지예의 소설은 이국으로 떠난 여성이 자신의 일상을 재맥락화하는 시간을 갖게 할 뿐만 아니라 떠나간 그곳에서의 여성의 삶 또한 가시화한다. 〈파라다이스 빔을 만나는 시간〉이나 〈베로니카의 눈물〉에서 쿠바로 여행을 떠난 여성의 시선을 사로잡는 것은 체제와 이념의 차이에도 조금도 다르지 않은 여성들의 삶이다. 무책임한 남자들 때문에 임신한 여성들이 아이를 혼자 낳아 기르는 일이 흔한 쿠바에서 젊은 여성들은 쿠바 탈출을 꿈꾸는 동시에 여전히 운명의 남자를 만나 결혼하기를 기대한다. 쿠바에서의 여성의 삶으로 우회하면서 그녀들이 만나는 것은 부차적이고 보조적이었던 자신의 "희생자이자 피해자"(183쪽)로서의 자신들의 삶이다. 권지예의 소설에서 여행은 여성으로서의 그녀들의 삶이 해체되고 재조직되는 시간, 즉 부재의 시간과의 조우이다.

작가의 말

  작가가 제일 쓰기 싫은 글이 책 말미에 붙는 '작가의 말'
이다. 작품으로 말하면 되었지, 사족(蛇足)이란 생각 때문
이다. 소설이라는 우주에서 한세상을 생생하게 살았던 이
야기를 인간 세상으로 내보내며, 나는 책의 운명을 속으로
만 잠깐 빌어줄 뿐이다. 책도 인생처럼 나름대로 생로병사
를 겪을 거고, 비문(碑文)을 새기는 건 어쩌면 독자들의 몫
이기에.

  움베르토 에코도 이렇게 썼다. "창조적 작가는 기본적으
로 자신의 책을 읽는 독자들을 존중해야 한다. 그들은, 말

하자면 병 속에 넣어 바다에 띄운 편지처럼 이미 자신의 글을 세상에 던져놓았기 때문이다." 나 또한 기본적으로 독자들을 존중하는 작가라(^^) 그의 글이 반갑다.

작품에 대해 작가의 말을 아끼고 싶다. 이번 작품들은 소설의 시간과 공간이 확장되었다는 생각이다. 세계가 빠르게 하나가 되는 글로벌시대에 개인의 고유한 정체성의 거리감을 독자들이 어떻게 가늠하게 될지 좀 궁금하다.

그래도 이 글을 빌려 소회를 밝힌다면 부끄러운 고백을 먼저 해야 할 거 같다. 이 책은 10년 만에 출간하는 나의 다섯 번째 소설집이다. 정말 오랜만이다. 물론 네 번째 소설집을 출간한 후 장편소설을 출간하긴 했다. 일간지에 만 2년간 연재했던 5000매 분량의 5권짜리 긴 소설이었다. 그 당시 어느 인터뷰에서 나는 이렇게 말한 적이 있었다. 이제는 어떤 소설이든 다 쓸 수 있는 필력이 생긴 거 같아요. 그 입방정 때문이었을까. 그 후로 오래 글을 못 쓴 이유는……. 당시의 그 자신감이 지금은 몹시도 나를 부끄럽게 한다. 여러 이유나 핑계를 대고 싶지만, 그 부끄러움이 나를 겸

손하게 만들고 초심을 생각하게 한다.

　10년간 쓴 소설을 모아 퇴고하다 보니 혼란스러운 부분들이 있었다. 말이 10년이지, 현재 우리 사회에서 10년 세월의 변화는 한 세기만큼 긴 시간 같다. 예전엔 자연스러웠으나 지금은 시대착오적으로 느껴지는 일들이 참 많다. 그중에 성 의식과 성인지감수성은 그 변화가 괄목할 만하다. 소설이 현실의 기록이지만, 소설 속 인생 또한 작가가 집필하던 당대의 현실이니 그 부분을 독자들이 참고하시면 좋겠다.

　이제 감사를 전하고픈 작가의 마음만이 오롯이 남는다. 작가라는 직업에는 '전직' 작가란 말이 없다. 작가는 현재 쓰는 사람이고, 죽을 때까지 쓰는 사람이다. 다행이다. 그러니 앞으로도 나를 생생하게 살아 있게 할 소설 쓰는 그 열린 시간과 미지의 독자에게도 미리 감사하고 싶다. 지금은 다섯 번째 소설집, 《베로니카의 눈물》을 독자들과 함께 나눌 수 있어서 감사하고 행복하다.

　마지막으로 책을 만든 은행나무출판사 분들과 해설을

쓴 소영현 평론가, 그리고 추천사를 쓴 배우이자 작가 하
정우 씨에게도 감사 인사를 드린다.

2019년 겨울

권지예

수록 작품 발표 지면

베로니카의 눈물

1판 1쇄 발행 2019년 12월 6일
1판 3쇄 발행 2020년 6월 29일

지은이 · 권지예
펴낸이 · 주연선

총괄이사 · 이진희
책임편집 · 김서해
표지 및 본문 디자인 · 이다은
책임마케팅 · 강원모
마케팅 · 장병수 김진겸 이한솔 이선행
관리 · 김두만 유효정 박초희

(주)은행나무
04035 서울특별시 마포구 양화로11길 54
전화 · 02)3143-0651~3 | 팩스 · 02)3143-0654
신고번호 · 제 1997—000168호(1997. 12. 12)
www.ehbook.co.kr
ehbook@ehbook.co.kr

잘못된 책은 바꿔드립니다.

ISBN 979-11-89982-51-5 (03810)